刘秀梅 著

陕西新华出版传媒集团
太白文艺出版社·西安

图书在版编目（CIP）数据

龙山 / 刘秀梅著. -- 西安：太白文艺出版社，
2022.8（2023.2重印）
ISBN 978-7-5513-2110-5

Ⅰ. ①龙… Ⅱ. ①刘… Ⅲ. ①长篇小说－中国－当代
Ⅳ. ①I247.5

中国版本图书馆CIP数据核字(2022)第077387号

龙山
LONG SHAN

作　　者　刘秀梅
责任编辑　葛　毅　王　娇
封面题字　柴治平
封面设计　多　米
版式设计　刘秀梅
出版发行　陕西新华出版传媒集团
　　　　　太 白 文 艺 出 版 社
经　　销　新华书店
印　　刷　三河市嵩川印刷有限公司
开　　本　787mm×1092mm　1/16
字　　数　193千字
印　　张　16.75
版　　次　2022年8月第1版
印　　次　2023年2月第2次印刷
书　　号　ISBN 978-7-5513-2110-5
定　　价　58.00元

一

一阵喇叭声震得我耳朵轰隆隆像打雷。一回头，一个鼓着腮帮子的吹鼓手把喇叭口对准一个缺了玻璃的窗格，正吱哩哇啦地吹，还挤眉弄眼地朝我笑。他这一吹一笑，就像挠了我的痒痒肉，坐在炕头的我就笑得咯咯咯的。没办法，谁叫本姑娘今天心情好呢。这人要是心情好了，你给他一堆烂棉絮他都能给你翻出朵花来！

我觉得此刻的我就是一朵花，但我给你保证绝对不是烂棉絮翻出来的，而是在何家湾的崄畔美美地艳艳地怒放着的。可能是朵牡丹，要不就是朵蒿子梅，再不行狗尾巴花也算。虽然把自己比作狗尾巴花砢碜了些，但管他呢，砢碜就砢碜吧。你能说狗尾巴花不是花吗？你能说它不好看吗？再说了，它还有一个好听的名字，叫"红蓼"。我为啥知道？王安定告诉我的呗。王安定是谁？是我男人！我何水水今天要嫁的人！

我妈就特看不惯我这股疯张劲。我妈说她就想不通，咋生了我这么个没着没臊的货，把何家的脸面都丢尽了。我妈老爱拿这话说我。"丢了就丢了，你又不姓何！"我就老用这句话回敬她。但要是我爸在，我是万万不敢开口的。非但不敢开口，还要赶紧找借口开溜。这时再不长点眼色，那纯粹就是没事找抽——我可不想点我爸那个炮捻子。

但我就是想显摆！

我一直以为王安定的出现是我命中注定的。虽然我妈和我爸从一开始就不看好他，但我仍然爱上了他，还爱得死去活来。直到现在我都没想明白我爱他什么，长得好看，嘴甜，还是会疼人，或者是别的什么？一想这个问题我就脑仁疼，晕晕乎乎地辨不清东南西北，后来也就不想了。反正我知道我爱他，他正好也爱我，这就够了。闺密晓琴说我被王安定洗脑了。洗了就洗了，正好把先前那些乱七八糟的东西洗白了去。

我和王安定认识的时间不短，但当恋爱对象相处的时间却并不长。我只知道他是龙山人，大我八岁，在县上的面粉厂上班。他爸是盖房的匠人，外号"王老盖"。他有一个比我大四岁的弟弟，还有一个和我同岁的妹妹。我俩确定恋爱关系不久，我爸就去王安定村里打听过。打听回来的我爸在院子支好自行车，我端了一碗水给他喝，他却一抬手打掉了我手里的碗。我妈听见响声，失急慌忙地跑过来问咋了咋了，我爸就像打量仇人一样打量了我很长时间，嘴里迸出的几个字差点砸死我。我爸说："王安定那龟儿子是坐过牢的……"我爸后边的话我没听清楚，只看见我爸走开时狠狠地剜了我一眼——如果眼神可以当刀子使的话。

这又不是我的错。但现在，王安定在我眼里真的成了"龟儿子"——那龟儿子坐过牢竟然不跟我坦白！这么大的事他确定凭他那点本事就能瞒天过海？要是早跟我说了，我有了思想准备，别人问起时就知道怎么应对。现在倒好，我爸都知道了，我还一问三不知……不对不对，一定是我爸弄错了；也可能是我爸打问的那家和王安定家关系不好，才这样落井下石。一定是这样的！

我妈也想着会不会是我爸弄错了，就追上去问我爸到底问的人

龙山

是谁。

"问谁？问谁都是那话！天大的窟窿一个巴掌能捂住吗？"我爸火了，"虎成他妹夫这样说，你麦绒姐也这样说。虎成他妹夫信不过，你姐也信不过吗？"又转眼盯着我："你除了知道他叫王安定，还知道些啥？他说几句好话就把你迷得五迷三道，好话是能当饭吃还是能当银钱使？我给你说，你趁早给我死了这条心，我丢不起这人！"

我求救似的去看我妈。我妈狠狠地瞪了我一眼，没说话。

我去镇上的公用电话亭给王安定打电话。我每隔几天就骑着自行车去镇上的电话亭里和他说话。他说爱听我笑，说我笑的时候就像百灵鸟在唱歌，我就在话筒这边笑得咯咯咯的，笑得电话亭外排队等候的人直朝我翻白眼……而这次电话接通，一听到王安定的声音，我却不知道该怎么提说这事。王安定听出我的反常，就在话筒里"啵儿啵儿"地亲过来，问："我的百灵鸟今天咋不唱歌了？"

我支吾了半天才把想问的话说了出来，手里的话筒就像死了一般僵在空中。过了好一会儿，王安定的声音才传了过来，他压低了声音问："宝贝儿，你爱我吗？"

废话！要是不爱，我能在这里跟你磨嘴皮子吗？我这样想着，嘴上却没说话。王安定听我不说，他就在那边说开了："水儿，我确实做过很多没边没沿儿的事，那都是因为年轻气盛，爱意气用事。可是，我已经受过惩罚了。就像你爸打听的那样，我因打架进去过。可是水儿，我给你保证，我从没想过要瞒你，我是还没想好怎么跟你说。我怕你知道后会离开我，我怕失去你，水儿！"王安定顿了一下又接着说："现在，水儿，请听我说。如果你真爱我，如果你还愿意和我在一起，就忘了那些狗屁事儿，亲我一下！"热恋中的我对他的糖衣炮弹没有一点点抵抗能力。此刻听出他的难过，我的心先疼成了一疙瘩，恨不得自己化成忘忧草去帮他忘掉忧烦，又责备自己怎么这么不体贴，还在他的伤口上撒盐，就对着话筒"啵儿"了一下。"这边！"王安定说，我又"啵儿"了一下。

记不起谁说的那句"恋爱中的女人智商为零"，真他妈的准。我没想到自己一肚子的怒气，却被王安定那一连串屁用不顶却包治百病的"啵儿"给灭了。

回去的路上我把车子骑得飞快，直接就骑进了我家的梢门。我爸妈本来想看一出痛哭流涕的好戏，没想到看到的我却满面春风。我妈啥都没说，我爸却憋了一肚子气没处出，又拿我没办法，就看啥都不顺眼，不是指鸡骂狗，就是把地上的笤帚啥的一脚踢远。

这天晚上，他俩不知因为啥事又吵了起来。他俩老吵架，但从不记仇，吵过之后，该说话说话，该干活干活，正常得好像啥都没有发生过。所以，我也没在意，想了一会儿王安定就睡着了。

谁知道，第二天一早，当我起床要出门时，才发现门拉不开了。仔细一看，竟然从外边锁上了！我使劲摇门，没人理我；我大喊"妈"，没人理我；我说我要上厕所，还是没人理我。我就知道他们是下地了。他们要是在家，即使不开门，也是会应一声的。我就拔了窗户上的插销，打开窗扇，守在窗前眼巴巴地盼他们回来，确切地说是盼我妈回来。我知道我妈心软，我妈见不得我受一丁点委屈。

好不容易把我妈盼了回来，我妈却说她没有钥匙。我说我不信，我妈就撩起衣襟给我看她的裤腰。何家湾的人都习惯把钥匙链挂在穿裤带的布扣上，但此刻我妈的裤腰上只有一条红裤带，其他啥都没有。我问我妈钥匙哪儿去了，我妈说我爸拿走了。我说你拿

龙
山

钳子把锁子一扭，我妈说她不敢。我说我想上厕所，我妈说地上有尿桶。我说我要大便，我妈说尿桶旁边还有个灰桶。我说，我是人，不是猪；我妈就说她去做饭，一转身，我却看到她抬手抹了一下眼睛。我隔着窗子喊着说，妈！妈！我错了！我听你们的话，不和他好了，你给我把门打开。我妈说，你跟我说不顶用，等你爸回来跟他说。

我爸一进门，我就偷偷地观察他的反应。我爸黑着个脸，过来过去连我这边瞅都不瞅一眼，仿佛我这人根本不存在。要按我以往的牛脾气，才不愿意搭理他。但此刻，我就像被剪了翅膀的雄鹰，套了笼缰的野马，纵有天大的本事也不能施展。我知道现在不是我要硬气的时候，我的当务之急是逃离这间让人生厌的屋子。于是，我就把头伸向窗外冲着我爸说，爸，爸，我都多大了，你还搞你这老一套！我爸没理我。我说，你把我放出去，有话咱坐下来好好说。我爸瞪了我一眼，还是没说话。我说，我是个大活人，又不是个鸡娃狗娃，你这样把我圈住是犯法的，犯法是要坐牢的。我爸手里正端着一搪瓷缸浓茶，转着圈吹了一口浮沫，再抿一口茶水。我这话一下子把他惹火了，他把手里的茶缸朝我重重地砸过来，窗上的一块玻璃应声而碎，玻璃碴儿、茶水溅得到处都是。

我从来没见过我爸发这么大的火，又害怕又委屈，一下子大哭起来。我妈听见声响，从灶房里边往出跑，边跑边喊我爸说，你个老疯子！你想弄啥？跑到我爸身边，伸手在我爸袖子上打了两下，又扑到窗前着急地问我，没伤着吧？叫我看看伤哪儿了，我只是个哭，不搭话。我妈就转过身在我爸身上摸。我爸拨开我妈的手说，弄啥？我妈说，钥匙。我爸说，闪远！我妈就哭起来，用手在我爸身上拍打着说，看来你要惹个事心里才好受是不？我爸胳膊一甩，甩开了我妈的手说，树要皮，人要脸，没皮没脸的东西要这干吗？你还嫌丢人丢得不够……我爸还要说，被我妈从院子里推了出去。我妈说，你嫌丢人你走，去找个不丢人的地方盛着！

等我爸后脚一踏出门槛，我妈"咣当"一声把梢门关了。我妈抹着眼泪进了灶房，我却软软地靠着墙瘫坐在了地上，泪流满面。我不过是没有遵从在何家湾延续了几百年的"媒妁之言"而去追求新潮的自由恋爱，不过是在该爱的年纪深爱上了一个人，不过是爱得热烈奔放了一些，这又有什么错？他不说更新自己落后的思想，只会挥起家长的大棒一顿乱抽，还说我"没皮没脸"……他是我爸呀，怎么能这么说我？既然他都这么说了，看来是铁了心不让我和王安定好了。而我的生活里如果没有了王安定，就像吃饭没放盐，睡觉没床板，那我还活个什么劲儿呢？

想到这儿，我一激灵，"死"这个念头第一次这么清晰又强烈地出现在我的大脑里——要知道在这之前，我恨不得一天有三十六小时、四十八小时、七十二小时，甚至更多，恨不得自己能长生不老。可是现在，当"死亡"的念头在我大脑里闪现的那一瞬间，我先是被吓了一大跳，接着又有点小兴奋。如果不能好好地活着，那么死未必不是一种解脱。我就从地上站起来，挪到炕旁边的拐角处。地上放着两个荆条编的约一人高的麦囤，我知道麦囤后边墙角的塑料袋里有一个农药瓶。我爸每次给蔬菜打药，都会拿出农药瓶，按说明书上的用法用量，用瓶盖量好农药倒进喷雾器里。有时我爸忙着接水，我还会按我爸的说法倒上几瓶盖。只是农药气味刺鼻，我爸轻易不让我帮忙。想想那时，他是多么爱我呀！

我把农药瓶拿出来，摇了摇，还有少半瓶。我拧开盖子，一股刺鼻的气味熏得我想吐。但我现在连死都不怕，还怕吐吗？我就眼

6

睛一闭头一仰，把嘴搭上了瓶口，只是刚一入口我就后悔了——这他妈的也太难喝了！浓烈的刺鼻的气味让它在进入我口腔的一瞬间又被我"噗"的一声吐了出来。我忽然被自己这愚蠢又疯狂的举动惊醒了，也吓坏了。我抓着窗上的钢筋条大哭大喊起来。我妈从灶房冲出来，闻到那刺鼻的气味，就疯了一样又是哭喊又是摇门，门摇不开，又疯了一样冲过去开了梢门，歇斯底里地喊我爸。我爸哐里哐啷地开了门。我妈进来看到扔在地上的农药瓶子，身子一下子就瘫软了。我爸拉着我就要往外跑，我甩开他的手说："我哪儿都不去，我好好的。"我爸话里带了哭腔说："娃，赶紧给爸说，你喝了多少？赶紧去医院，赶紧！"又喊我妈说："赶紧出去喊人！"这时我才发现我爸整个身子都在抖。我知道我没喝下去，我也知道我爸我妈叫我吓坏了，我就想让他们放心。我说："真没事，我没喝，我真的没喝。"可是这会儿说这话谁信呀？我妈边跑边哭边喊人，我爸连拖带抱把我弄出门。门口已经跑来了好几个人，每个人神色既凝重又慌张。我忽然觉得自己实在愚蠢得可以，就闭上了眼，不敢去看大家的脸。大家抓胳膊的抓胳膊，抬腿的抬腿，手忙脚乱地把我弄上了堂哥的昌河车。我爸上了车，把我揽在他的怀里。慌乱中有人喊，鞋！鞋！我才发现我爸光着脚。接着是一阵跑动，再接着就有人扔进来一双鞋。车门"啪"的一声关上，车子发动了。我妈的抽泣声从旁边传过来。我爸的手滑过我的脸颊，滑过我鬓角的头发。忽然，一滴眼泪落在我的脸颊，我闭着眼，不敢动，也不敢擦……

我虽然除了总觉得嘴里气味难闻，再没有任何不适症状，但我爸妈不放心，硬是让我在医院打了五天吊针。而在整个过程中，甚至在以后的日子里，大家都闭口不提我住院的原因。要不是每天取药单上出现的阿托品，谁都会以为我只是得了一场普通的感冒或者肠胃炎。

经过这一闹，我爸妈再不干涉我和王安定的事了。用我爸的话说：是崖是井你自己跳去！我嘴上不说话，心里却说：跳就跳，就算真的是崖是井，底下也有王安定的身子给我铺着肉褥子！

我和王安定的订婚仪式简单得不能再简单，两家人在镇上的食堂吃了顿饭，这婚就算订了。和村里那些小姐妹不同的是，席间，王安定给我的无名指上套上了一枚黄灿灿的金戒指。那时流行的订婚信物是一只手表，我见过那些同年岁的小姐妹订婚后腕子上那新崭崭的手表，但我的订婚信物却是一枚高大上的金戒指！这枚金戒指一下子传遍了镇街的角角落落，不到两天，在村里都传开了。这事让我在那些同年岁的小姐妹面前狠狠地虚荣了一把，这虚荣就像粉底，不显山不露水地盖过了王安定坐过牢的瑕疵。

在我看来，一订婚我就成了王安定的人，而王安定也是那么强烈地想要拥有我。当晚，在王安定家的席梦思床上，我就把自己交给了王安定，也把一个叫何水水的女子一生的幸福托付了出去。

然而，就在我们为婚事奔波的时候，我的身体出现了意料之外的状况——我怀孕了！当我把从医院化验窗口取出来的化验单递给王安定的时候，他凑近瞅了一眼，嘴就张成了一个大喇叭："不会吧？这命中率！"还没等我说话，他就伸出胳膊搂住我问："到底是地肥还是种子饱？"我不理他，实话说我此刻根本顾不上理他。我脑子里乱得很，有惊喜，有慌乱，更多的是茫然。生活里忽然就闯进这么一个小东西，想着他会在我的肚子里一天天长大，长出白嫩的小手小脚，长出乌黑的眼睛和头发……完了我还要把他生下来，要喂他吃奶，要端他尿尿……天啊！我还是一个没有当过新娘

龙山

的女子啊，我根本就没有做好当娘的准备啊，这家伙来得太不是时候了……

与我的心事重重不同的是，王安定很兴奋。他在医院门口找了一家饭馆，说要给儿子弄个隆重的欢迎仪式。饭菜一上桌，王安定三下五除二就消灭了大半盘凉拌肘花就生蒜。他一吃蒜我就忍不住想吐，跑去卫生间又吐不出来，干呕一阵，出来就摆个愁苦万分的受罪脸给他看，说："咋办呀？"

"啥咋办呀？生啊！"王安定把手里的一个蒜瓣撂进嘴里一边嚼一边说。蒜味冲出来，我又想吐，赶紧挪开椅子，离他的大蒜嘴远点。

"还没结婚就怀上了，我怎么给我爸我妈说？你村里人怎么看我呀？"我知道我爸把面子看得比命都重，要是让他知道我做了这丢人现眼的事，他不把我打死也得打残。

"爱怎么看怎么看，甭管！"王安定不屑地说。

"事没搁你身上，你肯定体会不到。要是咱俩打个颠倒，你肯定不是这个说法。"我怨他根本不能设身处地为我想。

"甭说叫我变成像你这样的婆娘，就是变成地上爬的，我还是这说法。看你一天天不怕地不怕的，一到关键时候就熊了！"

"事把人逼到这一步了，不熊不由你呀！"我说。

王安定把身子往椅背上一靠，长出一口气，说："好好的，能有多大的事？"

"要生你生去，反正我不生！"我看说不通，就耍赖皮。

"好，给我！"他伸手讨要。

"啥？"我一愣。

"我儿子呀！"他指指我的肚子，再指指他的肚子，"要我生，你得给我装进去呀，我又没有那设备。"说完还幽怨地看了我一眼。

在孩子的去留问题上，我和王安定第一次起了争执。王安定要我生下来，而我非得流掉。我想反正我还年轻，结婚了再生就是了。但王安定偏不，他说他过完年都二十九了，他必须在三十岁之前抱上儿子，这娃说啥都不能流。他理直气壮地指着我说："何水水你懂不，你要是把娃流了，你就是个杀人犯，杀死亲生骨肉的杀人犯！虎毒都不食子！"

虽然我有一千个心不甘情不愿，最后还是顺从了王安定，决定把这个早到的小生命留下来。其实让我改变主意的并不是王安定的坚持，而是晓琴的一番话。晓琴说，第一个孩子要是流掉，以后得习惯性流产的可能性就会增大。我虽没生过孩子，但习惯性流产却听过，也见过习惯性流产给一个家庭带来的灭顶之灾。有了晓琴这番话，王安定再说的时候我就不反对了。他高兴得满脸放光，抱着我在原地转了好几个圈圈……

在我眼里，王安定就像三月的暖阳，既给人温暖，又自带光芒。我就久久迷醉在这温暖和光芒拢起的强大气场里难以自拔……

姐妹们的欢笑和尖叫把我的思绪从回忆中扯了出来。一抬头，我的太阳、我肚子里孩子的父亲、今天的新郎王安定就西装革履地站在我面前。他怀里抱着一束花，他的头发打了摩丝，刮了胡子，整个人看起来比以往更精神、更帅气。我抬起头看他，他正好也低下头望着我，四目相对，电光石火，我的心一下子就荡漾了起来。

王安定一进来，屋里的姐妹们就开始起哄。一会儿这个喊："亲一个，亲一个！"一会儿那个又说："求婚，求婚！"过一会儿又有人喊："红包，红包！"……王安定就在这些起哄声里完成

龙山

了所有的规定动作和姐妹们的自创动作。

所有的仪式都结束后，他俯下身来，把一枚写着"新娘"的红色胸花小心翼翼地别在了我的左胸。他的左胸也别着一枚写着"新郎"的胸花。我知道那是心脏的位置，想着我和我爱的人通过两枚小小的胸花就完成了浪漫的心心相印，心里就美得不行。

我怀里抱着王安定送的花，王安定怀里抱着我，在姐妹们的欢呼声中走出了我家的梢门。在走出门的那一刻，想着要离开生活了二十年的家，我心里忽然就涌起一些伤感。但这伤感仅如昙花一现，没多久就淹没在了幸福的汪洋里。

婚车驶离了我的何家湾，向着龙山村的方向驶去。我和王安定在后座上紧紧相依，十指相扣，偶尔的视线相触，眼神里流淌的都是浓得化不开的爱意。

人世间最幸福的事，莫过于一对相爱的人跨越山海奔赴未来。

我相信：这是我的未来，也是我们的未来。

二

在何家湾，在同年岁的姐妹之间，我和晓琴要得最好。晓琴大我三岁，是我的闺密，也是我哥偷偷处的对象。晓琴人长得好看，性子乖，嘴也甜，所以，不光我哥和我喜欢，我爸妈也喜欢。我妈就不止一次地当着晓琴的面说"看人家晓琴多好"，让我多向晓琴学习。我妈这样说的时候我哥就在旁边冲着我俩挤眉弄眼。让我郁闷和抓狂的是，我爸也一个劲地点头，嘴里不住地"嗯嗯"着表示同意我妈的观点。我就郁闷了，难道我不是亲生的？虽然心里有一万个不服气，但这丝毫不影响我和晓琴的感情。只要我俩在一起，就像被万能胶粘住了，短时间内是很难分开的。

我哥当兵走之前，硬是把人家晓琴给要了。其实在当时的我看来，两个情投意合的人能单独待在一起是挺美的。谁知道后来才发现，那晚我哥举着一把叫爱的大刀温柔又霸道地杀死了一个女孩的青春和清白，而我却在不知不觉中做了他的帮凶——晓琴知道我哥要走，就趁天黑送来两双鞋垫让我转交给我哥，我却非要成人之美，让她当面给我哥。我从我爸妈的眼皮子底下把我哥给叫了出来。我哥出门不久我就睡着了，那晚我哥什么时候回来的我一点也不知道。

我哥刚当兵头两年，他俩的感情发展也算平顺。到了第三年，我爸去部队看了一回我哥之后，我哥就从晓琴的生活里消失了。晓琴好长时间收不到我哥的来信，就慌了，找我打问情况，我也是一问三不知。我俩趴在晓琴家的热炕上设想了无数种可能，却怎么都想不出问题出在哪里。我又想：是不是我爸给我哥说了什么？但我爸能说什么呢？在我看来，晓琴就像一碟小葱拌豆腐——清清白白的，能有什么把柄让我爸抓住？不可能啊！我专门为此事给我哥写信质问他，但他给我的回信中却只字不提晓琴。我哥的避重就轻让我恨得牙痒痒，却无可奈何。我就想，到底是什么让我哥变了心？想来想去却总是想不出个结果。

虽然我哥已经退出了晓琴的生活，但晓琴还是不愿意承认她和我哥已经结束了。她总是找各种理由给我哥开脱，她以为等我哥一退役，他们就可以光明正大地在一起了。谁知道她爱的男人根本不给她这个机会——我哥退役回来，在镇上报了到就转身走了，再回来的时候就带回了我嫂子——一个操着外地口音的黑瘦女人——我终于知道我哥不要晓琴的原因了。但我就是想不明白：我这个新嫂子要骨没骨，要肉没肉，往那里一杵就像个晾衣竿。我哥到底看上了她哪一点？

不过，不管我咋想，这个"晾衣竿"还是登堂入室做了我嫂子，名字还上了我家的户口本。

我哥结婚前一天傍晚，我和晓琴在我家的烤烟楼里喝了多半瓶白酒。酒和杯子都是我从家里拿的——这是我们第一次喝白酒。晓琴倒了两杯，给我一杯，自己端起一杯，说："电视上的人结婚都喝交杯酒。何水平不和我喝，不喝拉倒，但你何水水得和我喝一个。你不和我喝我就和你绝交！"

我觉得我哥不要晓琴，我家就亏欠了人家晓琴。我哥不担这个责任，但我不能不担，就顺着晓琴的话说："喝就喝，甭说一个，就是一百个一万个我都愿意！"

这样，我们两个你一杯我一杯，不一会儿就把半瓶白酒干了个底朝天，我们两个都醉了……等我醒来，已是半夜，晓琴却不见踪影。我家里来的亲戚多，晚上我就去跟晓琴睡，可是当我顶着昏沉沉的脑袋推开晓琴家虚掩的梢门，进窑开了灯，却发现炕上是空的。我不知道晓琴三更半夜去了哪里，也想不出来该去哪儿找她，更不敢不去找她自己先睡……就在我一筹莫展的时候，晓琴回来了。她看到我，一怔，然后便紧紧抱着我哭了……一上炕，晓琴就把自己剥得精光，白生生的光身子趴在浅蓝色的床单上，就像一条鱼搁浅在海滩上。我给她盖上被子，她脚往起一钩再往后一蹬，整个身子就滑了出来。她的脸通红，不停地流泪，说着胡话。我在洗脸盆里浸了毛巾，想给她擦把脸。我把她的身子翻过来，一眼看到她胸前几个艳红的牙印——我睁大眼睛仔细看了看，没错，是牙

13

印！各个圆圈之间各自为主又环环相扣，在晓琴白嫩又饱满的胸前显得面目狰狞。

"晓琴，晓琴……"我压抑的喊声里带着哭腔，"你刚才跟谁在一起？谁？"

晓琴伸出胳膊在空中画了半个圆圈，又软软地落到身侧。她说："反正不是何水平。只要不是何水平，他妈的爱谁谁……何水平就是个王八蛋！何家他妈的……都是王八……蛋……"晓琴虽然骂我一家是王八蛋，但我还是生不起气来。我知道晓琴是喝醉了，晓琴要是醒着，我骂我哥一句她都不许，仿佛我一骂就能把我哥骂疼了……晓琴说完又哭了，我也陪着她哭。她哭了一会儿就趴在炕沿"呜哇呜哇"地吐，吐完了、哭累了就昏昏沉沉地睡了……

没过几天，晓琴就和村里的厨师元海订婚了。元海长得一瓦瓮高两瓦瓮壮，光溜溜的圆脑袋两侧支棱着两个招风耳，烧饼一样的大脸上却偏偏长了一对小眼睛，看起来很滑稽。元海父母死得早，一个姐姐早已出嫁，两个哥哥也已分家另过，剩下他一个人就住在他父母住过的地窖里。元海一个人在家待不住，又不爱作务庄稼，就跟了个师傅，一年四季骑个烂摩托，摩托后边驮着杀猪的铁钩子，走村串巷给婚丧嫁娶的人家里抓厨。不知道是长时间的烟熏火燎，还是摄入的油水太足，或者是别的什么原因，元海的脸总是黑黝黝的且泛着油光，仿佛一挤就能挤出油水来，就那双手也是肥嘟嘟的又油又黑。元海抓厨的时候老穿着脊背或胸前印有"××酱油""××味精"等字样的深蓝色大褂，他个子矮，大褂又长，只剩下小腿腕往下露在外边。有掌盘的男人就笑话元海，说这蓝褂褂就是好，连裤子都省得穿了。掌盘的男人把手里的木盘子角搁在元海眼前的大铁锅沿上，木盘子里摆着好几个菜碟子。元海正用一把长把勺给菜碟子里盛菜，听见男人这么说，就挥起勺作势要打。掌盘的男人头一偏，元海就趁势收了勺，在锅沿上"当当当"地磕上几下，伸出左手往前撩一下蓝大褂，腿半弓着伸出去，露出油乎乎的裤子膝盖，说："来来来，你钻进去看看爷穿裤子了没有！"掌盘的男人刚端着盘子转身要走，听元海这么说，就转过身，使劲把盘子往元海这边斜，说："爷，看我不扣你个七碟子八老碗！"说完，手腕一拐，盘子在空中画个圈又稳稳地举着上菜去了，排队候着上菜的掌盘人就一阵哄笑。

　　我总觉得晓琴和元海太不般配。一白，一黑；一瘦，一胖；一美，一丑。这样的两个人往一起一站，总让我想起在书上看过的阴阳鱼。我觉得我们村的小伙子，谁配晓琴都比元海强，但偏偏是元海娶了晓琴。我想：站在元海的立场上来说，就是瞎雀儿碰了个好谷穗；但要站在晓琴的立场上，绝对是鲜花插在了牛粪上。我一点儿都不想让晓琴和元海好，但我主宰不了晓琴的思想。我就想不通了，即使我哥负了她不要她，凭她那身材那模样，肯定能找到更好的，为啥偏偏就看中了元海？我更想不通的是，对于晓琴的选择，她爸民放叔和她妈玉玲姨竟然不反对？

　　不管我想不想得通，反正晓琴是把自己给嫁了。不知道她怎么想怎么看，在我看来，她这草率的一"嫁"，分明就是绝望后的破罐子破摔，更是对自己生命的一种糟蹋。所以，一想到晓琴和元海，我就能感受到什么是"惨烈"——在娇艳的花丛里挥动长刀的那种惨烈。

　　就因这，我一直生着我哥我嫂的气。他们结婚这么久，我跟我嫂没有说过一句体己话。我恨我哥忘恩负义，也恨我嫂夺去了晓琴的爱。

晓琴虽然没成为我嫂子，但还是不准我说我哥一句坏话。我怕她难过，在她面前也再不提我哥。我哥在我面前也从来不提晓琴。曾经相爱的两个人就这样生分了。但我和晓琴并没生分。我只有一个哥，没有姐妹，在心里就把晓琴当成了我姐。

每一个做新娘的人都逃不开闹新房。我们这里不叫闹新房，叫"耍房"。来耍房的都是王安定的发小和朋友，我第一次见识了这些人的"损"——凡是整人的招数，没有他们想不到的，也没有他们做不到的。好在晓琴早给我打过预防针。晓琴告诉我："他们要你做什么你就做什么，你一听话他们就觉得没意思了。要是你一直跟他们唱反调，他们就会想方设法地'修理'你。"

"他们敢！"我不信。

"结婚三天没大小，有啥不敢的？"晓琴说。

我虽然嘴上不信，心里却想着一定要按晓琴教的来——我记起我哥结婚第二天早上，我嫂子在屋子里捡到了七枚针！

耍房一开始无非是抢花、吃苹果等所谓的保留节目。这些节目没有难度系数，也无伤大雅，就遵照执行吧。这一遵照执行果然使他们失了趣味，但包括晓琴在内的我们都低估了这些人的战斗力和整蛊级别。他们找来了一个乒乓球，把乒乓球从王安定的一条裤腿里塞了进去，要我把乒乓球从王安定的另一条裤腿里拿出来，还不能用手！他们中有人一说完游戏规则，其他人就一阵哄笑。

"这个太难了，换个简单的！"王安定双手被反剪着站在床沿上，脚底下有人攥着裤腿，他不住地扭动着身子，却挣脱不了。

"这还难？你问问平海，看他媳妇是咋做的。要不，就按平海媳妇那级别来？"反剪着王安定手的那个人把脸凑到他眼前来，盯着他问。

16

"不难！不难！"王安定赶紧回话。耍平海媳妇他去了，他也跟我说过那级别，绝对做不来！

我知道眼前这些人，看着西装革履汤清水亮的，心里却像何家湾五月的麦浪，黄得透透的。绝不能顺着他们的心想！但我又能想个什么办法呢？我总不能把一百四十多斤的王安定倒吊起来让乒乓球在裤腿里来回跑吧？我也不能像神话故事里讲的那样，法术一施，乒乓球就乖乖听我指挥……想不出办法我就不想了，反正问题是你们丢出来的，到最后还得你们给收回去。我就贴着门框，手指紧紧抠住门框上的锁孔，任谁扯任谁拽也不松，仿佛手是门框上长出来的。这些人看我长在门框上不动，就用拳头去捶王安定，手一挨到王安定的屁股，王安定就喊叫着躲开，我就知道那人的拳眼里是攥着一枚针的。那人不管王安定疼不疼，再捶一拳，说："王安定，这怪不得我，怪只怪你媳妇不听话！"王安定又是一声怪号。

那些人拥着王安定在床上像跳大神一样前后挪移，在这期间王安定的身上挨了几十次针扎。如果以王安定的喊叫来计数的话，肯定会更多。因为我发现王安定的喊叫成了一种条件反射，不管扎到没扎到，他都要发出一声惊天地泣鬼神的惨叫。这样的情形持续了好一会儿，不知道谁喊了一声："王安定，看你娃也为难，就饶了你吧！"

这话音没落，另一个声音就喊起来："这么轻易就饶了？恋爱经历还没说呢！"

一个人从床上跳下来，边找鞋穿边说："对呀，把这都忘了。那就说说恋爱经历。恋爱经历一说，就没你俩什么事啦！"那人又回过头看着我说："新媳妇，你是不是准备在门框上开花结果呀？"

我一听不取乒乓球了，就撒了手，听他们问。

"你两口子商量一下，谁说呀？"有人起哄。

"我说！"王安定反剪的双手被松开，一屁股跌坐在床上，又叫了一声，"谁还扎我？"回头去看，却没有一个人手里有针，有人就说应该是针掉床上了，得赶紧找出来，别一会儿入洞房的时候扎了屁股。几个人赶紧弯下身子找针。

"谁要你说？叫你媳妇说！"找针的同时还不放过我。

说就说。做都做了，还怕说？

三

我高中毕业后，在家闲着没事干。我爸看我整天风风火火地东晃西逛，一点女娃的腼腆样儿都没有，就和我妈商量叫我去学裁剪，还说裁裁剪剪才像个女娃的样儿。我爸还说等我学成了，到时给我买台缝纫机，坐着做衣服还能把我这猴劲给坐没了。正好那时镇上开设了一个教裁剪的培训班，我爸自作主张就给我把名报了。可是一上课才知道那玩意儿实在不好学。我根本画不来图样儿，只一个泡泡袖的"泡泡"就让我吭哧老半天，更别说那些复杂的式样了。授课的老师大概也看出来我根本不是学这的料，再上课的时候就不重点教我了。所以，到培训班结束的时候，人家交的作业不是一件上衣就是一条裤子，或者一件马甲，只有我，交了三条短裤！你没看错，我给我爸、我妈和我哥一人做了一条大红色的阔腿短裤！我的作业交上去，全班的学员都笑了，教我们的老师笑得直不起腰来。老师笑完了，当着大伙的面，一伸腿，竟然把我做的短裤套到她的裤腿上了——要知道那时是秋天，老师穿的也不薄。老师

18

穿着那大红的短裤在教室里走来走去，活像一个行走的红灯笼。

这下我就狼狈了。其他学员都放学了，我被老师单独留了下来。老师说我交上来这样的作业，她都没办法跟我爸我妈交代。她给我拿来一块布，要指导我剪出一件马甲。那天下午我才明白赶鸭子上架有多难！我折腾了半天，画粉在布料上画了擦擦了画。老师等了老半天，还是没等到我画一个马甲的前、后襟出来，就一边数落我，一边夺过我手中的画粉和直尺，"嚓、嚓、嚓"三下两下，扔了画粉和直尺，抄起手边的剪刀撂在了布料上，说："剪！"还没等我小心翼翼地剪完，老师手里的后襟又画成了。

剪完了就得去老师的宿舍做成成品。老师宿舍里有一台缝纫机，所有学员的作业都是在这台缝纫机上完成的。我看着天色已晚，想跟老师说一下明天再做，但一看到老师恼怒的脸，愣是没敢开口。

我的马甲终于做成了，但不是我做的——我根本就不会踩缝纫机。老师教了半天，不是线跑了头就是掉了皮带。好不容易能踏出一拃长的针脚了，反过来一看，背面的线全成了一疙瘩。老师就说是底线松了，取下线轴儿缠紧，让我再踏，我竟然接连弄断了两根针，针断了又笨手笨脚迟迟换不上新针！失了耐心的老师就拨开缝纫机前的我，她一坐下来，脚下的缝纫机就有节奏地响了起来。而从老师坐下到马甲完成，我估摸时间不会超过十分钟。从老师手里接过马甲，我说了一句："果真是'难者不会，会者不难'！"老师睨了我一眼，把缝纫机用绣花的白的确良布盖了起来，说："你不学咋会呀嘛！"

"不会就不会，我以后买着穿！"我跟老师告了别，跑出门去，在房前的灯影里找我的自行车。

天色已经暗了下来，我蹬圆了自行车往家里赶。一方面是天晚了得赶时间；另一方面是刚做成了一件马甲，心里美着，想赶回去给我妈显摆显摆。虽然那不是我做的，但明天结业典礼一过，老师就会去下一个教学点，我不说又有谁会知道？它仍然会冠上我何水水的大名，在我妈的身上摇曳生姿……

突如其来的一声"砰"把我扯回了现实。车子倒了，我也被摔了个仰八叉。我想起来，还没来得及动身，就听一个恶狠狠的声音吼过来："你会不会骑车！"这声音怎么那么熟悉？仔细一想，这不是我同学田耕耘的声音吗？我想叫他，他又补了一句，这一句让我彻底闭了嘴，他说："要死也得找个开小卧车的，在这儿要什么死娃？"骂完了，他扶起他的自行车，摆弄了一阵，晃晃悠悠地骑着，走了——他竟然连看都没看我一眼！

他妈妈的！平白无故地挨了一摔，又平白无故地被一顿臭骂，我一边往起站，一边在心里恨不得把田耕耘他十八代祖宗都"慰问"个遍。但接下来我就发现了最倒霉的事——我的自行车圈扁了！骑过自行车的人都知道，自行车圈一扁就没办法骑了。怎么办？扛我扛不动，扔了又不敢，天马上就黑透了，这又是一个前不着村后不着店的地儿，这可叫我如何是好？

等了好久都等不到一个过路的人。我只好一手握着车把，一手提着自行车竖梁，让前轱辘悬空着往前走，一边走一边在心里跟自己生闷气。

心里那个我说："走走走，像你这样走，走到天明都走不到家门口！"

在路上走的我说："你以为我爱走？你不是本事大吗？又能上九天揽月，又能下五洋捉鳖，那你给我想一个不用走的办法！"

心里的我被在路上走的我噎得张口结舌，就咽了一口唾沫，刻薄地说："哟嗬，原来这么牙尖嘴利的人，到关键时刻还是连一个好法子都想不出来！"

　　"我要能想出来，你到哪里去看河塌水涨呀？"在路上走的我恼羞成怒。还想说话，刚一张口却闭上了，因为有一道光束从远处射了过来。从自远而近的"突突"声推断，过来的应该是一辆摩托车。这是我等了这么久见到的唯一一个人，我必须要拦住他。来不及细想，我赶紧把手里的自行车推倒，让它横躺在路上。我站在自行车前，叉开双腿，向两边伸直双臂，把自己站成个"大"字。为了不在这黑暗的路上走到天明，我豁出去了！

　　这一招果然奏效，驶到近前的摩托车慢了下来，到我跟前终于稳稳地停住了。

　　骑在摩托车上的人上上下下打量了我一阵，确认我不是女劫匪后才慢悠悠地从摩托车上下来。

　　没错，从摩托车上下来的人就是王安定。王安定看了看我的自行车圈，转身从摩托车的货斗里取出工具，让他的摩托车灯照着亮，这边拧拧那边扳扳。不一会儿，他把自行车在地上放正，一手提着前竖梁，一手推着车轱辘在空中转圈圈，说："还不是很圆，但能骑了。"

　　"能骑就好，能骑就好！"我感动得一塌糊涂，一连声地说了几个"能骑就好"。

　　我谢过王安定，骑上自行车往回赶。虽然我把车子蹬得飞快，却怎么都逃不出后边的摩托车灯光。我心里纳闷，下了车子回头去看，只见王安定的摩托车一直不远不近地跟在我身后，我的自行车一直行走在他摩托车打出的灯光里。他见我停了下来，就把摩托车灯闪了两闪，像一个认识好久的老朋友对着我眨眼。我对着那光源挥挥手，回过头跨上自行车，又朝家的方向骑去。

等我进了我家的梢门，王安定才掉转摩托车，又把车灯闪了两闪，他和他的摩托车才一溜烟不见了。

那一晚，王安定的摩托车灯在我眼前闪了一夜，甚至在梦里都是各种形状各种颜色的灯光在闪……

后来在村里就经常见到王安定，他骑着摩托车走村串巷收玉米。他看上谁家的玉米了，就给留几十块钱的定金，等到定下的玉米能凑一车了，再开辆农用车来拉。时间不长我就发现了王安定来村里的规律，那就是一个月之内有一周时间他是连续来的，其余时间来得则比较少。当时我想不明白，后来有一次问过他才知道，他在城里的面粉厂上班，轮休时间进村收玉米和黄豆，也收小麦，收了就卖给城里的收购点赚取差价。

等跟王安定很熟了，我就坐着王安定的摩托车带他去看村里人家的玉米、黄豆或小麦。村里人在我面前不说什么，可是一背过我就说开了闲话。闲话传到我爸妈耳朵里，我爸就警告我，叫我离王安定这个粮食贩子远一些。我爸妈一方面羡慕王安定有经济头脑会赚钱，一方面又说经商的人都善于投机钻营，一般人是交不过的。我知道我爸怕闲话，也怕我吃亏，但我又舍不得离王安定远一些，再和他来往就开始偷偷摸摸起来。

我都记不起第一次在摩托车上搂王安定的腰是什么时候了，或者是我记得但羞于说出口。反正从那以后，在我爸面前我中规中矩，但一离开我爸的视线，用王安定的话说就是"猫不在了老鼠就反了"。

那个秋季下来，王安定在我村收了六农用车玉米，还收了一个叫何水水的大活人。

……

"说呀，这就完了？"我刚一停下来就有人追问，"说，你们第一次亲嘴是什么时候？"

"这，这……"我语塞。

"得了，得了，有完没完了？'春宵一刻值千金'，千金呀！你们这些瘟神，赶紧散了去，各回各家各找各妈！"王安定气恼地说。王安定眼皮都耷拉下了，我也实在困得撑不住了。

"我们走能行。你俩亲上一个，我们就走！"有人又出损招。

只要能把这群瘟神赶走，亲就亲！王安定搂住我，刚要俯下身，有人又喊："不行！得一直亲着，等我们走完了才准放开，不然走出去的人都得回来重新开始！"

等人一走完，门都没关，我们就一起躺倒在了床上。妈妈的，这哪是结婚，分明就是把两个人架在那个叫结婚的架子上烤嘛，太痛苦了！

我一直牵心门没关，自己又累得不想动，就推王安定说："去把门关了。"说了两次没反应，转过头一看，他已经睡着了。

结婚第三天，吃过早饭，王安定用摩托车载着我回门。我们进门时，我妈在灶房忙着。而我爸，一边扛着扫帚扫院子一边听录音机。我爸是个秦腔迷，《下河东》里的"三十六哭"，《斩李广》里的七十二个"再不能"，《铡美案》中的"包相爷与我讲一遍"，《三滴血》中的"祖籍陕西韩城县"都是我爸经常吼的。但我爸今天听的竟然不是秦腔，而是流行歌曲，还是那英唱的《男人这本书》："记不得有谁说过男人也是一本书，这本书很大很厚只是封面有点粗。坚硬的线条令人心动，打开来才发觉他并不好读……"

这歌是我平常最爱听的，平时我听歌要把声音放得大大的。每次我一放歌，我爸就喊："快把声音关小些，难听得跟啥一样，还放那么大！"但他听秦腔的时候却要把声音放得大大的。我爸说，你那些歌要是猫，秦腔就是老虎，猫"喵呜喵呜"地叫没错，可你见过有老虎像猫那样"喵呜喵呜"地叫唤的吗？虽然我不知道为什么在我爸眼里秦腔是老虎而歌曲不是，但我找不出能说过我爸的理由。而且静下心来仔细想想，好像还真是他说的那么回事。我虽然认同我爸对于秦腔和歌曲的说法，但我爸并不会因为我对他的认同而对我喜欢的歌曲产生一丝好感。

没想到我爸今天竟然开始听流行歌曲了。但这流行歌曲在今天听来，却让我鼻子一阵阵地发酸——我知道我爸是想我了。

我爸见我们来了，就扔了扫帚，手忙脚乱地关了录音机，让我们进去坐，又冲着灶房的方向喊："平——"听到我妈在灶房应了，就说，"快出来，你女子回来了！""平"是我哥的名字。我妈名叫李采香，但我爸从来不喊我妈的名字。在家里，他俩要给对方说话时，要不就白搭话，要不就喊我或者我哥的名字。在外人面前说起对方，我爸喊我妈"屋里人"，我妈则喊我爸"掌柜的"。

我妈从灶房出来，腰上还系着围裙。我爸看到我妈迈进门槛，就说："赶紧给你女子倒水！"

我妈从柜盖上取了两个缸子，一个倒了茶水，一个倒了白开水。我把茶水端给王安定。我妈把热水瓶放稳，斜我爸一眼，说："以后少叫我女子喊你'爸'，也甭抽我女婿的烟！"

我爸坐在桌前的椅子上，脚蹬着椅子桄。王安定给他点了根烟，他刚抽两口，听见我妈这话，就"扑哧"一声笑了。我爸这一笑，我们几个都笑了。

到了晌午，我爸说他要和王安定喝几盅，让我妈炒几个菜。我妈就炒了一个韭菜鸡蛋，一个豆芽粉条，拌了一碟子御面，一个凉调肘子。我把菜端到炕边的时候，王安定早脱了鞋，和我爸面对面坐着喝上了。

我爸有一个塑料酒桶，酒桶里泡了很多红枸杞。我爸每天早晨起来，都会用酒桶盖上扣的小酒盅满满地倒上一盅，一仰脖子，那酒就"吱——"的一声吹着小哨子进了我爸的喉咙。我看我爸喝得这么香，就盯着他陶醉的脸问："爸，真有这么香？"

"香啊！"我爸伸出舌头沿着酒盅内沿舔上一圈，再咂巴一下嘴问，"你敢尝一口不？"

我还没说话，我妈就夺过我爸手里的酒盅扣在酒桶上，挥着手把我爸往外赶，说："不知道自己几岁了，给娃不教好。酒到底有个啥好喝的嘛，一喝下去肠肠肚肚都翻腾开了，跟喝了毒药一样，你说这是啥难过不去了？馍饭不吃饿得很，酒不喝又能咋得很？"

我爸被我妈推着，不情不愿地往外走，扭过头对着我说："你甭听你妈的。到底好不好，得自己尝了才能知道！"走到门口又说我妈："看你，娃想尝一口，你就叫娃尝一口嘛，哪怕舔一下！"

我妈就把眼睛一瞪，冲着我爸说："逞了能了你？快走，该弄啥弄啥去！"

我爸只好讪笑着走开去。我妈这样一说，我也不敢再开口。但我又想尝一尝，就趁我爸和我妈都不在的当儿，倒上小半盅，伸出舌头一舔，呸、呸、呸！辣得我舌头都木了——从此，我再也不相信"酒香"的话了。

此刻，我爸和王安定的面前就放着那个塑料酒桶。我爸把他的茶杯当了分酒器，两个人你一盅我一盅喝得不亦乐乎。

我妈后边抱了热水壶进门，一看我爸和王安定已经喝上了，就瞪着我爸说："就这一会儿的工夫都等不得，也不说叫娃先吃点东西把肚子垫一垫！"

我妈说完，揭开热水壶盖儿要给我爸的茶杯里续水，我爸慌得赶紧端走茶杯，说："酒！酒！"

我妈以为我爸说要酒不要水，就伸手去夺我爸手里的杯子，说："酒能当水喝呀？我给你倒上些凉上，一会儿醒酒！"

我妈这样一说，我爸才知道自己没表述清，就一只手捂着茶杯口，一边留出一条细缝儿，把茶杯端给我妈看，说："你看，杯子里是酒，不敢倒水！"

我妈仔细一看，才发现杯子里还漂着几颗泡涨了的红枸杞，就再瞪我爸一眼，拿过桌上带盖儿的两个蓝花搪瓷杯，倒两杯水，一人跟前放一杯，放下热水壶出了屋。

我跟在我妈身后也走出来。我妈把我添箱那天吃剩的馍切成薄片，摆在簸箕里，放在院中间的砖堆顶让太阳晒着。我妈走到砖堆旁，端下簸箕翻馍片片。我妈翻着馍片片对我说："水啊，可能妈现在给你说这话有些早，但你得有个心理准备。这女人一结婚，当了媳妇，就和在娘家不一样了。以后不管为人还是处事，都要学得圆滑一点。你把事处理圆滑了，别人心里不硌硬，你自己也不吃亏，你好我好大家好。要是你处理不好，自己吃亏不说，还会落人口舌……"

我还沉浸在新婚的幸福里，所以我妈这番话从左耳进来，又"嗖"地一下从右耳出去了，连一个字都没记住。

不知道是我爸把王安定灌醉了，还是王安定自己把自己灌醉了，等我和我妈说完话，我爸就趿拉着鞋出了门。出了门的我爸一看到我和我妈就缩了一下脖子，躲开我妈的眼神杀，顺着墙根溜走了。我进门一看，王安定面红耳赤，头向着炕里，枕在摞起的被子上打着粗重的呼噜。我妈一看到这阵势，就一边唠叨我爸一边拉了旁边的被子给王安定盖上。

因为王安定醉了，不能骑摩托车，这天我们就没有回龙山。

四

我的娘家何家湾隶属于仁义镇，是十里八乡众所周知的坡河村。而王安定家所在的百吉镇龙山村，却是平坦的塬面村。从这一点上，王安定就觉得他家的条件比我家优越了很多，好像我嫁了他有多高攀似的，常以编派我的村庄为能事。

我带王安定去看我家的水窖，我说前几年没引自来水的时候我们就吃这窖里接的雨水。王安定看到我爸扒开的引水渠一直通向大路，他就说："大路上的水多脏啊，牲口都会在路上拉屎撒尿，有时还有人。"他怕他的说法没有说服力，就说自己上学时即使尿脬都要憋破了，还是不愿意在学校的茅坑里尿，非得等放学路上队散了，和小伙伴捉着小鸡鸡比谁尿得高，还在地上画地图。话头一转他又幡然醒悟一般地说："哎呀，怪不得你长这么结实，不知吃了多少羊粪豆豆，那可是好肥料呢！"他甚至把那句"庄稼一枝花，全靠肥当家"的广告词都用上了。他和我去大路上转，看到有人推着自行车上坡，就夸张地感叹说："好家伙，估计爬一回这坡，屁股缝里的水几天都干不了！"他这样一说我就火了。我允许他调侃我的何家湾，但绝不是像这样毫无顾忌毫无底线地作践。何况这是生养了我二十年的村庄，是给过我最原始的生命、最初的爱和梦想的地方。

我不愿意在结婚第三天就和王安定起争执，而且以我的笨嘴拙舌根本不能与之抗衡，我就开启了装死模式。

我的装死模式一开启，我爸妈都拿我没治。我记得有次犯了个啥错误，我妈提着笤帚作势要打我——按我妈后来的说法，我当时一跑也就没事了，但我偏不跑，端直站着，任我妈的笤帚疙瘩一下一下抽在我屁股和大腿上。我妈越打越气，把一个笤帚把都打开花了。我妈过后给我爸形容的时候说，我杵在那里就像个粮食口袋，只有两个拳头攥得紧紧的。我妈说这话的时候，距离我挨打已经过去了十多天，我早已好了伤疤忘了疼，就接上我妈的话说，拳头攥紧打上不疼！我妈作势又要打我，我赶紧一闪躲开了。从此以后，我要是一惹我妈生气，第一时间就赶紧离开我妈的视线范围。因为我爸后来再缚笤帚的时候，一直念叨着要缚得结实一点儿，不然我妈抡不下几回就散了。

王安定说上半天也听不见我说一句，叫我我也不应，他知道他的话过分了，就适时住了口。住了口看我还不说话，就又拿自己的龙山村说事了。

王安定说："别看我是龙山村的人，其实我一点儿都不爱龙山。要山没山，要龙没龙。没山没龙也就罢了，八个生产队，一千多户人，你好歹给我养个媳妇呀！你看，它没养下不说，还生生地把一个帅小伙熬成了三十岁的老光棍……"我一听王安定这话，脸上绷不住，"扑哧"一声笑了。

我不知道为什么每次和王安定的较量，最终都会落到甜蜜的结尾上，而且我承认，像我这样单纯的、见识不广的女子，对于诸如此类的甜蜜根本不具备一丁点儿的免疫力。沉迷在爱情中的我觉得生活本身就够甜的了，但这个男人还时不时地往里加一勺糖，这甜就浓稠得有点儿化不开。

大抵世间的父母都有一个初衷，那就是无条件地希望自己的子女幸福。我爸妈虽然在最后一刻都没有放弃他们作为家长反对我和王安定谈婚论嫁的权利，但此刻看到我和王安定甜甜蜜蜜形影不离，也就款款地把心放到肚子里去了。等我们游山玩水回到家，我妈已经在炕桌上摆了七八个菜碟子，我爸的酒桶也早已摆放到位，但因为王安定要骑摩托车，我妈说啥都不准他喝酒了。没了伴，我爸喝酒的兴致一下子就没了，只是不停地给王安定夹菜，劝王安定多吃点儿。

眼看一顿饭马上就吃完了，我爸的筷子除了给王安定夹菜，再没动过几回。王安定就站了起来。他取过炕桌上的酒桶，揭开盖儿往酒盅里倒了四盅酒，给我爸、我妈和我每人眼前放了一盅，自己端了一盅，说："爸、妈，我以后一定会对水儿好，请你们放心！"

我妈看看王安定，又抬眼看看我，转过头对我爸说："你把娃这两盅喝了！"

我端了眼前的酒盅要递给我爸，王安定伸手接了过去。

"你要骑车的，不能喝酒！"我爸抬起屁股伸手接酒。

"一两盅没事的！"王安定说着，端起酒盅就要喝。我爸说："这娃，你刚还说叫我们放心，像你这样管不住自己，我们怎么放心嘛！"

我爸这样一说，王安定就没话说了，赶紧恭恭敬敬地把酒盅递给我爸。我爸左右手各执一个酒盅，一仰脖子，两杯酒就进了喉咙——我听到那酒在进我爸喉咙时又吹起了欢快的、余韵悠长的小哨子！

　　我们回到龙山村时天已擦黑。王安定去向他爸妈汇报我们回门的情况，我就在灶房的大锅里烧了热水，准备美美地洗个热水澡。等我找好了换洗的衣物，在大铁盆里倒好了水，去关门的时候，发现门上的穿条杆竟然不见了！我清楚地记得结婚那天晚上明明是我亲手关的门，那时穿条杆还在的。怎么回事？莫非……我这一惊非同小可，赶紧一边喊王安定一边找钥匙开我的柜子，我的婚嫁钱可都是塞在这柜子里的！我打开柜子，夹板里藏着的东西完好无损。在我疑惑的当儿，王安定进来了。他看到柜前的我，说："咋啦？招贼了？不是好好的嘛！"

　　"门上的穿条杆不见了！"我说。

　　王安定一听我这话，愣了一下，回过头去看门背后，穿条杆确实不见了。他把门打开再看外边，门板上四个环环空落落的。他也想不出怎么回事，就大声喊他爸。

　　王安定他爸过来一看，也是丈二和尚摸不着头脑。他爸说："不对呀，你们昨天走了之后，安邦和安静也走了。这两天也没人来过。再说了，我和你妈一直在家，就没出过门呀。"又对王安定说："问问你妈知道不。"

　　话音还没落，王安定他妈就抱着一个热水壶出了灶房门，听见这边王安定他爸说话，就问："问啥呀？"

　　"妈，门上的穿条杆咋不见了？"王安定从门里伸出头问。

　　"我给你丽梅嫂子了！"他妈说着，脚步却没停。

　　"为啥？"王安定问。

　　"你丽梅嫂子要出门，可是门上的穿条杆不知叫娃撂到哪个旯旮去了。她又急着赶车，我就把你门上的抽下来给她锁了门。一庄一院的，又有大门，要不要那个都一样。再说了，不关门，我早上提壶的时候也就不惊动你们了，你们还能多睡一会儿。"王安定他妈说着话，身子却没停，直接进了隔壁房子。

"妈呀，你也真是的。米面能借，这穿条杆能借？你说这晚上睡觉不关门，跟睡野外有啥区别呢？不说我，还有人家水水呢。人家前天刚嫁到咱家来，你今天就让人敞着门睡觉，你让人家水水咋想？多亏水水不是个爱计较的人。"王安定撵到隔壁房子门口说，"你要灌水你说话，我给你把壶提出来就是了嘛。"

王安定知道我心里肯定不舒服，所以就在给他妈说话的同时不动声色地给我戴了一顶高帽子，这高帽子压得我有气发不出。

他妈放下热水壶，出来走到我们门口说："你个白眼狼，这才刚结婚，胳膊肘就往外拐了。听你这话，就像我欺负水儿一样！"说完又转过头望着我说："水儿，你说，我说叫你们多睡一会儿，这是欺负你吗？"

王安定他妈一张口，我就知道她给我撑开了一个大圈套，只等着我傻乎乎地往里跳呢。

"妈，看你说的。你是好心想叫我们多睡会儿，咋能是欺负呢？是安定不会说话，你甭理他！"我又转过头对王安定说，"院墙那么高，还怕贼把你背走了不成？"

听我这样说，王安定他妈心满意足地转身离开了。她一离开，王安定他爸也跟着走了。他们一走，我也没心情洗了，挪出了洗澡盆，转身躺上床去。躺下却翻来覆去睡不着，这都哪儿跟哪儿呀！

王安定和我一样也睡不踏实，就连拖带推地搬了屋里的单人沙发，把门顶上了事。

在梦里，我和王安定不知为啥吵了起来，吵得不可开交。我吵不过了就扯开嗓子吵。我嗓子尖，王安定扯开了嗓子还是吵不过，就不知从哪里摸出来一个大喇叭。那喇叭虽然是举在手里的，却分明有何家湾村委会院里树杈上架的那个那么大。王安定把大喇叭举在嘴边，一出声，那喇叭发出的却不是高亢嘹亮的声音，就像噎住了一样，咯咯啦啦一阵聒噪，这一聒噪我就醒了。人醒了，可是聒噪声还在，我就知道不是在梦里了——王安定他妈在推门，那阵聒噪是沙发的脚在地上摩擦的声响。

我脑子"轰"的一声，赶紧把头从王安定臂弯上缩下去，用被子捂住了头，装睡。

王安定他妈进来了。她没去提梳妆台上的热水壶，而是径直走到床头，给王安定露在外头的肩膀盖好被子，还唠叨"这么大的人了，睡觉还是这样不老实""要是寒气渗了骨可咋办"等诸如此类的话。唠叨完了才去梳妆台那里提热水壶。让我郁闷和抓狂的是，这位清晨的闯入者出去时竟然没给我们带上门！就这还说叫我们多睡会儿，哄鬼哩！

王安定瞌睡多，而且睡得沉，他妈进来这么大的动静都没把他吵醒。没醒有没醒的好处，最起码避免了在他妈眼皮子底下搂着媳妇睡觉的尴尬。也或许，他们母子之间根本就用不着尴尬。我把王安定摇醒，给他指看大开着的门。王安定哭笑不得，又无可奈何。

王安定他妈早上这一闯，弄得我一整天在她跟前都抬不起头来，那种感觉就像一个人在大庭广众之下被剥光了衣服。虽然我知道王安定他妈进来没看到啥，但吃饭的时候我还是死活都不愿意去灶房，就夹了个馍到门口去吃。王安定却像个没事人一样，跟在他妈屁股后边妈长妈短地叫得特亲热。

我想叫王安定找根穿条杆装上，但一方面怕他说我小题大做，

龙山

一方面又怕自己的要求再引起争端，就没敢开口。我忽然觉得自己这一结婚，倒像是进了一块禁地，每迈一步都胆战心惊！

第二天晚上，睡觉前王安定就把热水壶摆在了门外的窗台上。不提热水壶，他妈就不会进屋里来，关了灯的王安定就有点不安分。我虽然担心伤着肚里的孩子，一直说不敢不敢，但架不住他软磨硬泡，就半推半就叫他得逞了。

等王安定他妈再一次出现在我们床头，还蜷在被窝的我恨不得找个地缝钻进去——我从来没想过半夜起来打扫"战场"。可想而知，王安定他妈进来看到了什么。看到了装作没看到，不吭气就是了，但王安定他妈偏不。她伸出手掌朝王安定盖的被子上打一巴掌，说："你个二杆子，给你说了多少遍你就是不听！没轻没重的，你想害死她呀！"

王安定被他妈这一打，再想装睡也不行了，就生气地把被子一掀，整个人坐起来说："你大清早的又想干吗呀？还让不让人睡了？"他妈也不理会，俯身揪过什么东西在手里端详，我抬眼一看，不由得惊叫出来——王安定他妈手里拿着的竟然是我的内裤！

"妈，妈！你……你拿这个……干……干吗呀……赶紧放下！"我一急，说话就不利索了。

王安定他妈不接我的话，端详够了，把内裤揉成一团攥在手心里才说："这么紧，还是腈纶的。我过会儿给你拿一个大号纯棉的，吸汗，也舒服！"转过头又对躺下身睁着眼睛发呆的王安定说："还睡哩？赶紧起来把地扫个，你看你这场面像过了贼一样！"

王安定他妈一出门，我既羞臊又气愤，就哭了起来。王安定怕我的哭声传出去被他妈听到，就把我的头用被子蒙了起来。我不管，扯开被子哭，他又给我蒙上。我再扯不开，就掐他、咬他，掐疼了咬疼了他也咬着牙皱着眉，一声不吭。

我给王安定下了最后通牒。我说："你今天必须给我把穿条杆装上，你要不装我晚上就回何家湾睡！"

王安定哄不下我又拗不过我，就连连点头应允说："装，装！今天一定装！"

这一天，门上的穿条杆终于装上了，是王安定新买的。但穿条杆不单卖，上边还串着四个圆环环。王安定就把那四个圆环环用一根铁丝串起来，丁零当啷地挂在墙上钉着的钉子上，边挂还边逗我说："留着给娃当玩具。"

门上有了穿条杆，晚上睡觉就不用再敞门敞户了，也从根本上杜绝了王安定他妈"随时检查"的现象。王安定他妈虽然当着我面没说什么，脸却黑了好几天。

五

一周后，王安定的假期到了，要返回厂里上班。他走的这天，我哥用摩托车载了侄女毛豆来叫头回。以前，我们这儿的女子结婚后要回门，还要叫头回、二回和三回。后来，年轻人在外边打工的多了，要结婚了，回来把结婚证一领，待个客，举行个仪式，这婚就算结了。时间充足的，还能叫个头回；但时间紧迫的，只回个门就得走。

王安定时间紧，但我时间充裕呀。他上他的班，我回我的娘家。不但要熬头回，还要熬二回、三回。王安定见我心沉，就说："只要你爱跑，再把七回、八回都熬上。""熬上就熬上，又不要你接送！"我话刚说完，王安定就在我脸蛋上捏一把说："那把我也引上。"我白他一眼说："我熬娘家你跟着去弄啥？又不是尾巴！""我熬丈人家哩呀！"他一本正经地说完，又发慨叹说，"谁叫丈母娘这么稀罕哩，没办法！"

我哥和毛豆已经骑上了摩托车，我也要上车，王安定一把扯住我说："快来，给爸带的茶叶忘了！"

茶叶？啥时说要给我爸带茶叶了？我心里纳着闷，身子却跟着他回了房。他打开立柜门，从架板上取了一个绿色的铁茶叶罐递给我。我刚一转身，他一下子抱住了我，紧紧地紧紧地。他把唇凑近我的耳边呢喃着说："记住，一定要想我……"

一回到何家湾，我就像大熊猫一样被我爸和我妈重点保护起来了。在这之前，怀孕的事，我从来没给我妈吐露一星半点。一是不好意思说，二是嫌丢人不敢说。我曾自作聪明地以为，我不说，我爸妈就看不出来。谁知道我妈早把我看得透透的。我一进门，我妈就用一双新布鞋换去了我脚上的高跟鞋；这还不算，我妈还把我包里那支口红给没收了——不知道我妈听谁说怀了娃的人是不敢抹口红的。在回家之前，我想着自己毕竟结婚了，跟以前那个不修边幅的何水水不一样了，就细致地描了眉毛、抹了口红，还给脚上套上了一双高跟鞋，处心积虑地要营造一个全新的、脱胎换骨的何水水给乡亲们看。谁知道我这新形象还没在乡亲面前站上一站，就被我妈给一棍子打回了原形。我妈说，好好个嘴，非要抹得血红血红的，像啃了死娃一样。再看那鞋跟，尖得就像两把锥子。这哪里是穿鞋，明明就是欺负脚不会说话给脚上刑哩。旧社会为了不让女人逛世事，就给女人缠脚。缠脚骨头是要受大症的，骨头受了症，踩不稳，走起路来就咯噔咯噔的，那些摇笔杆子的烧料子还说像风摆杨柳，风摆他妈个×！我妈说到这里爆了一句粗口。爆完粗口还不解气，语气都变成咬牙切齿了。他们就不知道缠脚的时候女人受了多大的症！那几个月，女人把一辈子的眼泪都淌完了！这要是能换的话，叫那些烧料子换了试火一下，看他们还"摆"得起来不？现如今，世事这么好，社会不勒掯女人了，女人自己却不放过自己，变着法地折腾开了……我妈还要往下说，我赶紧捂着耳朵逃开了。

　　我爸用凿子在砖头大的一块木板上并排掏了三个圆窝窝，把核桃放进圆窝窝里，用钉锤敲出了半碗核桃仁让我当零食吃。干核桃仁外边有一层薄皮，吃起来有些涩，我吃过几个后就不愿意再吃了。但我爸给我下了硬任务，说一天最少得吃五个核桃。我爸还说，吃核桃仁生下的娃大脑聪明，长大了能上大学的！我就问我爸："爸呀，我嫂子怀毛豆那会儿，好像也没见你给她砸过核桃仁，你就不怕人家说你偏心？"

　　我爸瞪我一眼说："偏心？你去看看你哥睡觉时脖子底下枕的那是啥？"

　　我就想起来，我哥是枕着一个长方形的木块，枕的时间长了，都看不清木头的原样了，倒是分泌的油脂把木块渗得油黑发亮。

　　我哥爱上火，一上火就牙疼。我哥牙一疼，腮帮子就肿成一个大疙瘩，像噙了一个鸡蛋。我妈就把我染指甲用的白矾研细，用鸡蛋清拌了给我哥涂脸。鸡蛋清涂到脸上不一会儿就干了，在脸上越绷越紧越绷越紧，整个脸就成了明晃晃的一个平板板。鸡蛋清涂上不顶事，我妈就从菜瓮里捞一点点浆水菜，团成黄豆大的团子塞进我哥耳朵眼里。塞进耳朵眼里的浆水菜团子过一会儿就被体温暖热了，得再换上一个凉的。人晚上要睡觉，不可能一直换，我妈就把我哥枕的木块翻过来，木块下是有两个圆窝窝的——我妈给窝窝里边灌上浆水，让我哥侧身躺着，把耳朵泡进圆窝窝里去泻火；浆水暖热了，再换第二个窝窝……如此往复，几天后，我哥腮帮子里噙着的"鸡蛋"果然瘪了下去，牙也就不疼了。我一直以为这木块上的圆窝窝是专门给我哥治疗牙疼的，还打心眼里佩服我爸的"创造"，直到今天才反应过来，这原来是给孕期的我嫂子砸过核桃的。

我不想吃核桃仁，就冲着大门口喊："毛豆，毛豆！"毛豆在门口的枣树下看蚂蚁搬家，听见我喊就晃着圆滚滚的胖身子跑过来。我说："毛豆，你给姑算算，三加二等于几？"

毛豆扳着胖乎乎的小指头数了数，抬起头望着我说："五！"

"五加一呢？"我问。

毛豆又扳指头算过了，说："六！"

我摸摸她的头说："毛豆乖！最后一个问题，八加四等于几？"

毛豆扳着手指头开始算，数字还没加完，手指头数完了。毛豆看看左手，再看看右手，抬起头看着我，奶声奶气地说："姑，你等着，叫我把鞋脱了给你算！"说着就往地上一坐，两只胖脚丫互相蹬着，三两下脱了鞋，用小拳头点着数起来。

我和我爸都被毛豆这天真可爱的模样儿给逗笑了。我爸蹲下来，一手在她胳肢窝里挠，一手去抠她的小脚掌。毛豆忍不住痒，就笑成一个圆乎乎的肉球钻到我爸的怀里去了。

何家湾活路多，一天三晌都要下地。我妈不让我下地，又觉得不给我手里捉个活，我这尖屁股肯定坐不住，就给我粘了十几双鞋垫让我学着扎花。扎花要先拓花样，还要拜师傅，我就去找晓琴。

晓琴家离我家很近，都属于五队，但她嫁过去的元海家却在六队。元海一直住在他爹妈住过的地窑里。晓琴和他订婚那阵子，村里盖房的人已经多了起来。大家都说元海这几年走州过县，又干着白刀子进红刀子出的营生，没少挣钱，他那人手紧，肯定也没少攒钱，就怂恿晓琴给元海施加压力叫元海盖新房。不知道晓琴根本就没说还是说了元海不同意，反正直至他俩结婚，新房的影子都没看到。人家晓琴都不在乎，我们这些站在旁边咸吃萝卜淡操心的也不好再说什么了。

　　我进门的时候，晓琴手里端着个瓷碗，正坐在门槛上吃杏娃娃。杏娃娃是刚从花里钻出来不久的青杏，才有小指头蛋大小，顶上还顶着花的毛细尖儿；咬开来，里边是白得透亮的杏仁，用指甲一掐，就淌出透明的汁水。小时候，我们常把这杏仁塞进耳朵眼儿里用体温暖着；过一会儿，白亮的外皮变成了土黄色，而里边的汁水就凝成了固体；小心地剥去那土黄色的嫩皮，一个半透明的圆乎乎的小东西就摊在掌心里了。我们都叫它"鸡娃"，互相传看着，夸耀着自己又"孵出一个鸡娃来"。你"孵"三个，我就要"孵"五个；你"孵"五个，我就要"孵"七个……反正总要比别人多。经常是吃一晌杏娃娃，第二天牙酸得连豆腐都咬不动。但我们吃杏娃娃都是在野外无主的树上摘，很少有人有胆去自己家里的树上摘杏娃娃吃。用家里大人的说法，杏子没长熟被摘就是糟蹋了，而糟蹋东西在贫穷的何家湾那是绝对不被允许的。大人知道我们这一伙娃娃出去疯跑浪整，但他们根本管不过来，也就放手不管了。用他们的话说：天就是个大筛子，你跑得再远，那沿儿总是把你扣得死死的！

　　他们没工夫管我们，却送了我们一个外号叫"绿收队"。我们本来就是些散兵游勇，现在有了组织，也有了名字，就雄赳赳气昂昂地"征战"在何家湾的每一道沟峁山梁间。后来有一天，不知道听村里谁说杏娃娃是怀娃婆娘才爱吃的东西，又听说爱吃杏娃娃生的肯定是牛牛娃。我们就一致认为杏娃娃是个妖怪，吃进肚子里会变成牛牛娃，就再也没人愿意吃杏娃娃，更甭提把杏仁塞进耳朵眼里"孵鸡娃"了。

晓琴看我进来，赶忙站起来，一边让我吃杏娃娃一边招呼我进窑。我往她碗里一看，哟嗬，半碗杏娃娃！就笑话她说："'绿收队'队长今天上岗了！"

晓琴说："'队长'也是个带'长'的，好歹也是个官哩。来，赶紧吃一个！"晓琴说着，就把碗端到我眼前让我取，顺手把一个杏娃娃撂进自己嘴里，咯嘣咯嘣地嚼起来。

"哎，看样儿是有了接班人了！"按我妈的说法，我应该是早已过了害喜的时间，此刻看到青杏并不觉得馋。倒是看晓琴这馋样，我猜测她十有八九是怀上了，就拨开她端着碗的手，拿眼睛不住地往她肚子上瞅，又伸手去捏她的屁股。还没碰到，她就用一只手护着屁股一边躲一边说："摸不得摸不得，这可是私有财产！"

我才不管什么私有公有，还要追，一个声音就喊着说："水水来啦！"我转过头，才发现院里的空地上是用砖砌起的一面花墙，而元海站在花墙里，挓着两只手远远地笑着打招呼。

我"嗯"了一声，问元海："你弄啥哩？"

元海转头看了看晓琴，说："琴爱花，我给她弄个花园！"

元海造花园的地方原先长着两棵高大的香蕉梨树。他们结婚的时候，正是香蕉梨成熟的时节。给晓琴挑盖头的胖姨衣襟里兜着四个大白蒸馍，小脚碎步地走到元海当灶房的偏窑里，背对着水瓮，将怀里的蒸馍一个一个撂进水瓮。等蒸馍在水上摇摇晃晃地浮起来，在灶房挤着看热闹的妇女就喊叫起来说，哎哟，四个都是顶顶朝上，一溜串四个秃葫芦！坐在炕头拾馍的元海的独眼三奶就说，干上三年活没影子，哄上三年娃提笼子。再过个两三年，娃就能提着笼笼拾梨了。

晓琴那会儿在新窑里，没听到三奶的话。元海一整天都围着晓琴转，当然也没听到。可是现在，用元海的话说是"娃还在他妈肚子里耍着"，两棵梨树就不见了。一棵只留下几根光秃秃的枝干直棱棱地戳向半空，一棵只在地上留下不到二尺高的一个圆墩。我就想不通：元海咋能把好好的能结梨的大树糟蹋了?!我知道晓琴爱花，可是在我看来，何家湾的山沟野洼就是一个大花园，想看什么花，一出门就是，所以根本用不着浪费这么大一片地弄什么花园。

我心里纳闷，又觉得新奇，就出门去看元海的花园，晓琴也跟在我身后走了出来。元海看我们出来，就给我们讲解他的设计思路。元海指着最中间的一棵树说，这树你应该认得，是我从琴的老庄院门口那老树上分离出来的，叫贴梗海棠，花像火一样红。去年秋天移栽的，你看，现在都发芽了。这树长得快，过不了几年，树梢就能和窑面子一样高。又指着边上的一棵说，这一棵是黄刺玫，花好看，结的红果子更好看。现在这还小，长开了，树冠能有麦秸垛那么大。树目前只有这两棵，其他都是花，有翠雀、小黄菊、山棉花、牵牛花和一丈红。

元海说的这几种花我都不陌生，在何家湾的土地上随处可见。

翠雀花每年夏收的时节开放，有紫色的，有蓝色的，一朵一朵顶在枝头，就像一只只将要展翅飞翔的鸟儿。在不知道它有这么一个好听的名字之前，我们都叫它"鸡屁股闪电"。实话说，它的花无论颜色还是造型都美得无可挑剔，但那不知谁给起的名字实在有失一朵好看的花的水准。小黄菊漫山遍野都是，在秋天里将整座山都染成了金黄。山棉花也叫白头翁，在山地草坡和向阳的路边比较常见。喜欢群生，一长就是一大片。花朵洁白中带一点淡粉，这洁白和淡粉就给花平添了一点粉妆玉砌的韵致。山棉花花期长，从初夏能开到深秋。花谢后，就在枝头顶出一团一团蓬松的白棉花，抓一把在手里，轻轻盈盈的像抓了一把云。山棉花还是一种中草药，背个草笼，拿把锄头，不出半天，连茎带根就能挖一大笼。牵牛花也是何家湾常见的花草之一，它的蔓要攀附在其他植物的茎上，每当太阳升起，它就朝着朝阳吹起一个个深紫或者桃红的小喇叭，嘀嘀嗒，嘀嘀嗒。我总觉得一丈红不应该是野生的花草，但在何家湾的沟沟洼洼，却长得到处都是。一丈红的茎直挺，又肯长，几天不见就能蹿老高。花是大红或粉红，也有纯白，极像一个又一个小喇叭。到了初夏，这些红的白的喇叭自下而上吹开一圈又一圈，整个花茎就滚成了一个彩色的喇叭花筒，这一个一个的花筒连起来，就成了一堵墙。一丈红的种子更好看，小小的扁平的一个圆盘，刚开始时是白白嫩嫩的，等成熟后颜色变黑，圆盘爆开，里面那一小片一小片的薄片儿就是种子了。我们开始并不叫它一丈红，有时几个人说到这花，就一起讨论这花叫个啥名。有人就说叫个"没脸花"。这人的话音还没落，有人就站出来反驳说："那么大的花，随便指一个部位都可以当脸，你竟然叫人家'没脸花'！"说叫"没脸花"的那个人就斜他一眼，说："你还能成得不行！'脸'能是随便指的？那我指着你的屁股蛋子说这是脸能行不？"反驳的那个人说："那你又凭啥说那么大的花盘不能叫脸？还说人家叫个'没脸花'！"被反驳的那个人翻出白眼仁斜他一眼说："你说不叫'没脸花'，那你说叫个啥？"这个人就一挺胸，理直气壮地说："就叫'大红花'！"那人问："那白的呢？""大白花！"大家就笑。笑完了还是不知道叫啥，也没人深究。直到上了高中，有个校友，人称"辛公子"的要写这花，就下了功夫去查证，才查得这花的学名叫蜀葵，也叫一丈红。

我曾经摘过大把大把的野花插进灌了水的长脖子玻璃瓶里养着，但我从来没想过要弄一片地将这些好看的花移栽到一起来。在何家湾，但凡能种庄稼的哪怕是鞋底大的一小块地，我爸妈都不会让它闲着，更不会让我去种什么花草。至于锯梨树，想都不要想。但元海不但把两棵碗口粗的梨树锯了，还圈了足足有五六块炕面子那么大的地方给晓琴造花园。

"你造花园就造花园，锯梨树弄啥哩？春天能看花，秋天能吃梨，多好呀！"我说。

"嗨，你不知道，这树蹿得太高了，又爱起虫子。我用了最高的喷头都喷不到顶上。结的梨吃不成不说，梨木虱落下来还会沾人一头一脸，就给锯了。"元海说。

"那你锯又不锯完，还留个权权，得是留下自己坐呀？以后人再提说你娃时就说'他爸是权权县县长'！"我说。

元海本来还是一本正经的，一听我这话，可能也觉得自己这胖身子架在树权上不是一般的滑稽，就憋不住"扑哧"一声笑了，等笑完了才说："我准备给琴在那上边吊一个秋千。旁边那个墩墩可以坐人，也可以放个零碎。"

我们小时候，每年到了清明节这天都会荡秋千。"清明前后，点瓜种豆。"大人在地里忙，又架不住娃娃的软缠硬磨，就找棵高树，爬上去，把粗棕绳往高树的壮枝上一绾，一个秋千就成了。这秋千可以说是普通秋千的讨巧版，看着没问题，荡着却不美。因为屁股是直接勒在绳上的，荡不了几下，屁股就疼得受不了。但我爸不讨巧，他虽然也忙，但愿意在我和我哥身上花时间。我爸找来一块枣木板，用锯子锯成了腰果形，刨光了边，用手摇钻头吱吱呀呀地给两边钻上两个眼儿，再把粗棕绳穿进眼里，吊在秋千上的这木板就成了一个平展展的座板，荡多久屁股都不疼。

眼前的花园虽然只是个园子，但元海移栽的树都绽开了嫩绿的叶子，移栽的花有好些也长出了新的叶芽，已经能窥见一些花园的雏形。而且不久以后，这树杈上还会多一个秋千出来。元海做的秋千肯定是有座板的吧？要知道荡秋千可是难忘的童年记忆啊。这就让我不是一般的惊诧，也不由得对眼前这个粗糙的男人身上表现出来的浪漫和细腻高看一眼。

但我爸妈绝不认为元海是个好女婿！

我拓完花样回去，给我爸妈唾沫乱飞地夸赞元海种种好的时候，我妈把嘴一撇，说："地就是种庄稼或果蔬的，花是能吃还是能喝？一听就是个烧料子二杆子，有啥好？要是我女婿是这么个，我非得把那花墙扒了不可！"我妈说完，看了我爸一眼又说："老何你说，我说的对不对？"

我爸靠着门槛圪蹴着，刚装了一锅旱烟，打了几下打火机，就是不起火。我爸是个老烟民，一抽起烟来，整个窑里就乌烟瘴气，我妈就给他起了个外号叫"老烟囱"。乡亲们常说，抽烟的人有"三不离"：烟锅、烟袋、打火机。我爸的打火机是那种老式的铁皮打火机，装打火石的那种。乡亲们早把打火机换成了五颜六色的气体打火机，不用加汽油，也不用换打火石，"啪嗒"一声就出火。可是我爸却舍不得他这个老古董。只是，随着用老式打火机的人越来越少，在镇上已经找不到卖打火石的了。不知我爸从哪儿打问到，说县城西街背街的一条小巷子里的一家小商店有打火石卖。所以，村里要是有人进城，我爸就让给他捎个打火石。年轻人好说，我爸给比画比画路线就能听明白，有些经常进城的小伙甚至都不用比画，只给说个巷子名就知道了。而稍微上点年纪的，有时几年才进一次城，连自己要去的地方老半天都整不明白，更谈不上给我爸捎打火石了。但年轻人贪耍，忘性大，经常是我爸找他要时才想起把这事忘了个一干二净。打火石接续不上的日子，我爸就会用我妈放在窗台上的气体打火机临时对付一下。我妈虽然不抽烟，但做饭、烧炕都要生火，也离不了打火机。我妈也有两个"三不离"：在灶房是风箱、炭锨、打火机；在睡窑是柴笼、灰耙、打火机。

此刻，我爸看打火机不起火，就拨开打火机的后盖儿，抽出弹簧芯摆到门槛上，从贴身的上衣兜里摸出一个叠得很小的锡纸包，小心翼翼地展开来，捏出一个小小的打火石装进打火机，拧紧弹簧芯，套好后盖。"啪"的一声，打火机蹿出了蓝色的火苗。我爸把烟点上，用打火机的侧面把烟锅里的烟丝摁瓷实了，"啪嗒啪嗒"地抽着，一连串的烟圈儿从我爸嘴里吐出来，又在他头顶散开去。我爸不知道在想啥，并没接我妈的话，我妈就不乐意了。我妈是腿吊着坐在炕边的，她就伸出脚踢了我爸一下。我妈还要踢第二下，我爸赶紧躲开了。我爸抬头看着我妈，用手掸着腿上的土说："咋了嘛，有啥话你说嘛！"

"给你说话像给石头说哩！明明说元海着，到你这儿就没声气儿了！"我妈说着，脸上还显着我爸不接她话茬的愠色。

"明明是没娘老子教育，脑子耍了麻达，有啥说头哩？也不嫌烦！"平常我爸可会察言观色了，不管和我妈的立场有多对立，只要我妈脸上露出一丁点的不高兴，我爸就会赶紧转变立场，和我妈保持高度统一。但我爸今天有点心不在焉，也就失了察言观色的耐心，他根本没发现我妈脸上的不悦，只顾自说自话。

果不其然，我爸这一"烦"就"烦"出问题来了。我妈当初是不同意我哥和我嫂子结婚的。我妈说我嫂子是外地的，以后生了娃连舅家都没有。但我妈拗不过我哥。她生气我哥的执拗，更生气我爸一见事只会"好好好""是是是"，不站出来和她一起反对。特别是我嫂子过门后给我妈吊脸子的时候，我妈就会念叨起晓琴各种各样的好。念叨完了，就咬牙切齿地说她恨不得把我爸的老皮剥了挂在南墙上。所以，我爸一说这话，就等于在我妈想剥他皮的时候给递了一把刀子。

　　我妈手里拿着我从晓琴家拿回来的那沓鞋垫，正一双一双地翻看着，听到我爸这话，气就不打一处来，把手里正看着的一双鞋垫朝我爸狠狠地甩了过去。我爸伸手一挡，鞋垫就掉到地上去了。我爸盯了我妈一眼，说："你看你！你看你！"

　　"我咋啦？砸你家锅了还是扒你家祖坟了？"我爸刚才那牢骚发得让我妈莫名其妙，也让我一头雾水。我妈就大为光火，冲着我爸一阵猛发脾气。

　　要是搁往常，一看我妈气成这样，我爸就得赶紧住口。但我爸今天好像吃错药了，非要和我妈死磕到底。我爸摸起脚边地上的鞋垫，站起身，重重地朝我妈坐的炕边甩过去，吼着说："行了！有完没完？"一转身闪出了门。

　　我妈抓起手边的扫炕笤帚就朝我爸的背影扔去。笤帚在我爸背上打了一下又掉在地上，我妈的眼泪一下子就涌出来了。

　　两口子过日子真的是麻烦。我爸和我妈平常老吵架：小麦种不上吵，玉米收不了吵；地畔畔被人多占了一犁沟吵，硷畔的树梢梢被人折了吵；我和我哥念书不好吵，没钱花吵……大都是为了自己的日月过活，也有时为了那些不相干的事吵。但都是蜻蜓点水地说

45

一下，像今天这种动手的，还是第一次。

　　我知道我妈哭并不是因为疼，我爸又没打她，反倒我爸的脊背上还挨了她一笤帚，我妈是嫌在我面前她失了面子。我看我妈哭觉得很难过，但一想起刚才她和我爸那些充满了孩子气的较量，又觉得好笑得不行。我就数落我妈说："你看你们两个，平常吵也就罢了，我们都体谅你们是为了过日子。可是你说，今天这又是为个啥？人家晓琴跟元海过得好不好跟你们有啥关系？是不是过得不好了，你们就可以抢过来当你们的儿媳妇？再说了，当年你要是态度再坚决一点儿，至于现在这样吗？"

　　我妈听我说完，抹了一把泪，说："都怪你哥那货把心瞎了！"

　　"这就对了呀，账得算到我哥头上去。你舍不得怪你儿子，只会在我爸身上撒气！"我说。

　　"滚！"我妈用袖子抹了一下泪，咬牙切齿地说，"我把你个白眼狼！"

六

　　我要回龙山这天，我妈大清早一起来就跑到学校给毛豆请了假，又跑到村口的小卖部里给我哥挂电话叫我哥早点儿回来。我哥在镇上盘了个摩托修理的小店面，正装修。我哥一走，装修就要停工，我就说："要不就甭叫我哥回来了，我自己把车子骑上回去就行了，反正过几天我还要回来的。"但我妈不同意，她说："这必须有来有回，要是叫你一个回去，人家龙山就会笑话咱小户人家没礼规。"

我妈把饭盘子端到炕上叫我爸和我哥吃着，就给毛豆洗脸、扎辫子。扎辫子的皮筋在我妈胳膊上套着，她一手捏着梳光了的辫子，一手去拽皮筋，一使劲，皮筋却"嘣"一声断了。我妈就松开手，站起来出门去找皮筋。毛豆坐在一个靠着炕的小木椅上，双手捧着半个蒸馍吃得正香。她一条辫子向上戳着，一条向下耷拉着，像鸟扑棱着翅膀。我一看她这憨样就忍不住笑。我一笑，毛豆就坐在椅子上，把脚绷直了来蹬我。我吓唬她说："你再蹬我，叫闷墩来把你背走！"并做出听的姿势说："你听，闷墩来了！"

　　闷墩是塬上的流浪汉，整天走村串巷讨吃要喝。闷墩嘴甜，见女的就喊"姨""嫂子"，见男的就喊"叔"或者"哥"，不管你啥时见他，不喊个啥不搭话。我妈老说，人都说闷墩傻，其实闷墩心里比谁都灵醒。不信你看，一溜头"姨""嫂子"叫过去，那馍袋子满得连口口都扎不上。我妈说完了又说，三句好话都当银钱使哩，闷墩灵着哩！

　　毛豆听我说闷墩来了，就把脚缩回去乖乖地坐着吃馍。半个馍都吃完了，还是不见闷墩来，她就抬起头问我说："姑，闷墩咋还不来？"

　　我还没搭话，一阵摩托车的突突声在梢门外响了起来。我妈从门口进来，手里捏着一根皮筋说："来了！"

　　毛豆"哇"的一声哭了起来，我们都吓了一大跳，不知道她好好的为什么哭。

　　毛豆一边哭一边用脚在椅子腿上"哐哐哐"直踢。我爸在炕上半跪半蹲，手里正端着一碗米汤喝着，毛豆一哭，我爸赶紧放下米汤碗，拧过身子去哄。我爸问："咋啦？好好的哭啥哩？是不是嫌你姑说叫闷墩来把我毛豆背走？不怕，有爷在，他闷墩背不去！"

毛豆不听，还是哭。

我爸又说："赶紧吃你的米米，你把米米吃完，叫你爸用摩托车把你姑送回她屋去。送回去就再不要到咱屋来了，到咱屋来还欺负我毛豆娃哩！"

我爸这样一说，毛豆就止了哭声，把嘴凑近炕边放的小瓷碗喝了一口米汤。我又想逗毛豆，就对她说："毛豆，你把米米吃完姑也不跟你爸回去！"

毛豆又撇嘴要哭，我妈拿手里的梳子把我拨开，说："再甭惹娃了！出去看看，摩托停了一大会儿了，他咋还没进来？"

"谁？"我问。

"你安定呀！我给你说'来了'！"我妈说着，用皮筋给毛豆把辫子扎上了。

我想起来了，我妈进门时是说了个"来了"。但毛豆一哭，把我们的注意力都转移了，根本没人接话问谁来了。

"安定来了？那叫我去！"我哥已经吃毕了，在炕边坐着，听说王安定来了，就抬起屁股走了出去。

我哥一出门，我妈就嘟囔开了："这么大的人了，一点儿不知道俭省。整天骑个摩托满世界跑，摩托加油不要钱呀？明明知道今儿就回去了，你说你跑这一趟弄啥哩嘛！"又问我说："你说他这时跑来，一会儿你哥再送你不送？"

"你要想给你儿省油就甭送，要不想省就送。"我把炕边放的米汤碗摞起来放在盘子里，说我妈。

我妈瞪了我一眼，说："你个死女子，一天气得我害心疼！人家想省了省得崖里洼里的，指望我能给省几个？"话锋一转，又说："你赶紧把盘子端回去重新收拾个，安定肯定还没吃饭。"

"再甭收拾了，我吃了。"我妈话刚说完，王安定和我哥一前一后从梢门里走进来，他一走到院里就喊："爸、妈好！"毛豆从椅子上溜下来，边往出跑边喊："还有我呢！"

　　我们都笑了，王安定就俯下身摸摸毛豆的脸蛋说："毛豆好！"毛豆才心满意足地跑开去。

　　王安定招呼过大家，才把目光转向我。他的目光在我身上上上下下扫视过，和我目光对上的那一瞬间，速度很快地冲我眨了眨眼，撮了下嘴唇。我明白他的意思，但我怕我爸妈和我哥看见，赶紧偷偷观察他们的反应，还好没人注意，我却红了脸，羞臊得低下了头。

　　王安定说他刚从厂里回来，接我去城里做检查。我妈说，检查也不在乎这一两天，迟几天、少几回都不要紧。因为按礼规，我哥和毛豆把我接来，今天还得由我哥和毛豆把我送回去。但王安定不同意。王安定说，毛豆的课不敢耽搁，我哥的店装修也得抓紧，拖一天就得多几十块钱花销。我爸、我妈和我哥见他坚持不让送，就给我收拾东西，送我们出发。我妈送毛豆去学校，我哥骑着摩托车去镇上继续装修店面。只是我妈一直千叮咛万嘱咐叫王安定骑车慢一点再慢一点，说一点都不敢颠着。王安定不住地点头称是，在我爸妈的视线里硬是把摩托车骑出了蜗牛的速度。等躲过我爸妈的视线，王安定把摩托车停下来，双脚撑着地，歪过头朝后座上的我说："搂紧了！"

　　我知道他要加速，就把手松开了。他不想要命，可我还不想死。他看我不听话，就只好慢悠悠地走，边走边发牢骚说："像咱这速度，赶天黑都走不到龙山！"

　　我在后边听出猫腻来了，就问他："你不是说去医院吗？"

"先回龙山，再去医院，没毛病呀？"他把脊梁直往后靠，让他的后背紧紧地贴着我的肚子，说，"总得叫我吃饱不是？"

"你不是说你吃过了，弄了半天没吃呀？"我用拳头捶他，"那就叫饿死算了！"

他伸过一只手，把我的拳头拉过去搂在他的腰上，说："我是吃过了，一周前吃的，到现在早饿了！"

我这才反应过来他在要语言挑逗的流氓，但我听着却丝毫不反感，相反，还把另一只手伸过去环住他的腰。他手上用劲一拧，摩托车就"呜——"的一声蹿了出去。

这天镇上恰好逢集。街面上摆了好多吃食摊子，有油饼、麻花、凉皮、豆腐脑，还有凉粉鱼鱼和米线。我想吃凉粉鱼鱼，但王安定死活不准我吃。王安定说，孕妇绝对不能吃凉的东西。我问，为啥？他说，要是吃了凉的东西，生出来的娃娃就容易得凉疝。他说完了又问我，凉疝你见过没？我没见过，但我听过。我小时总是听说谁家娃娃是凉疝，有凉疝的娃娃是万万不敢哭的。因为听说娃一哭，一憋气，凉疝就下来了。后来我才知道凉疝在医学上应该叫疝气。我虽然不信娃得凉疝是因为当妈的吃了凉东西，但自己要当妈，总是"宁可信其有不可信其无"。此刻听他这样说，就把想吃凉粉鱼鱼的涎水收了回去。吃不成凉粉鱼鱼，那就吃米线吧。这一次王安定没有反对，却指定只能吃三鲜的，理由是吃的辣子多了娃毒气大。新生儿脸上的红痘痘我们不叫痘痘，叫毒气子儿。有些毒气大的娃娃脸上的毒气子儿能长好几个月；有些毒气子儿是会痒的，娃娃小，不会用语言表达，就一个劲地把脸在枕头上、在搂着的人衣服上不住地蹭过来蹭过去，看着让人又焦虑又心疼。三鲜就三鲜，他竟然还给卖家叮咛不要鸡精，不要味精，不要葱花。他说鸡精味精吃了不好。我问咋个不好法，他说："我也说不上来，反正就是不好。"又说葱吃多了娃鼻涕多……我简直要抓狂了。这不能吃那不能吃，干脆我啥都不吃好了。"那可不行！"他瞪我一眼，"你敢把我娃饿着！"顿了一下又说："生个鼻涕娃，你不怕鼻涕把你糊了，我还怕把我糊了。"

又没辣子又没醋，也没味精没鸡精，一碗清汤寡水的白米线摆在我面前，弄得我一点胃口都没了。王安定看我一副想吃不想吃的样子，就说："我给你到对面买个菜夹馍就上吃。""嗯嗯嗯！"我赶紧点头。等他转身走开，我把米线碗往辣子、醋盅盅面前一挪，辣子调汪，醋调酸，筷子抡圆了搅几圈，囫囵个儿地直往嘴里塞，看得卖米线的小媳妇目瞪口呆。等王安定买了菜夹馍回来，我眼前只剩下一个沾着一圈油泼辣子的空碗，连汤都没剩一滴。气得他把装菜夹馍的塑料袋往眼前的矮桌上一蹾，转过身再也不看我。不看就不看，反正我心里正美实着哩！

王安定不吃米线不吃凉皮，他说那是婆娘爱吃的东西。就买了一碗羊肉汤煮馍，就着糖蒜和香菜吃得满头大汗。王安定吃完了，打一个饱嗝，心满意足地把碗往边上一推，回过头凑近我，我以为他要给我说悄悄话，就把脸往他那边凑过去。他诡秘地朝我一笑，张大嘴向我哈了一口气——他知道我闻不惯蒜味，故意来臭我。我推开他的脸，用手不住地扇着，满脸嫌弃。他却哈哈笑着站起，从吧台装茶叶的铁盒子里倒一些茶叶出来，塞进嘴里嚼上。

走在路上，王安定叮嘱我说："回去了千万甭说咱们在街上吃的饭，就说在你家吃了才走的。"

"为啥？"我问。

"哪有那么多的为啥，按我教的说就行了。"王安定骑着摩托车，风把他的声音扯得老长。

"你不给我说为啥我就偏不听！"我跟他抬杠。

"不听你不听。爱'上政治'叫我妈给你上去！"王安定顿了一下，又坏笑着补充说，"满堂灌，还不收课时费，保准你不亏！"他老把他妈的说教说成"上政治"。他妈要是一打开说教的话匣子，他就赶紧脚底一抹油——溜了。我虽然在他家才过了几天，但已经领教过他妈说教的"威力"，此刻听他这样一说，心里已经有些怵了。也不敢再追问，就打消了要和他一杠到底的念头。只是直至到家，我还是没想明白到底是为啥。是怕他妈知道我们在街上吃饭乱花了钱，还是怕他妈知道我妈没给他儿子管饭？……想不出来我就心里说：管他为啥，反正咱肚子吃得圆滚滚的，心里美实着，叫嘴皮子一张一合说句谎话，那又有啥难的嘛！

摩托车在家门口一停，王安定他爸、他妈闻声迎了出来。看见摩托车上下来的是我和王安定，再看后边也不见人，他妈就走过来，抓着我的胳膊，把我上上下下地打量了好一会儿，才转过头问王安定："你从哪儿来的？你咋能带上水儿回来？"

王安定推着摩托车进大门，顺着他妈的话说："本来说接水儿去医院检查，但没拿孕检本本，所以先回来了。"

"你呀你！"王安定他妈说，"检查也不急在这一时半会儿，今天把水儿送回来，明天你再带她去就行了。我把面都轧好了，臊子也切好了，这下好了，全剩下了！"

王安定他爸跟在身后，听王安定他妈这样说，就赶紧打圆场说："面轧下了咱吃嘛，咱也是要吃饭的！"

"我轧了那么多，你又没长猪肚子，能吃完？"王安定他妈瞪了他爸一眼，气呼呼地说。

"妈，妈！看你说的啥话嘛！是我不要人家来的，又不是人家不愿意来。你看你……"王安定说着，抬眼偷偷看我，我脸上像有巴掌在扇，阵阵发烫。

王安定他爸无奈地冲着王安定他妈说了一句"你呀"，又把脸转过来看着我说："你妈就这样，你甭生气！"我冲他爸勉强地笑了笑，转身进了门——屋里潮，每天中午要敞了门叫潮气散着。

我进了门，王安定他妈的话就跟着钻了进来。她说："你个死老汉，祸事头子！我又没说啥，你就说叫水儿甭生气，你这不是明摆着挑事哩嘛！我就不信水儿是听不来好赖话的人，这个有啥气可生的。安定，你说是不？"

"妈！妈！"王安定截住他妈的话头说，"下面去，我饿了！"

再听不见王安定他妈说话，王安定走了进来。他一进门，我的眼泪就溢了出来，顺手抓起床头上的玩具熊朝他撇过去。玩具熊碰在他的小肚子上，弹了一下又掉在地上，滚了几滚。

"咋了嘛，咋还动起手来了？看打残废了，你想哭连眼泪都没有了！"他拾起玩具熊，掸了掸上边的土，抬手扔在床上，走过来张开双臂要抱我。我委屈得边抹眼泪边后退，冲他嚷着："是你不要我哥送的，这刚一进门你妈就一顿说……谁要你抱？走开！"

王安定不理会这些，伸长胳膊把我箍得实实的，动弹不得。他把一只手挪到我头顶，摩挲着我的头发，压低声音在我耳畔说："不生气，不生气。她就是嘴上不饶人，但没坏心眼。她以后再说，你听到了也装作没听到，不理就是了……"他把我抱得太紧，我挣扎不开，就把流着鼻涕眼泪的脸往他的胸前一抹，他"啊"的一声躲了一下，又把我紧紧地搂住，吻像骤雨砸得我意乱情迷……

等王安定他妈做好了煎汤面，王安定的拥抱和长吻已经让我彻底忘记了刚进门时的不和谐，但面对着按四个人的饭量做好的饭，我俩也不敢说我们已经吃过，就硬撑着每人再吃了一碗面。我端的碗小，还好一些。王安定就惨了，他端的碗碗口比他的脸盘子还大，他吃完一碗，他妈还非要给他来个第二碗，吓得他端了空碗就往门外跑。我回灶房去给王安定他妈帮忙洗刷，但我一进门就被她给推出来了。她说，就几个碗和一个锅，捎带着就洗了，用不上我。我转出门来，看到院墙上竟然顶着王安定的大老碗，我踮着脚，伸手还够不着，就喊王安定。王安定从门口的麦秸垛后边转出来，取了碗递给我说："赶紧一放出来，带你到村里看世事去。"

王安定带我去的地方是村里的人事场。我相信在很多村里都有这样的人事场。何家湾的人事场就在三娘家门前那棵大核桃树下支的那块大磨盘上。一年四季，除过三夏大忙，磨盘上总是有人。他们或蹲或坐，或谈天说地，或说古论今。一个话题结束，先来的人离开；后来的人加入，又开始下一个话题。虽然那时候电视还没有普及，报纸也只有小学校长的办公室和村支书的家里有，但身处何家湾村的我们觉得我们所知道的和塬面村子的人们相比一点儿也不逊色，我觉得这很大程度上要归功于这块大磨盘。

龙山村的人事场在一棵大泡桐树下。泡桐树前面有三间土房，土房的门窗很旧，门顶和窗上的玻璃缺了好几块，用黑乎乎的报纸或者挂历纸糊着。屋檐下每隔一段就有一个木橛，木橛上吊着几捆笤帚。笤帚是用高粱穗缚的，高粱有红高粱，有黑高粱，缚的笤帚也就黑里透着红、红中夹着黑。窗台上也摆着几把笤帚，但这几把笤帚的把儿只有一拃多长，我认出来这就是我们常说的扫炕笤帚。窗外的地上堆放着一堆高粱穗儿。高粱穗堆里还有一个小树墩。除此之外，院子再无一物。

桐树下坐的人确实不少。有人是专门来谝闲传的，屁股底下支着小马扎或者小板凳；有人是上地从这里路过，屁股下就坐着平放的锨把、锄把或者镰把；还有人是闲转到这里暂停的，没有坐的东西，就脱了脚上的布鞋垫在屁股下坐着；还有人直接席地而坐，双腿盘起来，像弥勒佛。

　　王安定和我一来，人事场上的人们就喊开了，有人说："安定回来了？给大家介绍一下，你引的这是谁？"王安定说："我媳妇呀！"有人就起哄说："不对呀，这跟要房那晚上的新媳妇不一样！"王安定还没开口，另一个声音又说："我那天在'初味轩'见你，引的也不是这个呀。那个是短头发，也没这个胖！""初味轩"是城里一家饭店的名字，王安定下班了老去那里吃饭喝酒。我和他进城买衣服时在那里吃过饭，所以知道。王安定见坏事的人太多，就说："我原来回来都好好的，为啥这次回来一个个都变成瞎种了？"

　　有人就顺着王安定的话茬说："原来你还没结婚，脸皮薄么！"

　　王安定转眼瞅着那人问："照你这意思，我现在脸皮比汽车轮胎都厚了？"

　　那人"吭哧"一声笑了，连忙挥着手说："我可没说。再说你脸皮厚不厚我也看不来！"

　　"来来来！"王安定偏着身子把半张脸凑到那人跟前去，说，"牛眼睛睁大好好看看，脸皮到底厚不厚？"

　　这人还没说话，旁边有人就伸出手去推王安定的脸，满脸嫌弃地把脸往旁边一偏说："你这人！说话归说话，把个城墙搬来弄啥嘛！快挪开，把风都挡实了！"

　　人群就发出"哗"的一阵哄笑。这笑声就像和风吹过麦浪，过去一波又来一波。人们笑得东倒西歪，有的身子向前倾着笑，有的用手肘斜撑着身子笑，有人把喉咙里的咳嗽和痰都笑了出来，脖颈红着，涎水顺着嘴角叼着的烟锅吊下一条长线。

再看王安定，像突然之间失去了对手的武士，又像一下子被吹爆的气球——瘪了。有人笑完了，一抬头看到王安定那哭笑不得的神情，憋不住，又"吭哧"一声笑了……

我跟他们不熟，此刻听他们胡诌，也搭不上话，加上站的时间长了腰也不舒服，就想离开。我用手去拽王安定，但他不走。他弯下腰，从坐着的一个人脚下抽了一把镰出来，自己坐在镰把上，支起了双膝，给我使眼色示意我坐上去。我装作没看到，故意不理他。不说那胳膊粗的镰把坐上去难受不难受，就冲着这么多的人我都不好意思！王安定看我不坐，就伸手拉我，说："你没看他们都把矛头对准了我，这会儿一走倒叫别人有话说了。坐下来，稳稳哩，看他们都能成个啥神！"我刚被他拉得腰一斜，有人就阴阳怪气地说："你快把骚情剩上些。就娶了个媳妇，稀奇得都要架到腿顶上；要是再拾个金元宝，是不是就架到头顶上去了？"

"唉——"王安定无奈地长叹一声，冲着说话的那人说，"叫我说你啥好呢，活了几十年还是糊里糊涂的一个糨子官，根本就把绞绞没翻明白。你说金元宝稀奇，金元宝能给你洗衣服不？能给你做饭不？能跟你说话不？能给你暖被窝不？能给你生娃不？不能吧？啥啥都弄不成，稀奇在哪里了嘛！"

那人说："媳妇是稀奇，但媳妇总不能像孙猴子一样从石头缝里蹦出来，也不能说你给你丈母娘笑一笑，人家就把闺女嫁给你了。没有金元宝，媳妇还不是在水里照的个虚影影！"

"那可不一定。"有人插话说，"安定就飞机上挂热水壶——

是个高水平。人周正不说，嘴还甜，他那上下嘴皮子一碰，那些女子就像吃了迷魂药，跟着他屁股后头转哩。不然你看他今天引个穿红衣服的，过几天又引个穿绿衣服的；那天引了个短头发的，今天又引着个长头发的！"

"我把你这些天神——"王安定一手撑着地站了起来。他站稳后，拉住我的手说："出门前没看皇历，这一路夹枪带棒的。走，咱回！"

大家看王安定要走，就又这个怪那个那个怪这个。有人说："都怪风围儿嘴上缺个把门的。"也有人说："三改晌午吃的蒜多了，嘴臭，把王安定惹下了。"互相"攻击"完了，就异口同声地挽留王安定说："走啥哩嘛，场场好不容易才圈罗起来，你一走不是又散伙了？"

王安定说："你一个一个都不说给人让个板凳，只把矛头对准我，我哪招架得住哩！"

一个嘴里咬着旱烟锅的男人从屁股下抽出小板凳往王安定脚边一蹾，说："你不就是想给你婆娘要个板凳，给！"说完，自己却一屁股坐到了地上。

大家都喊"三改"的那个男人抬头望着我说："你坐下。先把你放稳当处，不然你安定脚筋一直转。"说完了又说王安定："不说不笑不热闹。你回去和你婆娘坐到炕头上大眼瞪小眼，那有个啥意思？你看这里多热闹。我给你说，猫看一天把饭碗都端到这儿吃哩！"三改说完，扭头看了看旁边的院子，大声喊了两声："猫看，猫看！"没人应声，就又念叨说："猫看弄啥去了？咋不见人？"

"猫看要知道你念叨他，早就回来了。"有人打趣说。

"你一个个天天往猫看门口一蹾，像勾魂的，猫看心慌得在屋里咋待得住哩嘛！"王安定说他们。

"不是。猫看要知道你引了新媳妇回来，早都一个蹦子蹦来了！"边上坐的一个男人说王安定。

"咦？看你，说得就像猫看没见过新媳妇一样！"王安定不屑地说，"我给你说，猫看可是见过大世面的。哪里像你风围儿一样，眼里只认得钱！"

"钱认不得我，我再认得它也毛用不顶！"风围儿伸出手指头揉了揉鼻子，身子边往起站边说，"跟人家猫看比哩！跟猫看比就比到沟里去了。人家猫看一人吃饱全家不饿，想上哪儿上哪儿。可咱一天，唉，连个院墙都出不去。不谝了，锄咱的草，到这儿再掸上半天牙叉骨，地里的草把人都能埋了！"

王安定赶紧扯住他的袖子抗议说："啥人嘛！刚把我留下了，自己这会儿却要走！"

风围儿被王安定拽得一个趔趄，他抖搂了两下胳膊，甩开王安定，往前挪了一步说："刨土窝子的咋能跟你比？再跟你比恐怕连裤子都没得穿了！"

给我让板凳的那个人把烟锅在地上"咣咣"地磕了两下，冲着风围儿慢条斯理地说："你说话就严重哩。你试在这儿坐一晌，看草把你埋得了不？那草要真能把你埋了，我们给你挑旗旗摔纸盆！"

我们这方圆百里，祭奠亡人经常要用到挽幛。做好的挽幛只是一大块红丝绒布，上面绣着金光闪闪的字，诸如"高风亮节""风范永存"什么的。但到了主家门口，就得用主家提前预备好的木棍穿进去挑起来撑开，这样挑着就像挑着一杆大旗，所以大家就把挑幛戏称为"挑旗旗"。挑旗旗的一般是亡者的晚辈，而摔纸盆是亲儿子才能干的事。

这话一出，风围儿还没说话，大家先不乐意了。三改截过话头数落那个人："好改良哩，你说话不过脑子。我见过上赶着给人当爷老子的，还没见过上赶着给人当儿的。要当你当去，我们不当！"

盘着腿，在光脚板上抠着脚后跟死皮的那个人说："你自己的妈都几家子轮哩，你还准备给人家风围儿摔纸盆，你这不是糟蹋社会哩！"

其他人也异口同声地附和说："就是！"

风围儿等大家都说完了，也斜一眼那个叫改良的人，说："我给我儿还没问下媳妇哩，你就盼着我死？我死了就该你王改良好哩？是不是我死了你又准备锯我核桃树呀？"

这时，我才知道给我让凳子的人叫"王改良"。王改良见风围儿这样说，也把眼一瞪，说："看看！话撵话撵到这儿了，又说我盼你死。你今天死跟我没关系，你就是再活一千年活成千年老妖也影响不到我。是你自己说的草能埋人的，你地里的草不埋你难道还埋我呀？"

风围儿说："那可说不准，万一你刚好到我地里锯核桃树梢梢着哩？"

人群"哗"地一下笑了。王改良用烟锅指着风围儿说："我把你个缺德的种。我就折了你个核桃树梢梢，你那个麻迷婆娘把我撵上骂了三年六个月，我屋的老鼠窝要是能钻进去我早都钻进去了。我今也不怕你笑话，实话给你说，多亏我命硬，我命要是稍微软一点，现在三年都过了。你放个男人不说把你婆娘管管，还想叫你地里的草把我埋了，你的心咋这毒哩？"

有人就说："指望风围儿管火蝎子？火蝎子不给他脸上抠渠渠种豌豆就不错了！"

王安定笑着问王改良："我一直都不敢问你。那年你除了折了人家的树梢梢，还有啥短头在人家手里捏着？不然人家火蝎子那么骂，你屁都没敢放一个！"

王改良瞪了瞪眼睛，梗着脖子说："我能有啥短头？他婆娘嘴痒了想骂人了。"又转过身对风围儿说："你哪弄来那么个麻迷婆娘？要是再叫我碰着，先给拿个玉米芯芯把嘴蹭两下！"

有人就故意咳嗽，咳嗽完了压低声音说："火蝎子来了！"

话音未落，王改良就风一般地旋了起来，目不斜视直向大路蹿去。人群大笑。他蹿出老远，转过身，看到人群里并没有火蝎子，就一手叉了腰，一手指着人群骂道："我把你这伙坏种！"缓了一口气又给加了个定语："走路闪了腰喝水塞了牙的坏种！"

七

我看这些男人对于这个被称作"火蝎子"的女人个个谈之色变，在回去的路上我就问王安定火蝎子是咋么个人，王安定说："咋么个人？跟你一样，两个眼睛、一个鼻子、一个嘴。你是咋么个，她就是咋么个。"

"照你这么说，你跟我也是一样的，都是两个眼睛、一个鼻子、一个嘴！"我回击他。

王安定本来和我十指相扣，听我这样说，就暗暗给扣着的手里使劲，捏得我龇牙咧嘴，却挣不脱。他把嘴凑过来，压低了声音说："我是立着尿尿的，咱俩不一样。"说完怕我报复，赶紧头一偏躲开，一本正经地说："以后肯定会见的。说不定明天就见了！"

王安定告诉我说，那个火蝎子人长得很小巧，一年四季爱穿大红色的衣服，性子又特别火暴，动不动就像被火蝎子蜇了一样吼叫起来，人们就背地里给起了个外号叫"火蝎子"。村坊邻里谁要是把她惹毛了，那就等于捅了蝎子窝，不把你蜇死也得蜇残。反正她肚子里有的是骂人的话，而且她一骂起来，能从太阳露头一直骂到太阳落山，能从十八代老祖宗一直骂到末末孙辈。更甚的是睡一觉起来，脸不洗头不梳，又开始骂。人们背地里对这泼妇的行径都恨得咬牙切齿，但明面上却没人敢吱声，在她骂的时候，就窝在家里不出门。时间一长，就有传言说："火蝎子那嘴一开火，就喷得龙山方圆十里路断人稀！"

　　听他这样一说，我就不想再说她了，换了个话题。我问王安定："那她男人'凤围儿'呢？本来就叫那个名字吗？"

　　王安定说，凤围儿原名叫王凤雷，但再大的"雷"一遇上这小小的火蝎子就哑了。刚结婚那会儿，两个人一"交战"，王凤雷还想端点男人的架子，但他刚一伸手就被火蝎子的尖指甲抠了个满脸花。都知道打人是吓唬，王凤雷也没想真的动手，但这刚过门的新媳妇却是真刀实枪地上，而且一出手就叫新女婿王凤雷脸上挂了彩。王凤雷是谁呀，眼亮得很哩。一看这新媳妇不好惹，就赶紧调整"作战"策略——主动认熊。所以，你看现在，凡是火蝎子说不能做的事，即使你磨破嘴皮子，凤围儿绝对纹丝不动！

　　王安定说，其实"凤围儿"这个外号还是王凤雷两个娃给起的。王凤雷两个娃差两岁，都胖嘟嘟矮墩墩的，站在一起像一大一小两个葫芦。那时火蝎子整天跑着给人干活不着家，王凤雷就当了专职奶爸，天天一左一右牵着两个胖葫芦在路上晃荡，人们看见了就逗两个娃说"凤雷儿子"，这里的"子"音一定要挑上去，差不多就是"小"的意思。两个娃听大人喊，就也跟着喊。但娃都不大，气息不足，也有点咬舌，前边的"凤雷儿"还气息饱满，但到了最后那个本该上扬的"子"字时就成了轻轻地带过，所以听起来就成了"风围儿"。那时，每当王凤雷牵着娃走过，两个奶声奶气的声音就不停地重复着"风围儿"，慢慢地就把这"风围儿"给喊出去了。

"凤雷儿，风围儿……"我在心里默念了几遍，觉得挺有趣，就问他："那你们给人家起这外号，就不怕火蝎子又开骂？"

"怕啥？"王安定把脸转过来，在我的额头上亲了一下，说，"她骂谁？骂娃？她爱都爱不够，咋舍得！骂村人？整个村里人都这样喊，她挨个儿骂还不把她累死！"王安定停了一下，又说，"那婆娘嘴毒不假，但你不惹她就是了。她是个火蝎子，你不逗她，她想蜇你也蜇不上，你说是不？她能把个大男人王凤雷管得服服帖帖，自家的小日子也过得红红火火，也算个本事蛋蛋哩。"

王安定并不知道，他嘴里这个本事蛋蛋竟然跑到王安定他妈那里，点了我们一炮！

我们进门的时候，天已经黑透，但屋子里并没有开灯。王安定回过身边关梢门边喊："妈！妈！"喊了两声没人应声，就又改口喊："爸！爸！你们在不？咋不开灯呀？"

还是没回应。王安定就念叨说他爸妈肯定出去转悠了，转身就要去开梢门，却见正屋门口闪出来一个黑影。

"爸！"王安定一看清楚黑影是他爸，就喊，"你咋不开灯？"

他爸走到院中间停住脚步，压低了声音说："回来了就进去睡，喊叫啥呢！"

我们都感到气氛有点不对，王安定就问："咋了？我妈呢？"

62

他爸说："在里头睡着了。你们也睡去！"

"才几点呀就睡了？"王安定不信。我也觉得气氛有点诡异，但又说不上来到底因为什么。王安定拉着我的手往他爸妈住的屋门口走去。他爸想挡，没挡住，就在身后"唉——"地长叹了一声。

王安定在门背后摸到灯绳，一打开灯，我们都愣住了——王安定他妈并没睡着，而是靠在摞起的被子上抹眼泪。

王安定看着他妈问："咋了？"

他妈抹了一下泪，没说话。

王安定又问："咋了？哪里不舒服吗？吃药没有？"

他妈还是不说话。王安定就回过头焦急地看着他爸，想从他爸脸上找出答案来，但他爸偏不看王安定。王安定就急了，声音也提高了好几个分贝，说："下午还好好的，到底咋了嘛！你说哪里不舒服，我给你去叫医生！"

他妈用手里的卫生纸把两个眼睛擦了擦，看着我说："水儿，你去灶房把热水壶提来给我倒些水。"

我转出门去灶房提热水壶，可是热水壶里一滴水都没有。王安定买了热得快烧水棒，我就给热水壶里灌满水，插上烧水棒。我虽然不知道王安定他妈为啥哭，但我已经预感到跟我或者我俩脱不了干系。为了躲开这尴尬，我就站在灶房里等水烧开。

等我提了满满一壶热水进了屋，王安定他妈已经睡在了被窝里。王安定趴在她的头顶，手在她肩膀上轻轻地拍着，像哄孩子入睡。我忽然想笑，又没敢笑，拿过桌子上搪瓷盘里的一个蓝花搪瓷缸子，给倒了一缸子水放在了炕头。

王安定他爸冲着王安定挥挥手，说："快睡去，我关门呀！"

王安定又拍了两下，嘴凑在他妈耳畔说："实在没气生了，见啥都是气。快赶紧睡，我也睡去呀！"说完就扯着我的衣襟把我拉出了门。

一进我们房间，我就问："咋了？"

王安定双脚把鞋一蹬，仰面往床上一躺，说："没咋，睡觉！"

他越不说我越觉得有问题，就越想知道。我把身子凑到他头顶，用手扳过他的脸，盯着他的眼睛问："没咋你妈哭啥哩？到底咋了？"

王安定把头晃了两晃，躲开了我按在他脸上的手，说："今集上那一顿饭就没吃好！"

"为啥？"我纳闷，"跟到集上吃饭有啥关系？难道你妈连一顿饭都舍不得？"

"我妈不是嫌咱吃了，是嫌、是嫌……"王安定支吾了半天却没说出来。

"嫌咋了？"我追问。

"哎呀，就是嫌我娶了你，跟她分了心！"王安定说，"我妈说咱吃就吃了，还合伙骗她，嫌咱把她当外人！"

这都能叫事儿？这哪是妈，活脱脱一个事儿妈嘛！我心里这样想着，但嘴上没敢说。我问王安定："她咋知道咱在街上吃饭了？"我们俩下午一直在一起，我没说，王安定也没说，谁跟他妈说的？

"甭提了，就是那个火蝎子说的！"王安定恨恨地说，"她给我妈说她到街上扎鞋面，正好看到咱俩吃过街哩。"

又不是什么山珍海味，只一碗清汤寡水的米线，都能惹出这档子事来。一想到这儿，我就觉得特别委屈。我说："那已经吃了，火蝎子也说了，咱也把你妈哄了，已经这样了，你妈还要怎么样？"

没想到王安定一下子爆发了，他忽然直起身子，睁大眼睛瞪着我，如果眼神能起火，我相信那一定可以把我烧成灰烬。他说：
"你一口一个'你妈'，一口一个'你妈'，是不是叫我妈一声'妈'
就把你何水水辱没了？"

我被这突如其来的一吼吼得手足无措，甚至来不及转换上吃惊
的表情。

在结婚之前，我的世界里除了爱，就是因为爱而衍生出来的无
穷无尽的美好。但到了结婚后，盖在美好上面的盖子一点点揭开，
我也就一点点地窥见了婚姻不讨人喜欢的另一面：我要在一个陌生
的地方进入一个陌生的家庭，成为这个陌生家庭里的一分子；还要
把我保持了二十几年的生活习惯统统打乱，以他们所喜闻乐见的方
式重新进行排列组合；而最过分的，也是我最接受不了的，就是我
要跟着和我结婚的这个男人喊他爸妈"爸、妈"，这怎么可以！

不说爸，单就拿妈来说，对我而言，妈就是在何家湾庄院崦畔
奔波劳碌的那个留着短发的瘦削女人。她十月怀胎，在阳春三月的
第一天生下了我。我小的时候，她让我吮她的奶水，为我擦屎擦
尿，天天怕我冷了饿了。我上学后，学校离家远，村里人住得分
散，数九寒天，上学又早，她就打着手电筒，顶着满天星子送我上
学。我有一年得了缺铁性贫血，头晕目眩困乏无力，医生开了西药
叶酸和维生素 B_{12}，但叶酸只有县上的药店有，她就一个人走了十
几里路到镇上，再坐班车到县城里找药店给我买叶酸。要知道她从
来没念过书，连自己的名字都不会写；而且她还晕车，一坐车就
吐，她坐一回车就像害了一场大病，要萎靡好几天……如此种种，
不胜枚举。所以，我觉得"妈"这个称呼就应该属于这个把自己磨
瘦小却把我们养高大了的女人，属于这个为我们付出自己一生心血
和汗水的女人。只有她才配得上这情深意重的一声"妈"，也只有

她当得起这一声"妈"。我总觉得我要是喊除她之外的女人"妈"，那对她这大半生的付出就是一种亵渎、一种背叛，我的良心也会很不安！

虽然心理上实在接受不了另一个半路出现的女人也被冠以"妈"的美名，还要从我的嘴里喊出来，而且这女人多半又是以敌对势力的真实身份名正言顺地盘踞在婚姻的主阵地上；但在躲不过去的明面上，我还是会脆脆地喊她一声"妈"。虽然从那喊声里你很少能听出亲昵或温馨的成分，但单凭"妈"脸上那满足的一笑——我自认在这一点上我的出彩不是一点点。

但王安定还是嫌我的喊声干巴巴的没有一点感情色彩。他打了一个比喻：他喊"妈"像吃扯面，"吸溜"一下，满口生香；而我喊"妈"就像吃塑料纸，不香不说，还吱吱啦啦地划拉胃。就这个问题，他和我沟通过数次，均不能达成共识，就专门给我起了个外号叫"犟种"。他知道叫我这"犟种"像他一样感情充沛地喊他妈"妈"，无异于在火山口建造冷库。他也不为难我，说啥事都得有个过渡，再过上一段时间保准就喊顺溜了。他还说他对自己的老婆有足够的信心，他对自己更有信心——他说这话距离他冲我吼才刚刚过去十来天！

我从木然中回过神，才反应过来他不是开玩笑，他是真生气，也是真的凶。他吼我，我也不甘示弱地吼回去，我说："怪我把你妈不叫妈，是不是我叫一声'妈'，你妈就能成我妈了？"

"你进了我家门，我妈就是你妈！"王安定还是恶狠狠的口气。

"她又没生养我，凭啥要我叫妈？"我问王安定。

"你妈没生我，我见了不也叫妈？"王安定说。

"是我叫你叫了还是我妈叫你叫了？用绳子捆着让你叫了还是

龙山

拿刀子逼着你叫了？"我紧逼不放。

王安定一开始是想在我跟前摆个臭架子，但试探了一下，觉得这架子好像摆不住，口气就有点软下来，但话还是尖得能戳死人。他说："你这人讲理不会，胡搅蛮缠倒是精得很！"

我一下子崩溃了。"谁胡搅蛮缠？你再说一遍！"我冲他大喊，"你心疼你妈，直接拿我撒气，到头来却把一切都怪罪到我头上。你还是人吗？你还有良心吗？"我揉了揉眼睛，破天荒地没有流一滴泪！往常，我稍微一觉得委屈就忍不住要抹眼泪，而今天，在我以为眼泪应该理直气壮出场的时候，却一滴眼泪都挤不出来。

王安定不说话，拉过床尾叠起来的被子把自己一卷，倒在床上，给我一个脊背，睡了。

我疯了一般伸出双手去揪扯他的被子，硬是把我妈给我陪嫁的那床被面上绣着百子图的桃红锦缎棉被从他身上剥了下来。我想我当时的眼神肯定像饿狼或者魔鬼，不然王安定看到我眼神的那一刹那绝不会僵住。

"你要做啥？"他问。

我一边扯一边喊："这是我的被子，我妈给我的！"我又想起了何家湾炕头上那个瘦削的女人，泪像决堤的洪水一下子涌了出来，势不可当。

"那你叫我盖啥？"王安定喊。我想，他一定得了健忘症，不然不会这么快就忘了刚才自己挑起的事端。

对于要结婚的新人来说，结婚就是吃饭睡觉过日子，所以结婚时，女方要从娘家带一个饭碗，到了男方家里后，男方再给添一个饭碗，意味着添丁进口。但棉被要带两床，男方也要准备两床，这样一来，每一对新人一结婚就有了四床棉被。但老家有话说：两个人要是好了，睡一条扁担都嫌宽。我和王安定刚结婚，时时刻刻都恨不得好成一个人，就把其他的被子都包扎严实架上了立柜顶，只给床上留了一床——就是我妈给我陪嫁的那床被面上绣着百子图的——王安定说盖这被子，生的娃肯定是双双，还都带把儿的。

"你爱盖啥盖啥！"我大哭着，用被子把自己蒙了起来。

"好了好了！"不知道为什么，王安定最见不得女人哭。刚才他妈一哭，他就给我来了个提不起放不下。这会儿我再一哭，他一下子就慌了。他伸出双手抱着被子，连我一起搂进怀里，嘴里不停地赔着不是说："我混账，我不是人！不哭了好不？你打我吧，你打我解解气！"

我一直以为爱人的嘴是只能说甜言蜜语的，但现在才发现它还会喷出让人招架不住的毒针。而且爱的人又跟你最亲近，知道把针插进哪里你最疼。我为自己迟到的发现哭，也为自己爱上了这样的人哭。管他说啥都不理，只是个哭。

他看我不理他，就在被子里摸到我的手，拉着直往他的脸上扇，说："打一下，打一下就不生气了。"

我甩开他的手，不理他，也不让自己和他的身体有接触，还是哭。他是见识过我执拗的人，就长叹一声，说："好王安定哩，人说狼是灰的你不信，人说骚情的病比别的病深你还不信，这下信了吧？看这婆娘把你的脚能缠得碎不？再缠个，到针尖上就能'稍息、立正'了！"说完，跳下床，从立柜旁边取出卷成一个圆筒的凉席，在地上铺开睡了上去！

这货一整这一出，倒叫我乱了阵脚。四月下旬的天气，天刚黑地上还可以睡，但到半夜非冻醒不可，何况连个铺盖都没有。要说先前我心里还有气，这一会儿只剩下了心疼。我心疼他，又拉不下

龙山

脸去跟他搭话，就坐在床上看着他的后脑勺，心里的难过又添了一厚层。

我在床上，他在地上。我睡不着，也不敢睡，就那样看着他。他也那样强装着，因为他没打呼噜。我知道他没睡着，但他就是不理我。

这样下去总不是个事儿，要是冻出病来，他要受疼痛，我也要受熬煎。这样下去肯定不行，必须得有一个人把这沉默打破。他这会儿犟起来了，那么打破沉默的人就只有我了。我先在床上预想了许多种方法，却拿不住哪一种会取得预期的效果。管他呢，先试试再说。我跳下床，脚步跟跄地从他的身上踩过，他像个面口袋一样没反应。我抄起门背后的长把笤帚扫地——我用笤帚在凉席靠近他头的地方反复地扫，我以为他会躲开，可是他根本不理，甚至眼睛都不睁一下。我看见洗脸盆里还有半盆水，我转过头看他，他闭着眼没反应。伸出脚去踢他，他缩了缩身子，还在装睡。我一咬牙，恶向胆边生——端起水盆朝他泼了过去。水泼到他的一瞬间，他整个身子一激灵，就"啊"的一声尖叫着从凉席上坐了起来，怒目圆睁直视着我。我觉得他的眼里都要射出子弹来了，但我已经豁出去了，心里也不觉得怯。然而他只是瞪了我一眼就把眼神转开了——他坐在凉席上，牙齿死死地咬着下嘴唇，双拳紧握。我提着脸盆愣了好一会儿，开门，出门。我们门口就是水龙头，我把水龙头开到最大，接了多半盆水，端进屋，站在他身边，暗暗鼓了好几次勇气，终于双手举起，双眼一闭，劈头朝自己浇下——他一下子弹了起来，伸手打掉了我手中的盆子，一把抱起我扔到了床上。他用被子把我裹起来，扯去我身上的湿衣服，失急慌忙地去开电热毯。但找来找去才发现床头没有插线板，他就拉开立柜，把里边的毛毯、太空被一股脑儿都扯出来把我包裹在里边。他不住地用手能扯到的东西给我擦头发上的水，一会儿是被子，一会儿又是毛毯和太空被，弄得所有的东西都湿漉漉的有了水汽。他帮我把头发擦干，才把自己身上的湿衣服剥去，扯过毛毯胡乱一阵擦，钻进毛毯和太空被堆里，紧紧地抱着我，半是愤恨半是怜爱地说："你呀！你咋这犟的！你那身子跟我能比吗？要是受凉了可咋整？"

我觉得浑身都成了暖不热的冰疙瘩，上下牙叉骨不住地打架，就有点后悔刚才的冲动了。此刻听他在耳边絮叨，就把身子紧紧地贴住了他，却不说话。他伸出一只手摸上我的前额，试了试温度，担忧地问："没发烧吧？千万不敢发烧，你再发烧就把我吓死了！"

这一晚上，我们都没有睡好。王安定在床上不住地翻过来翻过去，过一会儿就把手搭在我的前额上试探我有没有发烧。我除了浑身冷，再啥感觉都没有，但他不信。我就问他："你到底是害怕我得感冒还是害怕我得不上感冒？"他就急了，用手在我的脸蛋上拍一下，背过脸向后边"呸呸呸"了好几遍。只是第二天早上，太阳都蹿得有三竿高了，我们还没起床——两个人都感冒了！我一阵冷，一阵热。冷起来，把所有能捂能盖的东西给我捂上还是觉得冷；要是一热起来，就把那些毛毯、太空被蹬得远远的，只把个光身子晾在外边。王安定一睁眼，就又是喷嚏又是鼻涕眼泪的，还鼻塞得厉害，一出气就呼哧呼哧的，像给喉咙里装了个风箱。而这天早上，王安定他妈竟然没有来敲门。我和她都闭口不提前一晚上的龃龉，但我还是努力尝试叫她"妈"，我想这应该是王安定希望的结果，也是这次吵架的积极意义。

后来，我就自己给自己宽心说：叫就叫，反正叫声"妈"又不掉一两肉，也不会矮几毫米。这样一想，再一张嘴，上下嘴皮子一碰就成了，并没啥难的！

八

王安定他妈做好了饭还不见我们起床，就站在灶房门口喊着王安定的名字说："你不是说今儿要去医院吗？都啥时候了还睡！瞌睡又不是一天半天能睡完的！"我把自己埋在被窝里，缩成一团装没听见。王安定把我枕着的胳膊小心翼翼地抽出来，给我脖子下支了个枕头，用手背在我额头上试了试温度，斜撑起身子撩开窗帘，冲着窗外喊："水儿像发高烧了，你那里有药没有？"

王安定他妈一听，赶紧凑到我们窗前来，把脸贴在窗玻璃上焦急地问："昨晚还好好的，睡了一晚上咋就发烧了？"我睁开眼睛，只见窗玻璃上贴着一个扁平的大鼻子，刚想说"没事"，还没开口，"大鼻子"又说："有药也不敢给她胡吃呀。你先把门开开！"

王安定光着身子就要下床，我伸手扯住他的胳膊，叫他先把地上的凉席收了。他把嘴凑近我说："收啥凉席哩，掂不来轻重！得先找衣服。像这样叫妈看见，还以为是两个野人进化了个半截！"又冲窗外喊："妈，你先等会儿！"王安定在立柜里给自己找了衣服套上，把我的给我放在头顶。我坐起来慢慢腾腾地穿，他就蹲下来卷地上的凉席。凉席还没干，是那种湿答答的灰沉沉的黄。他怕干不透卷起来发霉，就对折起来竖着塞进立柜背后。他把脸盆放上脸盆架，把毛巾在盆沿上搭好，把笤帚立在门背后。他把这一切收拾停当，转过头看我，我还背着双手，在背后摸索着钩胸罩的挂钩。胸罩是新的，有点紧，而我又因为怀孕，身体一天天鼓胀起

71

来，所以放在平常很简单的一道程序，我费了九牛二虎之力还是完不成。挂钩有四个，我从上到下一个一个钩下去：钩上第二个，第一个开了；钩上第三个，第二个开了……我试了几次，到最后都只有一个是钩着的。衣服没穿上不说，还折腾得我满头满脸的汗。我以为王安定会过来帮我，但他只是瞪着眼睛看了看，然后走过来，并不靠近我，而是在床沿旁边的空地上站定，一脸嫌弃地说："我开始觉得你难看得罢了，这会儿咋忽然发现你难看得就没眼看！"又把脸往我跟前凑了凑，说："你知道你现在像个啥？"

"像个人，像个啥！"我知道他这人一天没正形的时候多，这会儿肚子里肯定也没装好话，就先噎他。

"人有啥好像的？"他反问我。

我想知道他究竟想说啥，就问："那你说像啥？"

"像个葫芦！"他说着，憋不住地笑。

"我咋就像个葫芦了？你哪只眼睛看到我像葫芦了？"我穿不上，他不帮忙不说，还笑话我。笑话我也就罢了，还说我像个葫芦！我知道怀孕的女人难看，但再难看，也不至于像个疙疙瘩瘩的葫芦！我气不过，就扯过胸罩在空中挥舞着抢他。

"不信等我画给你看！"他伸出手指头就在空中勾勒，嘴里还说，"这是'小肚子'，这是'腰'，这是'大肚子'，你自己看看，像不像个葫芦？"我低头一看——虽然还不到五个月，但肚子已经挺得很明显，要是把胀起来的胸从侧面再近似地看作一个肚子，一大一小两个"肚子"就组成了一个完整的"葫芦"。我不愿认同，又找不出更好的理由反驳，就从被窝里抽出一条腿问他："你见过葫芦长腿吗？"他说："刚才你腿不是还没长出来嘛！"

"那你看我现在像啥？"我问。

他斜我一眼，说："还用问？吊在蔓上的一个白胖葫芦！"

　　我把枕头撇过去砸他，他身子一闪，躲开了。躲开了还望着我贱贱地笑。

　　王安定说我像个胖葫芦，那就等于说我该凸处不凸该翘处不翘，不凸不翘的女人还能是女人吗？再没有任何事比被爱人嫌弃更让人伤心的了。虽然他是以开玩笑的口吻说的，但这玩笑说不定就表露着他内心真实的想法。一想到这儿，我就掩饰不住地失落，脸上的笑容也没了。王安定看我不高兴，赶紧走过来帮我把挂钩钩好，又哄我说："看你，都开不起个玩笑。像葫芦怕啥？你可是宝葫芦。火蝎子怀娃那阵子，风围儿一直说像个核桃，还说要是一放在地上肯定就能滚起来。葫芦总比核桃好看不是？"我知道王安定说这话是给我宽心的，并没有让我说个是否出来。但我一想，无论葫芦还是核桃，都不是一个女人该有的体态呀？女人不都是袅袅婷婷婀娜多姿的吗，咋一怀孕就成了葫芦核桃这样没有美感的东西？再一低头，我发现白皙的肚皮上竟然多出了几条淡紫色的纹！

　　从怀孕后，我从来没有仔细观察过自己的肚子，也从来没有任何一次像现在这样对眼前这团白肉生出嫌弃，更不用说那几条像毛毛虫一样的淡紫色纹了。我一直喜欢紫色，但当紫色以这种丑陋的形态出现在我白亮的腹部时，我就觉得以前对它的喜欢是个致命的错误。我低下头开始仔细观察这些丑陋的家伙，这一观察让我一下子大惊失色——小腹往下，靠近大腿根的地方还有好几条，而且数量比刚才看到的要多得多！长的有五六厘米，短的也有一厘米左右；最窄处只是一条淡淡的紫色细线，而宽处却足足有四五毫米。我该如何直观地描述这些丑陋的东西呢？瓷器上的裂纹？不不不，即使粗制滥造的瓷器上的裂纹也不像它们这样丑陋和粗劣。对了，就像撕裂了的卫生纸。注意，是撕裂，不是撕开。我知道随着时间的推移，这些纹一定会越来越多。那时就是撕裂 N 次甚至 N+N 次，直到你再不能下手撕为止。这可是个让人崩溃的发现！你要想知道雪上加霜是什么样的，我告诉你就是这样的。自己的身体忽然之间丑陋得连自己都接受不了，还有比这更糟糕的事吗？一想到这里，我就加快了穿衣服的速度——把这么难看的东西显示出来本身就是莫大的罪过——何况是在自己爱的男人面前。

而实际上，王安定根本顾不上关注我。他手忙脚乱地把床上除过被子之外的太空被呀毛毯什么的全抱起来塞进立柜里，再用力把柜门按实，"咔嗒"一拧钥匙，锁上了。我穿好衣服，伸脚下床，刚一迈步，就觉得脖子上架着的那不是脑袋，而是一块大石头，石头又摇摇晃晃的怎么都架不住，老想往地上掉。相反，脚却轻飘飘的，像要飞起来，又像踩了软绵绵的一团云。眼前有无数金星在闪，人一下子就失了衡，我使劲抓着床沿才不致使自己跌倒。王安定早扑过来，架着我胳膊扶我上了床，一再叮咛说："不行就睡下，眼睛闭上，别乱动。"王安定还说："你现在就是我屋的大熊猫，你要是再跌一跤，我妈把我能骂死！"

王安定拉开窗帘，开了门，他妈却没进来。过了一会儿，王安定他妈在灶房里喊王安定。王安定应着，脚刚一迈出门槛，就"阿嚏、阿嚏"接连打了好几个喷嚏。王安定揉着鼻子往灶房门口走，他妈的声音就从灶房里冲出来："好样样学哩，坏样样也学哩。害病都要抢着学！"王安定想说什么，一张嘴，又是一声"阿嚏"。

王安定本来想带我去医院退烧，再做孕检，但他妈说我头重脚轻，坐不稳，王安定骑摩托车又冒失，就不准去。她说就是个孕检，早几天晚几天都是一样的。她还说她怀了三个娃，一次都没检

74

查过，生出来也没见哪个缺胳膊哪个少腿的。王安定就说："好妈哩！你们那时是什么年代？现在是什么年代？那时给地里埋个碗，现在挖出来都能当古董。跟现在能比吗？"她就长叹一声说："社会是越来越好了，人却像萝卜一样越来越糠了。"她拿葱白和生姜片熬了汤叫我喝。生姜的辛辣还勉强可以接受，但葱白煮熟的气味却怎么都入不了口。我尝了一口就龇牙咧嘴说难喝。王安定他妈说："病得身上了，不喝有啥办法？再难喝也总比药强一些。"她一手搂着我的脑袋，把汤碗端到我面前，说："眼睛闭上，大口大口地喝，几口就完了！"我看不喝不行，心里也像她一样害怕发烧会影响肚里的孩子，就听她的话，张大嘴一口气喝下去。喝下去后就不敢再张嘴，生怕一张嘴，那难闻的气味会跑出来。

王安定他妈拿着汤碗出去，等再回来，一只手里提着一瓶白酒，另一只手里端着一个搪瓷碗，里边放着一疙瘩棉花。她把白酒倒进碗里，把棉花团成球，蘸了酒在我的额头、胳肢窝、手心、脚心打着圈擦洗。擦洗完了，她就给我捂上了被子，还叫王安定从她屋里抱了一床厚羊毛被给我捂上。她说退烧就要发汗，捂上睡一觉，出一身水，烧就退了。她给我把被子捂实，转过头看王安定还在地上站着，就说："锅里还有些姜汤，你去一喝。"

王安定转身边往出走边说："我又没忌讳，吃点药就好了！"

他妈跟在后边说："我都熬下了！"

王安定就说："叫水儿睡一觉醒来喝！"

听他这样说，我赶紧把头抬起来，把脖子抻长了说："我睡一觉烧就退了，不喝能成了！"

王安定他妈还没说话，王安定就抢先说："烧退了也得巩固，不然再烧了咋办？"

我又要抻脖子，王安定他妈转回来给我把被角掖实，轻轻地拍了两下说："好，好，不喝就不喝，就几口汤水，我一倒就对了。快再甭折腾了，赶紧捂实叫发汗着！"

　　仅仅一次简单的感冒发烧，这个女人却一改往日高喉大嗓的模样，表现出温柔细腻的一面。这软语仿佛从遥远的湖面上冉冉升起，又和记忆中何家湾的童年遥遥呼应，那是小时候病床前妈妈的呢喃。一想到这儿，我就从心底对她生出十二分的感激来，因高烧本来就热泪盈眶的双眼，不觉又湿了几分。我闭上眼睛，慢慢地在这让人迷醉的温柔里睡着了。

　　一觉醒来，整个身子像被关进了蒸笼，湿漉漉的。身上的衣服已湿透，连被子也捂了厚厚的一层潮气出来。我掀开被子坐了起来，低头一看，刚才睡过的地方竟然洇出来很大的一片湿印子。虽然双手双脚软塌塌的没有一丝气力，但浑身却觉得轻省不少，我就知道烧终于是退了。我下了床，到立柜里找了干净的衣服换上。不动还好，一动，浑身上下就像布满了筛子眼，渗出一层湿的细密汗珠来。胳膊和腿只剩了个立着的空架子，仿佛那身汗在带走体内感冒病毒的同时，把整个填充物都抽空了。

　　王安定坐在灶房的门槛上剥葱，他听到我起来了，就叫着我的名字走过来，在门口的水龙头上洗手，进门。我扶着柜门站着，柜门上的穿衣镜里映出一个惨白的大圆脸，乱蓬蓬的头发像给头上顶了个毛糙的鸡窝。王安定走过来站在我身边，他不看我，把眼光转向穿衣镜，先对着镜子拢了拢他的头发。他的头发有点自来卷，也不黑，是那种看着细软的灰黑，他总要用黑色的染发膏将这灰黑盖起来。所以有时你看见他发梢是纯正的黑色，可是发根却有着三四毫米灰黑的齐茬。有时我俩在一起，他把头埋在我怀里的时候，我低头看着眼前这一头鬈发，总会联想到小时候不知在哪儿见过的洋娃娃。王安定他爸不是鬈发，他妈也不是鬈发，他弟王安邦和他妹王安静都不是鬈发，就他一个是。我有一次就开玩笑说他肯定不是他爸的亲娃，他说："亲亲的，如假包换！"

我说："是亲的，又不像，那就是长转种了。"

在何家湾，人们把长得失了原样的葫芦、南瓜等蔬菜叫"转种"。"转种"也就是生物学里说的变异。王安定一听我说他长转种了，就生气地把头从我怀里抬起来，努力地吸着肚子，一边解裤腰上的皮带扣一边虚张声势地说："三天不打，上房揭瓦。把你惯的没有一点样样了，你看我敢打你不！"皮带扣解开了，他并不抽出来，却用皮带头在皮带上抽得"啪啪啪"直响，嘴里还不住地问："叫你胡说！看你再胡说呀不？"他的意念一定觉得那皮带是抽在我身上的，他就在这自导自演的情境里达到自我满足的虚拟的高潮。

王安定整理好了头发，把脸凑近我的脸，睁大眼睛笑话我说："还说自己本事大得能上天，一个感冒就把娃撂倒了！"

我抬手要打他，却被他逮住手腕压了下去，他有些冰凉的嘴唇就覆上了我的……

这天晚上，我第一次睡觉不愿意脱秋衣。我不能给王安定说是害怕他看见我愈来愈臃肿的身子和肚子上愈来愈多的妊娠纹，从而对我的身子甚至爱情生出一丝一毫的嫌弃和疏离，我只说床凉。王安定抬手摸了摸我的额头，确认没发烧后就跳下床，从立柜中抱出他早上团成一团塞进去的毛毯要给我铺上——我才觉得我这个借口找得一点水准都没有——要知道，四月下旬的天气其实已经热了。王安定看我不要铺毛毯，就把毛毯归回原位，一个蹦子跳上床，说："'被窝千层厚，不如肉挨肉'，叫我把你抱上就不冷了！"

我不说话，只把头埋进他怀里。他一只手圈住我脖颈紧紧地搂着我，另一只手隔着秋衣在我隆起的肚子上轻轻地打着圈儿，嘴里呢喃着说："早知道怀娃这么作难，我就不叫你受这个症了！"

虽然我很介意怀孕把我变得臃肿、敏感又自卑，但一听王安定的话，这介意一下子就消散了。一定是我不愿意接受因怀孕而改变的身体这件事，给了王安定一种先入为主的暗示，他打心眼儿里一定认为我也是后悔受这份罪的。我可不想让那可怜的小家伙还没出生就承受这个世界带给他的敌意和伤害，何况这敌意和伤害还来自他最亲近的父亲母亲。我就从心底生出一种像母鸡护雏那样的英勇和无畏，从他怀里抬起头说："你这时说这个？亏你还是当爸的！"

王安定没想到我会这样，愣了一下，胳膊一使劲，把我的头按进他的怀里，在我额头上轻轻亲着，喃喃地说："对不起，对不起！我是真舍不得你受症！"

我从他怀里挣脱出来，脱去秋衣，任那个难看的胖身子亮在白晃晃的灯泡下，语气坚定地说："世上的人都是他妈生的。这症人家能受，我就能受！"

王安定把我往他怀里一扯，说："快别说了，这会儿表的决心再大你娃都听不见！"

"听不见也能感受到！"我打心底相信孩子是能听见的。

"是！是！是！"王安定顺着我的话说，低了话音又嘟囔着说，"你当你娃是智能的，啥都能感知！"

"你说啥？"我瞪大了眼睛看着他，"你再说一遍！"

"我说我爱你！"王安定说完，闭上眼睛就打起呼噜来。

每次他不愿意再和我纠缠的时候就会动用这招答非所问。结婚后，我们两人就绞尽脑汁地进行着各种形式的较量，却从来没能分个高低出来。

九

第二天一大早，王安定就推着摩托车准备去上班。我不想一个人在家待，就让他把我送回何家湾。但他不愿意，他说我刚回来才两三天，这要是跑回去，知情的人知道是刚过门心慌，不知情的人还以为他们哪里勒掯我了。他还说叫我在家待着，他去了要是单位能走开他就回来带我去做孕检。如果他回来我不在，那他还得再跑何家湾去接一回。他说："明明上次给你家里人说带你去检查，要是再去接你，他们肯定要问咱们上次为什么没去，你敢说是怪你用凉水把自己泼感冒了吗？"我说："我不敢。"他说："不敢就在家里待着。"我说："我一个人在家里无聊。"他就像打量外星人一样打量了我很长时间，说："家里这么自由，想去哪儿去哪儿，想干什么干什么，要是哪儿都不想去啥事都不想干，就窝在床上睡懒觉，睡醒了吃，吃饱了再睡，要多美有多美！"我说："吃了睡睡了吃那是猪的生活状态。"他就说："那你去给咱上班挣钱，让我在家里当个幸福的猪。"又嘟囔着说："我要是把这样的日子能过一周，肯定在睡梦里都能笑醒。"我说："在龙山，除了爸和妈，我认得的人加起来不超过三个，都找不见人家住哪里，连个说话的人都没有。"王安定说："不用找，这阵子都在苹果树上架着哩，那伙野婆娘，一笑起来能把整个村震翻。你听哪里笑声大就往哪里去，准没错！"我知道现在正是给苹果套袋的时节，就瞪他一眼，说："人家都忙着，你叫我一个闲人去听人家笑？"王安定就说："不听她们笑也能成，那你就去人事场，那里坐的都是闲人。"

两天后，王安定抽空回来接我去城里做了孕检。送我回来后，他停都没停就又返回去上班。他说结婚这段时间请的假有点多，这下得好好上一阵子班了，叫我乖乖在家里待着养胎，等他回来。他还千叮咛万嘱咐说，不管他妈说啥，叫我都不要理会，也不要生气。他说："你平时想和她说话了就说两句，不想说了你就去外边转。"我就听王安定的话，在他走后，每天吃过饭，有事没事就去人事场。人多了就坐下来说说话，人少了转一圈就回家。去了几次我就发现，王安定所说的"闲人"其实并不闲，或者并不是他以为的那种无所事事的"闲"。

首先当然得说猫看。人事场在猫看家门口，猫看就是人事场的常住户。人事场的人都说猫看是市民。有时猫看不在，有人就对着猫看那几间瓦房说："啥时把人家猫看那小市民的日子过上一回，咱就活得跟人一样了！"旁边的人就笑着反问："那你现在到底是跟猪一样还是跟狗一样？或者猪狗都不如？"顿了一下又说："你这话绝对不敢叫猫看听到。猫看理解了说你是耍哩，不理解了就说你是看他笑话哩。你一天不管回去迟早锅里都有热馍，炕上都有热脸。可是猫看回去冰锅冷灶的，连个说话的人都没有。"

猫看有房子有地，就是没个媳妇。在龙山，人们常说的一句话是"婆娘娃是个害货，没婆娘娃没过活"。猫看虽然没有婆娘娃拖累，却并不像大家所说的"尾巴一翘就能上天"，反倒像一台没加油的拖拉机，跑起来都是疲疲沓沓的。

女人心细、手巧，就成了套袋的主力军。男人手笨，就掂个锄锄个草，喂个鸡狗，到了饭时给树上架着的婆娘和放学回来的娃娃做个饭。但做这些活用不了一整天，男人在忙碌的间隙还能给自己腾一点时间来人事场报个到。所以经常听到这些男人发牢骚说，日子过到现在这份上，活脱脱就是一头被套上套绳的牛，后边抡着鞭子吆喝的就是婆娘娃。

猫看没婆娘没娃，种地务树也没个帮手，就把地撂了叫荒着。猫看的三大看到和他地畔紧挨的这么大一块地荒着，心就焦得不行。先嘟囔着把这个不成器的侄子骂了好几天，接着就去找猫看，给猫看说，他给把地经管上，一年给猫看一石麦。猫看那一块地少说也有四五亩，一石麦确实不多，但这总比叫地荒着一分不得强。这时猫看已经开始做生意了，他骑着摩托车转村收脱了粒的高粱穗，回来在他的小院子缚成笤帚，再拿到街上去卖。卖了后在食堂要一碗羊肉汤煮馍或者炒面，再要二两烧酒，吃饱喝足，直到天色黑透才"突突"着回来。猫看有了生意，也就三六九不离集。不离集的猫看眼就宽了，脑子也活泛了。他三大给说经管地的时候，他一口应允，还说他不要麦。但他给他三大提了两个条件：第一，不能在地里栽树、盖房。第二，不管到什么时候，地权是他的，到他想种的时候，那一季庄稼收后必须归还。

猫看一提这两个条件，他三大"啪啪啪"地把烟锅在鞋帮子上磕了，说："这娃！我又不在你地里图一个两个，你把我的一片好心还当成驴肝肺了。不管到啥时，地都是你的！"

猫看一听这话，知道他三大生气了，就赶紧给他三大发纸烟、赔不是，说他绝没有那个意思，他知道三大是为他好。他现在过成了个光杆杆，只有他三大还给他操心着，他感激都来不及。但亲归亲，事归事，话还是要提前说明叫响，免得以后打糨糊。猫看还说，地里草比人高，灰灰草都长成了灰灰树，他几个堂兄弟都在外边打工，靠他三大一个也收拾不出来。他说他找个旋耕机把地里的草一旋，到秋季他三大就能松松快快地种麦了。

猫看说到做到，过了没几天真的找来了一台旋耕机把地旋了。旋了地之后的猫看几天没上集，他找了几个劳力在地畔的两头扒了四条深渠，又不知从哪儿弄来四根半截洋灰杆埋了进去。

猫看他三大一听说猫看给地畔畔埋洋灰杆，用脚想都知道是猫看害怕地被多占，就气鼓鼓地来地畔畔上找猫看。他三大来到地畔畔，用烟锅指着猫看的鼻子说："红萝卜里边调辣子，我把你这货还吃出来没看出来，闹来闹去你把你三大当贼防哩？算了，你这地我不种了，你要荒就叫荒着去。你自己的驴，哪怕骑尾巴梢梢跟我都没关系。那天的话，就权当你三大放了个屁！"

他三大的"屁"字咬得很重，唾沫星子溅了猫看一脸。猫看也不擦，不住地给他三大发纸烟，说好话。等他三大气消了些，才拉着他三大去看另一边的地畔畔，他三大才发现那边邻家地里的一行苹果树就栽在地畔畔的渠里。

听说打这之后，村里的人动不动就拿这事笑话猫看，人事场上更不例外。这天他们坐着谝话，不知怎么又提说起这事，有人就说猫看："猫看，看着你一天木头楦脑的，脑子里边眼眼儿还稠得不行。你三大脑子里边的眼眼儿有三个，你就有八个！"

猫看先不说话，但架不住大家你一言我一语，就停下缚笤帚的手说："这话不敢胡说，看我三大再躁了！"

这人就说："你硬气得跟啥一样，还害怕你三大躁？"

猫看把散在脚边的尼龙绳疙瘩缠紧，看一眼说话的人，慢吞吞地说："怕哩么，我三大躁起来害怕得很！"

有人就插话问："有多害怕？杀哩还是斩哩？"

猫看头也不抬，一本正经地说："连杀带斩，二合一！"

人群就哄然大笑。这是我第一次见猫看，也是第一次听猫看说话。猫看说话的时候声音很细很尖，在我看来，这细尖实在不应该和眼前这个粗实的男人画上等号，但它又确实是从这个粗实的男人喉管里发出来的。后来我才知道，猫看声音的女性化是有原因的。

猫看小时并不叫猫看，叫王来宝。那时的王来宝家还住在沟边的地窑里。那时大人要下地干活，家里又没有能看娃的人，就给炕根钉一根木橛，用布条搓一根绳子，一头在娃腰间一绾，另一头拴在炕根的木橛上。大人出去干活，娃娃就在炕上爬着转圈圈。要是饿了，就吃大人出门前在身边放的馍疙瘩；要是耍乏了、瞌睡了，跌倒就睡。有时想偎在妈怀里撒个娇、蹭个奶头，可是左爬右爬都找不到那个熟悉的怀抱，就扯长了声哭，直到哭累了睡着。尿了，屁股底下就是光炕席，不太要紧。要是屙了就惨了，会糊得满身都是。但娃娃都是光屁股，大人一进门，提起来放进水盆里一洗就净了。说王来宝出事这天，他妈照例下地干活，可是走前忘了给炕席上放馍疙瘩。没放馍疙瘩还不是多大的过错，毕竟娃饿个一时半会儿，多哭一会儿也不是什么大事。但王来宝他妈最大的过错是忘了堵上门槛旁边的猫眼！

那时，几乎家家户户都养猫狗。狗看家护院，猫逮老鼠。狗一般都拴在大门口，但猫要逮老鼠，就得有个自由身子。猫又多在夜里活动，为了猫通行方便，人们在砌窑墙的时候就给猫在门槛旁边的墙上留一个四四方方的窟窿眼儿，这窟窿眼儿就成了猫晚上进出的通道，叫"猫眼"。猫虽然通人性，但毕竟是动物，人们怕猫抓伤了娃，在出门前就把猫眼堵上，不让猫进窑。但王来宝他妈这天出门的时候竟然给忘了，谁知道这一忘却忘出大灾难了。

王来宝他妈干完活回来，还离得老远就听见窑里传出孩子撕心裂肺的哭声。哭声平常就有，但这天听起来却和往常大不一样。王来宝他妈赶紧哐啷啷地打开了门闩，一看到炕上的娃她就疯了一样哭喊起来……当时跟着王来宝他妈哭声进了窑的人后来说，血把王来宝糊成了个血娃，连炕席上都是一大片一大片的血！活了大半辈子，谁见过这场面？简直吓死人！几个人的喊叫声引来了更多的人，接着，队里的手扶拖拉机就把王来宝送到了县上的医院，他在医院里住了半个多月才回来。王来宝住院回来了，但他妈一连十几天都没上工。后来听人说，王来宝他爸怪婆娘那天没堵上猫眼，把她压在炕上结结实实地捶了一顿，连灰耙把都打坏了。

后来有一次，王来宝他爸和邻家因地畔畔起了纠纷，两家人扛着锄头铁锨在地头闹仗。邻家婆娘就跳着脚骂王来宝他爸："我听过骗猪骗羊哩，还没听过个骗娃哩。娃一骗你就断门绝户了，还争抢这些，准备死的时候背去呀？"

王来宝他妈听了这话，哭得一口气没上来，人就像一团烂泥一样瘫软了下去。围观的人又是掐人中又是用针尖扎指尖，折腾了半天，她才"哇"的一声缓过气来。王来宝他爸红了眼，一锨把抢过去，邻家婆娘就坐在了地上鬼哭狼嚎。

邻家婆娘小腿骨骨折。这婆娘的男人和儿子就用架子车拉了婆娘，要放到王来宝家的窑里去。王来宝他爸一见，说了句"欺人太甚"，捞了墙根的铁锨又要扑过去，王来宝他妈赶紧跑上前夺了铁锨，说："咱家又不是皇宫，人家想进你就叫他进呀，拿锨弄啥？"

王来宝他爸恶狠狠地说婆娘："人家都骑到你头上拉屎了，你倒心大！"

王来宝他妈说："'人有一亏，天有一补'，咱一辈子没做过一件亏心事，老天爷睁着眼睛哩。"转过身向着车子上坐着的婆娘和旁边的父子俩说："邻家隔舍的也十来年了，没想到你这嘴是能戳出刀子的！那么大点的娃儿又没招你惹你，你说那么毒的话，亏娃还把你叫姨！"说着又哭起来。

那婆娘疼得在车子上坐不住，爷一声奶一声地呻唤，听王来宝他妈这样说，就回说："我是骂了，可是风一吹就啥啥都没了，又不红又不青。"又指着王来宝他爸说："可是他抡了我一锨把，又红又肿，还疼啊，疼啊……"这婆娘也哭起来。

王来宝他妈止了哭，抹一把眼泪，接着这婆娘的话头说："爹娘生的爹娘疼。我这腔子打不开，我这腔子要是能打开，叫你看看我的心这会儿烂成啥了！"

大家看两家人总这样熬着也不是个办法，就主动跑来给说和。说和的人私下给王来宝他爸说让他服个软，说好男不跟女斗，毕竟是个婆娘。王来宝他爸把眼一瞪，说："婆娘咋了？婆娘就可以×嘴上不安门，啥毒就喷啥？人家都叫我断子绝孙了，你还叫我给她服个软？"

说和的人说："她叫你断子绝孙，你就真的断子绝孙了？你当她的嘴是开过光的？她的嘴要是有那么灵验，早当神婆子去了！"

王来宝他爸说："她咒了我，还叫我给她服个软，这口恶气我实在咽不下！"

说和的人说："恶气就像肚里的胀气，你咽下去，憋两个响屁就出去了。"

王来宝他爸说："猪尿脬打脸，臊气难闻。"

说和的人说："你再打回去，或者伸手捏揣一下，会更难闻！"

王来宝他爸就不再说话。说和的结果是王来宝他爸给赔一只正下蛋的老母鸡，还用架子车拉着邻家婆娘去邻村找捏骨匠正骨。人们说王来宝他爸拉着那婆娘去的时候，在路上专拣有疙瘩和坑窝子的路走，颠得那婆娘"呜呜哇哇"地哭号了一路。还说正骨的时候，那婆娘受不了疼，就叫着王来宝他爷的名字哭骂。但人们一点都不同情她，怪她说话没深浅。所以后来就有人总结说，甭看王来宝他爸明面上给那婆娘服了个软，其实背地里才把恶气出了个美。不过那婆娘也是活该，"打人不打脸，骂人不揭短"，大人有再大的仇，也不能拿孩子说事。才多大的娃！再说了，猫只是把娃的牛牛抓挖烂了，又不是当成老鼠给吃了——那时王来宝已经五六岁了，爬高下低逮蛇掏鸟，要多淘有多淘。

邻家婆娘养好了伤，但心里的伤疤却是怎么都好不了。见到王来宝在门口耍，就指着院子跑的鸡或者狗骂"这猫骟的种"。她不但骂，还用各种小零嘴收买村里娃娃，教唆他们叫王来宝"猫骟"。娃娃跟王来宝好好耍的时候就喊"来宝"，但一翻脸，就一口一个"猫骟"。王来宝的家人还来不及回应，这些娃娃的家长就急眼了，老鹰抓小鸡一般逮了娃娃胳膊，眼睛瞪得像铜铃，凶神恶煞地吼："谁教的?"娃娃招不住吓，赶紧核桃枣一股脑儿全倒了出去。大人就一边拖着娃娃进门一边捎言带语地骂给娃娃不教好的那缺德婆娘，骂完了又怪自家娃娃为了嘴不顾眉眼，便扒了裤子，按在炕头一顿胖揍。娃娃终归怕挨打，再吃那婆娘零嘴的时候就把"猫骟"咕哝成了"猫看"。慢慢地，"猫看"这个名字就叫了出去，而大名"王来宝"却很少有人叫了。

刚开始那些小娃娃叫"猫看"的时候，王来宝他爸把那牛眼一瞪，说："猫你妈个×，再叫，看我把你碎熊的皮一个个剥了！"吓得那些孩子一下子都不敢吭声。只是到了后来，叫的孩子越来越多，到最后，甚至有些大人也开始喊他的儿子"猫看"，他就知道他的制止在很大程度上起了相反的作用。而他又不能像他当初恐吓那些孩子那样，真的把这些人的皮一张张剥了挂在村口的那棵大树上，也就无奈地默许了这样的叫法。

猫看上初中那阵子，村里跟他同龄的男孩都变声了，从稚嫩的童声变得嘶哑，再变成低沉宽厚的男声。但猫看变声，那稚嫩却像被一把刀子削磨过，生生抽出只有成年女性特有的那种尖厉。

成年后的猫看结过一次婚。那时猫看爸妈已经搬到新盖的这房子里来了。但猫看结婚后，新媳妇熬了个头回，就再也不愿意回来了。猫看和他爸前前后后到媳妇娘家跑了十来趟，猫看他妈还去那门上叫骂过，都没能把媳妇骂回来。猫看刚没了媳妇那阵子，就像霜打了的茄子，老是窝在家里不出门，即使出门也是溜着墙根走，要是见了人就远远地躲开。村里人心疼他，就给他宽心说："走了就走了，'唉'上一声算咱倒霉。女人就像身上的垢痂，搓掉一层，过不了几天又会长一层。她今天走个穿红的，咱明天就能来个穿绿的！"

猫看就朝说话的人笑笑，挥着手说："不找了，不找了！"

村里人当面不说，背过猫看就说，看这样子，当年猫那一咬，肯定做了个大错活！不过话说回来，猫连小命都搭赔进去了。猫看出事后，他爸妈走得急，没来得及处置猫。等他们一家从医院回来，猫依旧顺着猫眼钻进窑里，偎着猫看他爸的裤管"喵呜喵呜"地叫——猫并不知道自己已经闯下了弥天大祸。猫看他爸一见猫就气不打一处来，堵上猫眼，举起灰耙，一耙下去，猫凄厉地叫了一声就断了气。

猫看他爸妈活着的时候，隔三岔五还托人给猫看说对象。见过不少，但总是有各种各样的原因未能如愿。等到他爸妈一下世，婆媳妇的事没人提说，也没人催管，独来独往的猫看就彻底过成了没人管顾的光杆司令。

有一阵子，村里人都一窝蜂说猫看处了个对象。人们说的这个女人是怀军的婆娘。怀军在煤矿上推煤车，煤矿冒顶，他跑不及，叫煤块塌死了，留下婆娘拉扯着两个女子过活。怀军婆娘腿不利索，平时很少出门，怀军出事后，人在路上见到她的次数才多一些。说有一天天刚擦黑，有人看见猫看提着一大包东西进了怀军女人的窑。但过了几天，又有话辟谣说，那个女人并不是猫看处的对象，猫看从街上给她捎了馍回来，进窑是给她送馍的。

人们打心眼儿里是希望猫看有个婆娘的。如果猫看有个婆娘，这人事场就能热闹许多。人们想把这话说给猫看听，但一连好几天都逮不住猫看人。一四七、二五八、三六九，每天都有集跟。逢十没集，但猫看要缚笤帚，总在忙。

大家看猫看腾不出身子来谝话，说话的时候就把声音尽量往大了扯，冲着猫看缚笤帚的身影说："快来歇个！你把世上的钱能挣完？你活着挣得再多，死的时候也和我们一样，都是精身子背个光床板，双手一摊，一分一文也拿不走。"

猫看不抬头，手里的活也不停，说："光混了个嘴，能挣下个啥钱！钱哪有那么好挣的？"

这人又说："你把咱这方圆的高粱穗都收断货了，还说光混了个嘴。要是真的光混了个嘴，你这嘴恐怕是咱龙山最贵的嘴了，就连走南闯北的飘飘都赶不上。"

话音刚落，一阵"突突突"的摩托车声就从远到近。有人就接过话说："说曹操，曹操就到。你刚一说到飘飘，飘飘就来了！"

话题自然而然就转到了飘飘身上。

十

飘飘个子细高，精瘦，总是穿一件黑色的大翻领皮夹克，皮夹克的腰带在背后绾着一个松松垮垮的蝴蝶结。染得乌黑的头发上打了摩丝，朝后梳着，梳子的齿纹清晰可见。脸很瘦，像是直接在骨头上包了一层皮，又像是用刀在木头上刻出来的一张人脸。飘飘的裤子是笔直的西裤，黑色或者深蓝色，有时也穿亮蓝色的牛仔裤。飘飘的西裤洗一次要熨一次，熨了就用一个铁夹夹着裤脚倒吊在院子的铁丝上晾着。飘飘脚上老是一双尖头皮鞋，黑色或者红棕色，不管你啥时见他，鞋都明光闪闪的。人们就开玩笑说飘飘的脚面连一只苍蝇都趴不住。听的人没听明白意思，就问为啥。说的人解释道，苍蝇一飞上去，三打滑两打滑，胯子就溜了。说到这儿，说的人和听的人就都笑。人们说这些话的时候，飘飘的身子大部分都是骑在摩托车上的，脚伸长了蹬在地上。飘飘的摩托车是那种人一骑上去就得半个身子俯下去的越野摩托车，纯黑色的。越野摩托车马力大，动力足，每当飘飘骑着它从城里、镇上，或者别的什么地方回来，老远就能听见那种高亢的"突突"声穿墙破壁奔你而来，又离你而去。

"飘飘"也是外号。我一直想不通龙山的人为啥这么爱给人起外号，而且这些外号又怪异得让你百思不得其解。飘飘也一样。虽然从见到飘飘的第一眼我就能猜到一点他外号的来历，但随着时间的推移，综合我在人事场听来的大家对于飘飘的描述，我就对起

"飘飘"这个外号的那个人刮目相看了——再没有任何字眼能像"飘飘"一样真正而且完全囊括眼前这个男人身上所有的特质。

飘飘在家里是老来子。飘飘他妈胡香草在五十二岁那年老树开花怀上了飘飘，而这一年，飘飘他爸已经五十九岁了。龙山村上了年纪的人对于女人生孩子有很多说辞。一男一女或者一女一男，这样的生法叫对生；两男两女或者两女两男，这样的生法叫双生；生两个孩子再不会生的，叫扑鸽生；生一个孩子再不会生的，叫秤锤生。要是生了三个女子，就说第四胎肯定还是女子；而要是生过五个女子，那就说后边还得再生四个女子，一共要生九个，凑够一桌——人都知道一桌坐八个，多出来的那一个就说是提壶抹桌子，给姐姐们搞服务的。胡香草生了五个女子后就不敢再生了，因为人们都说肯定是她在正月初九这一天梳了头，犯了九女仙，所以才会一连串只生女儿。胡香草到底有没有在正月初九这天梳头，她自己也记不清了。正月忌讳多，比如：初五早上要挨个房间放鞭炮，据说这样可以把家里的穷气赶到大门外边去，叫"赶五穷"。初七早上要吃细长面，用细长面把魂拉住；要在大门口煨一整天的火，以防有妖魔鬼怪来偷盗魂灵；绝对不能使用锥子剪子刀子梳子叉子等所有能把魂戳破的东西，因为在大家看来，魂一破，人行走世间就成了行尸，在不远的将来就会变成如假包换的真尸。所以每个人都时刻念叨着"今儿不能梳头不能切菜不能剪指甲"，就怕会忘了。可是，有时即使记得牢牢的没梳头，却无意中用了锥子剪子刀子。而锥子剪子刀子这些东西和梳子的"功能"是一样的，甚至比梳子更尖更利。胡香草也就当自己犯了九女仙，在不停自责懊悔的同时接连生了五个女子。她从来没对生九个女子的说法持一星半点的怀疑，这些真伪莫辨的说辞就像谁在她的大脑里植入了一个程序，她

龙
山

能做的只有读取和运行，而无法改写或弹出。

胡香草非常急切地想要个儿子。她心里说，等"九女仙"的魔咒一解除，无论如何都要再生一个长牛牛的出来。那时，"九女"加"一儿"，可就"十全十美"了。可是村里的计生专干叶林芳不允许。

叶林芳是村东头王世富的媳妇。王世富常年在外打工，家里的地和孩子有老人经管，这叶林芳就当了村里的计生专干，整天蹬个高跟鞋，背个洋包包，胳肢窝里夹个皮夹夹，走门串户登记村里适龄妇女的生育情况。叶林芳这工作看着风光，实际上并不好干，经常被人从门里推出来，甚至骂出来。叶林芳也不生气，说都是为了工作，下次见了还是笑着打招呼。一伙婆娘背过叶林芳就说，看来这官就没个好当的，要是把叶林芳那事叫咱干上，一天过不完就叫人给骂死了。

胡香草这个工作对象让叶林芳很头大。叶林芳说："要是严格按照政策来，你胡香草都能结扎三四回了，你天天生娃，叫我跟上你天天挨批。"胡香草说："你坐屋里不挨批，谁叫你屁股尖坐不住？"叶林芳说："这胎生了把手术一做，看你受的这罪，一天天的。"叶林芳说这话的时候，胡香草还有不到一个月生产，肚子上像扣了一口大铁锅，脚背肿得明晃晃的，鞋勒得勾不上，只得趿拉着。胡香草瞪她一眼说："吃的饭少管的事多，我就爱受这罪，咋了？"叶林芳："你看你这人，我好心好意给你说话，你却用梁塌我哩。"胡香草从鼻子里"哼"了一声，说："梁算个啥？没拿大炮轰你都是好的！"

事实证明，胡香草并没有犯九女仙。或者说，犯九女仙的话从一开始就是哄人的鬼话——她第六胎生了一个男娃。孩子一落地，

91

接生的席老太太一只手捏着双脚把孩子提起倒吊在空中，伸出枯瘦的另一只手"啪"地朝屁股上打了一巴掌，先前还不吭声的婴儿就"吱哇吱哇"地哭起来。席老太太放下孩子，用手边提前准备好的软布把新生儿身上擦净，拿起剪子在亮着的煤油灯火焰上来回燎着，扯长声喊着说："夹着牛牛哩，这一回把牛牛娃生下了！这下把心放肚子里去！"说着又向着窗外喊："赶紧给熬米汤去，要下奶哩！"前边那句话是说给炕上的胡香草听的，后边那句却是说给在窗外等着的胡香草男人王起子说的。王起子"嗯嗯嗯"地应着，鞋底就在地上"刺啦刺啦"摩擦着走远了。

胡香草好不容易生了一个长牛牛的小祖宗，就端在手里怕吓了，含在嘴里怕化了，举着怕高、抱着怕摔，怎么都放不到个稳妥处。这小家伙理所应当就成了全家的眼仁仁、心尖尖，要多稀罕有多稀罕。

胡香草给稀罕娃起了个名字叫转怀。但她起了大名又不叫，老是"宝娃、宝娃"地叫，所以村里人都跟着她喊"宝娃"。本来娃娃到了两岁就该断奶，但这宝娃不愿意丢奶头，胡香草也舍不得娃哭，就一直没给断，这样一吊就吊到五岁。五岁的娃娃有多高呢？那时的娃娃营养跟不上，不肯长，个子肯定没有现在同龄娃个子高。但即使按最不肯长的来算，胡香草一坐下来，娃的个头还是比他妈高了。不管在什么地方，也不管人多人少，宝娃就把手伸进他妈的衣襟里扯奶头，一扯扯出来一个蔫巴巴的空皮皮，塞进嘴里咂得"吱吱吱"直响。这个咂一会儿，又转头去咂另一个。村里人看着不自在，但没人敢说，时间一长也就见怪不怪了。胡香草更不在意，该干吗还干吗，仿佛胸前晾的那白花花的疙瘩是别人的。

虽然宝娃吃了五年奶，但和村里同龄的孩子比起来，还是瘦小了很多。相比之下，村里那些娃娃却像地里蹿出来的钻天杨，见风就长。村里有年长的老人就说人奶虽然好，但娃一天天长哩，奶里边的营养根本不够娃吸收，长期营养跟不上，娃拿啥长呀嘛！胡香草这才硬起心肠给宝娃把奶断了。虽然奶断了，但宝娃却一直没胖起来，个儿一长高，显得人更瘦了。

宝娃上小学时，总是偷了家里的鸡蛋和其他的娃娃换苹果、柿饼和其他的小零嘴吃。有一段时间，胡香草发现鸡窝里一直只有一个引蛋，但她明显记得母鸡下蛋后是叫过的，她就以为是鸡挪了窝。鸡窝里要是稍微有一点不安定因素，母鸡就会废弃这个窝，去另一个隐蔽的地方再占一个。可是胡香草找了好几天，都没有找到鸡挪的新窝。有一天，她循着母鸡的叫声到了鸡窝旁，还是只有一个引蛋，用手一摸，引蛋是热的，就知道鸡是下了蛋的。她直起身子，刚好瞅见她的宝娃从眼前一晃而过。她就好气又好笑地说："鸡蛋卖了要买盐买洋火，还要给你买本本，你都收哪儿去了？"

宝娃没回头，边跑边说："我根本就没见鸡蛋！"

"鸡明明是叫唤过的，你没见那鸡蛋哪去了？"胡香草问。她也没想出来，要真的是儿子把鸡蛋拿走了，那儿子拿鸡蛋做什么？

"那就是鸡钻空窝了。反正我没见，你不能冤枉我！"宝娃说。

胡香草没想到宝娃会这么说。仔细一想，小家伙说得也有道理。她又没有亲眼看见母鸡下蛋，说不定真的是鸡钻了空窝，就没再吭声。正好王起子担着一担水过来，听到了她娘儿俩的对话，就放了水担，直起腰看着胡香草说："你就惯，我看再过几年，你那先人都能骑到你脖子上了！你那先人说鸡钻空窝你就信呀？"

胡香草最见不得王起子平时不管不顾，一出事就煽风点火的嘴脸，就回击他说："人都说'惯着管着'。我当妈的惯着，你当爸的就该管着！"

王起子说："你早都把你那先人惯得收不住了，我哪里还能管得住嘛！"

胡香草说："管不住就把你的烂嘴闭紧！"

王起子把水担钩子往桶鋬上一钩，"吱扭吱扭"地担着走了。

宝娃上四年级那年，教数学的先生是学校校长。先生以严厉著称，宝娃散漫惯了，根本受不了约束，就老和先生作对。先生一忍再忍，终于忍无可忍，逮了一个机会，抽了一根柳条，在宝娃手掌上重重地打了十下。这下不得了了，第二天一早，胡香草就和王起子找到学校，踏着校长的门槛把校长吆喝了一顿。胡香草说："我这么金贵的娃，平时我指一指头都舍不得，你是老师，又是校长，竟然把娃的手掌都打肿了，不是你娃你肯定不知道疼！"校长不住地说着"对不起"，还说他打自己娃才毒，有一回他一板凳腿抡过去，他儿子腿弯就出现了一道红血印。胡香草就说："你娃你打死我都不管，但我娃你就打不成！"校长再三给保证说以后不会了，再加上其他老师出面劝说，胡香草和王起子才不闹了。

从此以后，宝娃在学校就成了没人管的主儿。作业交不交没人管，来不来学校也没人管。老师乐得清静，宝娃也乐得自由，只是愁死了胡香草和王起子，两个人就老窝在家里吵架。王起子说："都怪你把人家骂了，人家好歹是一校之长哩。"胡香草就骂王起子说："你这话老早弄啥去了？给你先人赶蝇子去了？那天你也在，自己也跟上骂了，现在只知道在这儿说风凉话！"王起子说："我不跟上你转，看你回来不把我吃了！"胡香草就"呸"一声朝着王起子说："吃你？我还嫌腥气！"两个人吵归吵，吵完了，问题还得解决，只得找熟人托关系，把宝娃转到了胡香草娘家的学校去上学。

宝娃在他舅家村里的小学上完了五、六年级，升入初一到镇上的中学念了半学期，就不愿意再去了。胡香草和王起子没法，就托了一个亲戚，给宝娃办了个假身份证，带到广东打工去了。

宝娃到广东打了两年工，回来没拿一分钱，却骑回来一辆摩托车。胡香草心疼钱，又舍不得说娃，就说："唉，生下都一样爱哩一样教育哩，谁知道长着长着就长走样了。你看一天飘得都不知道自己姓啥为老几了！"

村里人就跟着胡香草的话音，给宝娃起了个外号叫"飘飘"。那个大名王转怀，除了在户口本上出现，再没人叫了。

飘飘一回来，村里人才知道镇上有个舞厅。其实舞厅老早就有，也不是一两家。村里人去镇上跟集，总能看到有些门面墙上或者门口的木板上用各色笔写着大大的"舞"字。年轻人知道这是舞厅招徕生意的招牌，但上了年纪的人不懂，凑近再看一遍字，扶扶鼻梁上的圆片片石头镜，心里纳了闷，边走边嘀咕：怪道人说世事经不完，我活了大半辈子了，也见过些卖稀奇古怪的，就是没见过个卖"舞"哩，这咋能卖嘛，秤斤斤哩还是量米米哩？

回去说给家人听，儿子或者女儿就"咔咔"地笑，笑完了就说那是舞厅，叫人跳舞的，不是卖"舞"的。这人一听，恍然大悟，说："我知道了，就像电视上演的那样，黑咕隆咚的，也不管认得认不得，一伙子男女又搂又抱又蹦又跳的。"说到这儿话锋一转，警告儿子或女儿说："这地方不是个好地方，你们少去。"叮咛了还怕孩子不听，恶狠狠地给补上一句："要是叫我知道了，非把腿给你打折不可！"

过了一段时间，飘飘的摩托车后座上就多了一个妖艳的女子。

女子个儿很高，很瘦。齐脖的头发烫得曲曲弯弯，还染了红色，蓬蓬地罩着，显得头分外大。脸很白，眉毛又弯又细，睫毛又长又翘，嘴唇又红又亮。女子上身穿着贴了很多亮片的黑色紧身无袖T恤，T恤是很低的V字领，两个高乎乎的奶子就在这领口之间挤出一条深渠。女子的下身穿着一条很短的牛仔短裤，说它短是因为它能捂住的地方实在太少：从上边能看见肚脐眼儿，从下边能看见大腿根儿，要是再一走路，就能看见两疙瘩屁股蛋儿。飘飘第一次载着她从大家眼前一晃而过，一伙男人只看了一眼就惊为天人，那目光一直跟着飘飘的摩托车跑，都恨不得追到飘飘的被窝里去。在龙山流传着这么一句话，那就是"宁尝仙桃一口，不吃烂梨半筐"。没想到飘飘这瘦猴，却把这么大一个仙桃给摘了回来。从那一天开始，飘飘每带女子从人事场过一次，人群里的气氛就会活跃老半天。也是从那一天开始，吃晌午饭的时候，男人都把碗端到人事场上来吃，就怕和飘飘载的这"仙女"错过了。

在厨房里忙活的女人们洗了锅碗，手里拿了要纳的鞋垫或者要织的毛衣也来到人事场上。一个女人听到男人都在说飘飘带回来的那女子这也好那也好，更要命的是自家男人还在不住地"嗯嗯嗯""是是是"，就给这堆男人一个大大的白眼，鄙夷地说："一个个大老爷们儿，把个眼睛珠子跌在人家奶缝缝半天掏不上来。还不赶紧掏？看叫人家一使劲夹坏了还没个备用的。"

这一伙男人就笑，她不笑。听男人笑完了，接着一本正经地说："除了皮就是骨头，连个肉都没有，晚上想铺个肉褥子硌得心口都疼。脸蛋白是抹的，眉毛黑是描的，睫毛弯是夹的，嘴唇红是画的，都是做作出来的，有个啥好？现在没拖没累，有的是描眉画眼的闲工夫，你叫她再过上个三五年，等拉扯个娃，到时——"她指着对面坐着的一个婆娘说："比你我强不了半拃！"

那婆娘用手在她的大腿上拍一下说："要比你比去，我可不比。人家娃还是个嫩芽芽，咱这粗皮老脸的拿啥比哩嘛！"

这女人就瞪那婆娘一眼，反问："粗皮老脸咋了？说的她不会粗皮老脸一样！"

有男人就坏笑着说她男人："你婆娘醋坛子倒了，赶紧扶住！"

这男人就说："这会儿不敢扶，蚀手哩！"

男人说："醋坛子又不是硫酸坛子，蚀的啥手？"

这男人说："不蚀你扶去！"

男人说："又不是我婆娘。"

这男人就说："那就悄悄坐着！"

男人说："坐着就坐着！"坐下没一分钟，又用指头戳这男人，悄声问，"那是你婆娘不？"

这男人说："咋？屁股尖得坐不住？"

男人又指一下女人的后脑勺说："我再给你说一遍，你婆娘醋坛坛倒了！"

这男人说："你说是个醋坛坛，我看那就是个蜜罐罐。"

男人白了他一眼，伸出脚朝他脚上踢一下，嘲笑他说："我还当你能放出来多响个屁，憋了半天憋出来个哑屁，能把人恶心死！"

这男人说："不把你恶心死我就得叫你烦死，晚上回去还得叫她饿死！"

男人笑话说："你没长手吗？或者你那手是个样子货？"

这男人说："那能一样吗？一点点都不一样！"

男人问："哪里不一样？"

只见这男人把手里的碗往女人眼前一端，女人就把手里的针线活放到屁股下的板凳上，接过碗扭着屁股去洗碗了。

和这女人一块儿坐着做针线活的女人就抬头冲她的背影喊："骚情不？像八辈子没见过男人！"

刚才问"哪里不一样"的男人就嘴里"啧啧啧"地说着："看看人家，看看！"一边用眼睛找自家的婆娘，找到了，就把手里的洋瓷碗往过递，却被女人手一抬打掉了，洋瓷碗"哐啷啷"地在地上打着旋儿。人们哈哈大笑，这男人就尴尬不已，说自己的婆娘："'三天不打，上房揭瓦'，你这婆娘越说越来劲了！"

女人正纳着鞋垫，听见男人说这话，用针在头皮上划一下，把眼睛一瞪，说："吃了熊心豹子胆，你动我一指头试试！"

男人缩一下脖子，说："我不敢。"又弱弱地嘟囔说："到人面前都没说给我留个脸！"

有人就起哄说："你本来就比别人多一个脸，还要脸干啥？"

所有人就哈哈大笑。

飘飘的摩托车就在这笑声中"突突突"地过去了。

过了几天，人们就从飘飘他妈胡香草的嘴里知道了这个女子叫杜莎莎。一伙婆娘就围着胡香草问这个杜莎莎多大了，哪里人，她爸妈是干什么的……胡香草说："一会儿说十七了，一会儿又说十五了，我又不能把人家的身份证要来看，所以我也不知道到底十几了。不过看那条杆，应该有十七了吧。"有婆娘就插嘴说："那不一定，有些娃肯长！"

又过了些天，人事场的人就一窝蜂地传说"飘飘把人家女子的肚子搞大了"。再看见飘飘的摩托车从眼前过，所有人的眼睛就直愣愣地戳到那女子的肚子上去了。女子的衣裤还是那么窄那么短，微微隆起的肚子把个牛仔短裤前边绷得紧紧的。人事场的女人就七嘴八舌地说胡香草，说现在的娃不懂，胡犟哩，但咱年龄长，过的桥比娃们走的路都多，快赶紧给说说，叫把那半截裤脱了，受凉不说，就不怕把娃头勒变形？

胡香草就说："咋能不懂？人家明明啥都懂，就是不听。"

有女人就给胡香草支招说："你叫你飘飘给说去，飘飘一说她肯定听。"

胡香草"唉"一声说："我一说他就说'不怕、不怕'，那两个能世到一搭，都是个料料子货！"

人群里有人就说："料料子咋了？料料子引的媳妇没有人家的媳妇乖？你看是比身形呀还是比模样呀？"

胡香草说："身形和模样有啥用？最终要过日子的！"

有婆娘就接话说："你没出一分一文，儿媳妇和孙子都有了，你这会儿心里肯定受活得像鸡毛掸子掸了一样，嘴上还说没用！"

胡香草就说："该出的总得出。现在不出都给人家攒着哩，又不能赖过去！"

人们几天没见飘飘，看到胡香草就问飘飘弄啥去了。胡香草说，两个人给莎莎她妈看门去了。莎莎她妈弄啥去了？人们又问。胡香草说，出远门了。她爸哩？有人接着问。胡香草就说莎莎她爸和她妈离婚了，她跟着她妈过，还说莎莎她妈是县医院的护士长。人们就又围绕着莎莎她爸和她妈的话题说上一大堆。

过了几天，有消息灵通的人就说，你们都被胡香草骗了，飘飘和莎莎根本就没有去给莎莎她妈看门。是莎莎她妈找上门要带莎莎回家，莎莎不回去，飘飘一家也说莎莎怀了娃，不让回去。莎莎她妈一听这话，气疯了，报警了。警察把莎莎和飘飘都带走了。

说的人说完了，看到人们还在等着他继续说下去。但他再不知道更多的情况，就用一句话做了小结。他说："这下事大了！"

人群里有人就说："'男大当婚，女大当嫁'本是千古一理。那女子不跟飘飘也会跟其他人，她妈无非就是嫌名不正言不顺，脸上不光彩，还能有多大个事？王起子和胡香草给人家摆上一桌子，把事一说到，把该给的给人家，再吹吹打打地把人家女子一娶，到时媳妇还是媳妇，娃还是娃，屁事都没有！"

有人接着说："警察都来了，估计王起子这回一桌子摆不平。"

前边说话的那人就接话说："'大腿不转，小腿拧烂'，只要那女子主意正，她妈再反对，到最后还不是空弹牙叉骨，白白地惹着个人？"

飘飘的摩托车有十来天都没有从人事场路过了。麻秆一样的飘飘和麻秆一样的好看女子莎莎就这样从村里人的视线中消失了。只是每天吃过早饭，住在路口的人们总能看见胡香草蹬着一辆加重自行车"嘎吱吱"地往镇街道的方向去。

这时，龙山的人们都被一根叫夏收的绳子拴在了地里。除了在大路上碾麦的、晒麦的、拉着架子车拉麦秸的，再很少能找见几个坐着说话的闲人。刚开始一两天，胡香草还一边小心翼翼地在路边的空处骑行一边和大家打招呼，人问弄啥去呀，她不是说去买镰刃就说去买扫帚。到了天擦黑，自行车后架上果真就绑了几把扫帚又"嘎吱吱"骑着回来了。后来，麦子碾完都被各家收了回去，村道就统一成了晾晒场。麦子一晒，这夏收工作就进入了扫尾阶段，路上的人就又多了起来。人一多，胡香草骑着车子再过的时候，有人再打招呼，她就装作没听见，一边专注地躲着路上的扫帚、麦耙、木撮斗，或者其他的木棍、木板等物件，一边嘴里念念有词、自说自话。她穿着宽短的带紫色碎花的衣裤，露出黑瘦的胳膊和腿弯。

脚上是一双塑料凉鞋，凉鞋褪了色，说红不红说白不白。花白的头发在空气中凌乱着，眉心紧紧地蹙了一个大疙瘩。大家都知道，这个疙瘩只有那个叫飘飘的熨斗才能熨展。所以她不应大家的问话大家也不计较，看她的车子走远了，替她打抱不平说："怪不得人都说'父母心在儿女上，儿女心在石头上'。娃根本不知道父母的作难，管你人到哪儿去了，总该给你妈说一声呀。"

村里的麦子大部分都收完了，胡香草的地里还没搭镰。人们再见她骑着自行车路过，就劝她说，得赶紧把麦收了，不然机子一走，到时再叫就难了。胡香草上一句应着，下一句就开始骂王起子，说王起子长的是狼心狗肺。不说收麦，娃这时连个影影都找不见，是死是活都不知道，他当爸的连问都不问一句。说到这儿胡香草就哭，她哭着说："我一个婆娘，天天出去胡跑瞎碰，跑了好多天一点点明缝缝都没有，也不知道我娃藏哪个旮旯去了。我娃一天寻不着，我一天就不得安生。麦要落就叫落去，娃都不见了，要麦给谁吃呀嘛……"

从飘飘去广东那年起，王起子就跟着胡香草的娘家侄子去了省城，听说在郊区的一家面粉厂给人装车。偶尔扛一袋面粉还不觉得重，但你要是一年三百六十多天，一天二十四个小时，除过吃饭、睡觉，其余时间都在扛面粉，还要一袋一袋地撂到车厢里去，那就不是个轻省活了。村里人心疼王起子，过年时到王起子家里串门，就说王起子爱钱不要命。王起子就说："习惯了也不觉得重。再一个，相比其他的活，这个相对能自由点。心情好了走快个，心情不好了走慢个，轻重缓急都由你掌握，也没人催你。"又说："我都这个年龄了，再想重新找个活也没人愿意要。"有人就说："你也知道你年龄过了呀？那就不是咱这个年龄能干的活。再说，你女子一个个都大了，飘飘最小，也都能挣钱了，你也该把自己身上的套绳松松了；要是还不松，看哪一天再把你累死了。"王起子就"嘿嘿"地笑着说："等我飘飘把媳妇娶了，我就一河水开了。"说的人就瞪一眼王起子，说："慢慢来，你一口还想吃个胖子？"转过头又说胡香草："应该叫你胡占占，你是心比秤锤重，哪头子都想占。你叫他到屋里给你帮忙么，你把他一放出去，屋里这一摊子，收呀种呀、犁呀翻呀的就全成你一个人的了。你还当你两个是铁打铜铸的？"胡香草就说："我飘飘单薄，又吃不了苦，我两个能给娃攒些就给攒些。不然，娃一结婚，再拉个娃娃，这日子就搅转不动了，到时恐怕提起裤子连腰都找不着。"又说："屋里负担重不怕，活怕人做哩，一天做不完两天，两天做不完三天，慢慢做，总有一天就做完了。"大家听他两口子这样说，就只"啵哧啵哧"地抽纸烟，再不说劝的话。

此刻，胡香草一哭，把大家的心就给哭软了。大家就凑上来，你一言我一语地给她宽起心来，说王起子没回来肯定是有难处的，挣人家的钱就得服人家管，这不像在咱自家地里，想回，锄头铁锨一扛就回来了。他这会儿心里肯定也急得像猫抓一样。又说飘飘这么大的人了，能有个什么事？肯定是出去耍了，你把屋里照看好，娃要够了就回来了。说着说着，不知谁一提议，大家没用商量就达成了共识：让在场的各家婆娘留下来装麦，男人都给胡香草搭把手，连夜把麦收了。胡香草一听这话，又摇头又摆手，连说"使不得、使不得"。胡香草说："再过几天，几个女婿把屋里安顿下就来了。"有人就说："还敢再过几天？要是下上一场雨，你一年的功夫就白下了。"其实胡香草心里也急得像猫抓似的，她是不好意思烦劳乡亲们。几个男人也不管胡香草同不同意，当场就做了分工：有人去叫停在村委会院里的收割机；有人跟着胡香草去拉架子车，找装麦的袋子，找扎口的绳子；还有人去自己家提了一个四四方方的矿灯。

第二天一大早，收割机"轰隆隆"地响着从村道上开过，胡香草的自行车跟在后边"嘎吱嘎吱"地响着。她脸上漾着笑，大声地和遇见的每一个人打招呼。

十一

胡香草走后的这天中午，人事场上来了个坐着轮椅的孩子。说是孩子，其实已经有十八九岁了，那个头至少有一米七。这孩子是被他妈推着来的。他和他妈我都没见过，但大家一见就喊那个女人会琴，还围上去问：娃啥时出院的？手术做得怎么样？娃现在还疼不？多久能拆石膏？……问完了病情，又问娃："你不是在县上上着班呢嘛，平出平入的，咋就能把腿弄骨折了？"他妈会琴就心疼又愤恨地用指头点一下他说："你自己说咋弄的？"这孩子就嘟起嘴，把塞在轮椅里的整个上身扭捏了一下，没说话。他妈说："你也知道丢人呀？你这一骨折，花了我两万多。我一年能挣多钱？叫你一爪子打飞了。"有人就说："你看你这人，娃重要还是钱重要？钱花了就花了，等娃好了咱再挣。"完了又说："会琴，只听俊强说娃做手术，娃到底弄啥去跌骨折了？"会琴就说："弄啥去了？滑滑板去了！"有人就问旁边的人："滑板是个啥？"旁边的人说："就是治国孙子整天踩在上头滑上走的那个板板。"问的人就说："难怪，那东西根本就没根。"

天擦黑的时候，王安定回来了。我问他这次回来能待几天，王安定看我一眼，坏笑着说："待到你烦为止。"我忽然就被他感动得一塌糊涂，就在心里给他表白：和你在一起，待十辈子、一百辈子都不烦！

晚上，我躺在王安定的臂弯里和他说着话。可能平常在人事场上我听别人说话比较多，更侧重于当个倾听者。但这一晚，我才发现我的内心竟然有着如此强烈的倾诉欲望，有太多太多的话都想说给他听。我给他说猫看，说胡香草和那个我没见过面的王起子，说王飘飘和杜莎莎，还说这天见到的女人会琴和她的儿子。王安定就说，那娃叫个王坤鹏，他爸王俊强在县上上班，家境不错，就是这娃有点……有点什么？我问。王安定说，听那外号你大概也能猜个七厘八分。什么外号？我又问。王安定说，人都叫他王妖妖。

王安定告诉我说，这王妖妖小的时候，就爱穿他妈的高跟鞋，爱穿姐姐的花裙子，爱给头顶扎个小朝天辫儿，爱给耳垂上卡上用订书针串起来的野枸杞。稍微大了些，村里的女子拿着鞋垫坐在一起学绣花，他也拿了会琴的鞋垫装模作样地去学。他一去大家都笑，但一看到他绣的花大家都哑了——他绣的花比那些女子中任何一个绣的都好。从那时起，大家就笑话俊强和会琴，说他家儿子应该是个女儿，只是托生的时候把"配件"装错了。

不管是不是像大家所说的托生错了，反正王妖妖越来越突显出女人的婀娜。他的身段、他的声音、他的细腻、他的爱干净，他那一举手一投足所表现出来的妩媚和阴柔，没有一种能让大家将他和那些整天疯跑的浑身汗臭的男孩子画上等号。

王妖妖初中毕业后就再没念书。不念书的王妖妖爱上了跳舞。王妖妖对于舞蹈，有着常人没有的天赋，也有着常人没有的痴迷。

龙山

他在县城找了活，租了房子。除过上班，就腻在广场跳舞的人群里学跳舞。没过几个月，他就成了县城跳广场舞的名人。他爱跳舞，所以并不在乎以什么方式，也不在乎别人怎么看。每天早上，他一起床，就脱了当睡衣的背心，戴上有着很厚的棉垫的胸罩，穿上摆幅很大的蓬蓬裙，套上鱼网状黑丝袜，然后坐在镜子前细致地描眉画眼抹口红，打扮完了就蹬上他那双七八厘米高的高跟鞋，拉上音箱就"噔噔噔"地去广场跳舞。晚上下班后也是一样，只要下班够早，时间能来得及。有时即使时间有点晚，只要人群还没散，他一去，跳舞就能重新开场。王妖妖体态妖娆，舞姿优美。只要他一跳起来，用不着吆喝，面前就能呼啦啦地围一大堆人。这样一被围观，他就愈加兴奋起来。一兴奋，扭腰送胯的幅度就更大了。

王妖妖不跳舞的时候，老爱穿一件纯白衬衫，上边套件深蓝色的长款修身马甲。下身是一条或黑色或蓝色的紧身裤子，从屁股到大腿再到小腿都勒得紧绷绷的，却把一截子白亮的脚踝露出来。

王妖妖爱撒娇，爱卖萌，爱翘兰花指，爱扭捏着身子说"讨厌"。他的脸窄而长，脸面白净，酒红色的头发披在肩头。村里人见了王妖妖老爱拿话逗他：说他说话的声音好听；说他的指头细长，翘兰花指好看；说他的性子绵软，不惹他妈生气；还说他跳舞的时候那身子软得哟，像刚从锅里捞出的面条。王妖妖见大家说，就羞涩地笑着，娇滴滴地不住地说着"谢谢"。

不过要是王俊强在场，人们是绝对不敢逗王妖妖的。

大家都说王妖妖千好万好，但他爸王俊强就是不喜欢。王俊强死活都想不通：全村那么多娃，人家一个一个都长得好好的，为啥就他娃长成了这样？他觉得他自己虽说不是百分之一百二十的刚硬，但也算个阳刚的男人啊。媳妇会琴更不用说，女人的开朗里还带了些泼辣，怎么说他俩都不应该有这么一个儿子啊，但老天就是给了他俩一个这样的儿子。儿子小时候爱穿花裙子、爱扎小辫子，他总以为那是儿子对于不属于自己的东西发自内心的一种好奇，也就没往心里去。再后来，他隐隐约约能感觉到儿子依然对于女孩子的世界有那么一点向往，他有一点担忧，但还是没往更坏的方面想。直至那天下午，他穿过开元广场看热闹的密不透风的人墙，看到他浓妆艳抹的儿子夹在一大堆疯狂扭动的人群里搔首弄姿，一下子像被一道闪电击中，头晕目眩。其实，那一瞬间，他真的希望能有一道闪电将他从这个现场带离，因为他实在想不出来等他睁开眼睛，到底该怎么面对眼前的一切。但等他稳住心神睁开眼睛，却发现那个孽障不见了——是的，十几年来，他第一次用了"孽障"这个词，只有他知道这个词包含了多少恨铁不成钢的悲凉和绝望。他转过头去搜寻，音乐依然在响，人群依然在疯，而视野里却没了那个让他头晕目眩的身影。他知道一定是那孽障看到了他，然后趁他晕厥的当儿溜走了。他知道那孽障不怕世俗的眼光，不怕他抽出的皮带——他曾不止一次地想用那皮带将那孽障翘起的指头捋直，将那尖细的嗓子眼捅粗，再从那扭捏的身形里抽出男人才有的棱角和筋骨来。他怕丢面子——特别在像开元广场这样的大庭广众之下。所以，在当时的王俊强看来，恐怕再也找不出比王妖妖这一"溜"更好的办法了。

　　王俊强在热闹的人堆里站了好一会儿，才一步一挪地离开了开元广场。在下广场口那几级台阶的时候，他一脚踩空，从第二级台阶一下子跌坐在最底下的地上。膝盖蹭在了水泥地板上，火辣辣地疼，他顾不得去看，挣扎着站起来，趔趄着向前走去。有个男声在后边喊："东西掉了，东西掉了！"他知道他能掉出来的不是烟盒就是打火机，就没回头。一个女声就说："你看那装死鬼，你说'东西掉了东西掉了'，吼了几遍，他连个反应都没有。我就不信是没听着，长那耳朵是个样子货！"那男声就说："不应声算了，可能是刚才那一跤跌得重了，人还没缓过来。"那女的就尖声说："明明是东西不值钱好不好？这要是掉一沓子钱，你看他还木不？肯定跑得比谁都快！"

王俊强一路都没有见到王妖妖，到了王妖妖租住的房子，房门开着，却不见人。一进门，就看见他脱下来的衣服在床上胡乱丢着。这房子王俊强来过，那娃爱干净，房间里所有的东西，大到一个纸箱一个鞋盒，小到一把梳子一面镜子，都一尘不染地整整齐齐待在它们该在的地方，所以无论你啥时进去，都感到清清爽爽。但这天王俊强一进门，一眼就看到床上那堆衣服：那像毒蛇一样盘绕着的黑丝袜，那猩红色的蕾丝胸罩和像罂粟一样盛开着的蓬蓬裙，还有床前地上摆着的那双镶着闪亮水钻的高跟鞋，所有这些都刺痛了他的眼。王俊强实在想不明白，那是个男孩子呀！十八年前，医生从产房里抱出来交给他时，裆里明明是夹着牛牛的呀，怎么就长成这样了？他怎么能将那厚实的胸罩勒上他平展展的胸膛？他又怎么能将那黑丝袜套上他的双腿？完了还要穿上裙子、蹬上高跟鞋，还要在那么多人面前搔首弄姿……一想到这些，王俊强就觉得胸闷气短，像是要窒息。

王俊强靠在门板上缓了一口气，从墙角的大纸箱里取出一个塑料袋，把床上那堆衣服团成一团塞进塑料袋里，把塑料袋又塞进了纸箱，然后就坐在床前的木凳上等王妖妖回来。

王妖妖有洁癖，对于除他本人之外的任何东西都有本能的嫌弃。他从来不吃不用别人的东西，也从不允许别人动用他的东西。

打个比方：如果谁用了他的梳子，他必须第一时间用两个手指尖捏着梳子去水龙头底下冲洗上老半天；谁要是在他的脸上摸一下，他就恨不得把整张脸皮搓下来。他嫌弃起来连父母也不例外。所以即使王妖妖没在房间里，王俊强的屁股也不会去沾他的床沿。

王俊强等了半天，眼看都过了上班的点，还是不见王妖妖人影，他就准备回去上班。走到门口，他又站住犹豫了一下，反身走到墙角，翻开纸箱，拽出他先前那会儿塞进去的那个塑料袋，又把那双高跟鞋也塞了进去，拎着出了门，走过大门口那个垃圾箱的时候，"哐当"一声把它们扔了进去。

王俊强还没从巷子里走出去，巷子里边有人就大喊起来："快来人呀，有人跳楼了！"王俊强脑子"轰"的一下，腿一下子就软了。但他还是硬撑着迈开腿，跟着人群往巷子里跑——果不其然，他们在王妖妖租住的房子背面的巷子里看到了倒在地上的王妖妖。

房东的房子是三层平房。顶上是一个大阳台，阳台边上有一圈半人高的不锈钢护栏，阳台上有拉起的铁丝，租住的人洗了衣服都端到阳台上去晾晒。所以，一个人不用费任何气力就能上到阳台上，房东不过问，住户更不管。王俊强在王妖妖房子里的时候，王妖妖就在这阳台上躲着。等他爸一走，他回屋一看，他脱到床上还没来得及收拾的衣物一件都没有了，连他最心爱的那双高跟鞋也不见了。要知道，为了攒钱买那双高跟鞋，他吃了一个月方便面。这院子里虽说上上下下也住了十几家人，但人们从来不串门，见了面甚至连招呼都不打，所以他们不可能到他房间去拿这些对他们来说无用的东西，只有一种可能，那就是他爸给扔了！

他爸曾不止一次地说，总有一天要把他那些破烂东西统统给扔到垃圾堆里去，今天果然就扔到垃圾堆里去了。他想，还好他是个人，而不是衣服或者别的什么物件，不然他爸今天一定连他一起给扔了。可是，他爸能扔掉他这身行头，却根本扔不掉他那一颗爱女装爱舞蹈的心。人各有志，有人想当科学家，有人想当医生，他王妖妖从骨子里就想当个跳舞的女人，这没有什么可丢人的。可是他爸老是说他丢人现眼，他就想不通，他到底丢谁的人了？咋丢人了？他一不吃喝嫖赌，二不坑蒙拐骗，他只是想跳个舞，这又碍着他爸什么事了？他爸不也曾三番五次地被他妈从麻将桌上揪着耳朵"捉拿"回家？可是他爸允许自己坐在麻将桌前吞云吐雾熬夜打牌，就是不允许他跳舞。他这人怪，他爸越不让他跳，他就越要跳。他觉得自己就是为了跳舞而生的，谁不让他跳舞就是不让他活。他就在心里想：既然你不想让我活，我就遂了你的心，死给你看！这样想的王妖妖就又返回到楼顶的阳台上去了。返回到阳台上的王妖妖眼睛一闭，就像个大鸟一样从三楼楼顶扑棱棱地"飞"了下来，把腿跌骨折了……

　　"什么？"我有点瞌睡，但王安定这话一下子把我的瞌睡虫吓跑了，"你是说王妖妖的腿是从楼上跳下来摔骨折的？他妈不是说是滑滑板的时候摔的吗？"

　　王安定在我脸上轻轻地"啵儿"了一口，说："不这样说还能怎样说？娃以后还要活人哩！"

　　我第一次听这话，心里很惊诧，就在大脑中按照王安定的描述猜想着种种可能，好长时间没搭话。王安定以为我睡着了，轻轻地问："睡着了吗？"

　　"没呀！"我说。

　　"那咋不说话？"他用手在我眼眶周围摸索。每次关灯后，他要确认我睡没睡，都要这样摸。摸过好多次之后他就说我应该改名叫"何睡睡"，他说无论他啥时摸我，我的眼睛都闭得紧紧的。我就拿拳头捶他，说："要是你那指头来了我的眼睛还不闭，那早都叫戳瞎了，到那时你是不是又说我应该叫个'何瞎瞎'？"

"甭摸了，没睡！"我把脸转了转，躲开了王安定的手。"多亏楼层低，要是楼层再高些，那就把祸闯大了！"我说。

王安定"唉"了一声说："是呀。听说多亏掉在一个轮胎上缓冲了一下，不然按那身板，就不是腿骨折这么简单了。"

"巷子里哪来的轮胎？"我问。

王安定就说，后边巷子那个屋主的儿子在三岔路口开了一家汽车修理门市，那个屋主爱养花，儿子就在废旧轮胎里装上土，给他爸弄了个迷你的小花园，谁知道不偏不斜，王妖妖跌下来就掉到那轮胎上去了。王安定说，不幸中的万幸，就是把人家老头的花给砸坏了。

我"唉"了一声说："现在的娃不知道咋了，难管得很！"

王安定说："是呀。深不得浅不得！管得严了怕管炸了，管得宽了又怕长荒了。"一会儿，又想起什么似的说："娃跳楼这话你出去可不敢说。"

"我知道！"我说。翻了个身，背过他睡了。

王安定却像翻锅盔一样，一会儿翻过来一会儿翻过去，身下的床板"吱吱嘎嘎"地响了一夜。

十二

一觉睡醒，我才知道王安定的失眠是有缘由的——他把县城面

龙
山

粉厂的工作辞了，这消息比昨晚他说的王妖妖跳楼更让我震惊。我们今天再也顾不上谈论王妖妖，因为相比之下，王安定的辞职才是和我的生活、我的幸福息息相关的大事要事。

王安定夸夸其谈地给我阐述他辞职的理由。他说，你看那个谁谁谁，跟他一前一后进城的，人家现在在村上盖的那个院子，要多阔气有多阔气。还有那个谁谁谁，比他进城还迟两年，人家年前到城里把房子都登记下了，这不，上个月还娶了个县城的洋活媳妇！那媳妇娘家更牛，给陪了一辆小轿车。啧啧啧，也不知道人家上辈子烧了什么高香。你再看看面粉厂的那些工人，一个个就像在面瓮里滚过一样，挣不下钱不说，连个干净衣服都穿不上。那个谁谁谁，眼看奔四十的人了，连个媳妇都没说下。还有那个谁谁谁，扛了大半辈子面袋子，给婆娘看个病还满世界跑着借钱哩。

我插话说："那不对呀！你也是面粉厂里的工人，你咋把钱挣了？"怕他不信，我就把右手举到他眼前，说："咱们订婚时你就给了我一枚金戒指。"

王安定"啪"地在我手背上拍了一下，不屑地说："你还真当那是上班挣的？那是我牺牲了休息时间，倒腾粮食挣的！"

"那你现在也可以边上班边倒粮食啊，反正又不影响！"我说。

王安定就"唉"一声说："你不知道，现在的人都得着个眼红病，自己懒得不动弹，还见不得别人碗里米颗颗稠！"王安定又说，其实他并没想要辞职，不知道谁到厂长那里告了他一状，厂长就看他鼻子不是鼻子脸不是脸，隔三岔五给他找事。

我虽然没给人打过工，但我却知道"挣人钱，就得服人管"的道理，我就说："你挣人家钱，人家管你也是正常的。要是这一个不管，那一个管不下，那不全乱了？"

王安定就把眼睛一瞪，说："屁！那叫'管'？他是逼着叫我走哩！"顿了一下又说："我要连这个都看不来，那就真的白活了三十年！"

王安定说，交接班时，厂长就掐个表黑着个脸站在车间门口，他要是按时进了车间就不吭声，他万一迟到个几分钟，厂长就会像苍蝇一样在他耳边直嗡嗡，说他一天把这事就没当事。有时还站在车间门口指桑骂槐地说，谁不吃荞粉就把凳子让开，后边等的人多着呢！不要觉得你本事大得能上天，离了你，地球照样转哩！上班时，一会儿说他擦的面袋子不齐，一会儿又说他在厕所里蹲的时间长了，肯定不是抽烟去了就是丢盹儿去了。上班这样，下班后总会好一些吧？并不！王安定说，一会儿说他把自己收拾得像个自留地，一会儿又说他走路时头抬得太高，还问他是不是驴啃稻秫哩。王安定说到这里就爆了一句粗口，说："还问我是不是驴啃稻秫哩，我就想说，啃你妈个×哩！你本事大，也'啃'一个让我看看呀！"王安定说，像这货，个子没有一瓦瓮高，肠子没有半寸长，也就只能当个厂长，要再是个大官，早都没有其他人的活路了。人家当厂长都是管生产、管安全，他这个厂长是"上管天，下管地，中间管空气"。就这还不够，他连职工屙屎尿尿都管，就是不知道他自己一天是不是把屁眼塞着哩？

"这样，你就辞了？"我知道按王安定那臭脾气，是断然不愿意看厂长那脸色的，就问他。

"对啊！我是个人，又不是他屋里支锤的墩，不能叫他想锤就锤！"王安定说。

"你把后路想好，一步一步踏稳再辞也不迟呀，你三锤两棒子地给辞了，这一下子没抓挖了不是？"我说他。

龙山

"这个还用想？这个还要想的话，干脆把脸抹下来塞到裤裆里，继续上班，继续叫他蹾屁股伤脸就对了！"王安定恶狠狠地说。

我听王安定火气又上来了，要是再按这套路聊下去，估计他的火把房顶都能点着，就不敢再往下说了，赶紧换口风。我说："人家端铁碗碗的人，说撂，眼睛不眨一下就撂了。咱这还是个泥碗碗，又不值金不值银，撂了就撂了。说不定今天撂了，明天一出门就碰上一个金碗碗。"

王安定见我换了口风，也就不好意思再发牢骚了，龇牙笑了一下说："我说我爱胡吹冒撂，你胡吹起来也是草稿都不打。看来'不是一家人，不进一家门'这话没说错。有人想了一辈子，临死连个泥碗碗的碗沿沿都没摸上，你一开口就说给我弄个金碗碗。我给你说，金碗碗这辈子咱就甭想了。咱就稳稳当当地端咱的洋瓷碗，装得多，还结实，摔都摔不烂。"

"好啦好啦。管他洋瓷碗陶瓷碗，反正咱有得端就行了。"我说着，把他放在我肩膀上的手挪开，就要起床。

可是王安定用胳膊紧紧地压住我说："媳妇儿，水儿，我还有话跟你说！"

"咋啦？"我扭过头望着他，不知道他要说什么。

"水儿，我想……我想和人合伙做生意。"王安定说。

"什么生意？"我不知道他做生意为啥还要跟我说，但我知道他绝对是个闲不住的人。

"还是收粮食！"王安定说。

"这个正好你熟门熟路。想做就做吧！"我说。王安定之前收的粮食主要是玉米和黄豆，也断断续续地跑了好几年，里边的门道也都摸清了。要说当下，能做的，该做的，这个应该再合适不过。

王安定说："水儿，问题没在这儿。"

"那在哪儿？"我丈二和尚——摸不着头脑。

王安定就说："做生意是要本钱的！"

我见过王安定以前收粮食的账本，按他那车的载重，一车大概就四五千块钱，要是加个高厢，也就六七千块钱。我就说："那能要多少，一万块钱就把你撑死了，这都值得愁？"

王安定挠了挠头皮，说："水儿，是这样的。以前咱没有库房，老是收一车，给人家交一车。这样不压货，咱赚得也少。这次我们要下决心干，就得租库房，要存货。也就是说，等攒够一大车，或者等库存满了再统一发货。这样的话，咱存的那些货款就得咱先垫付上。"

我一紧张，这可是个大问题！我跟他交粮食时去过别人的库房，那么大的房子，玉米囤得都快挨着房顶了。出来后，我念叨说，这库房足足有三间大吧？王安定就笑话我见识少，说这库房近二百平方米呢，你说的那三间房子进口再深，也就是一百平方米左右。我就在心里讶异：这么多的玉米，得卖多少钱呀？可是王安定说他也要租库房，要是他再找一个像那次我们见过的那么大的房，我估计把我两个卖了都凑不够垫付的那些货款。但我不知道王安定心里是咋打算的，我就问他："你想怎么弄？"

王安定停了一会儿，才小心翼翼地、试探地说："水儿，把你的陪嫁钱叫我用了去？"

王安定兜了这么一个大圈子，就是为了要我的陪嫁钱。我知道要是租库房，按最小的投资来算，也是以万计数的。而我的陪嫁钱，满打满算连一万块钱都没有，就是给他，连屁大个用都顶不上。而且在我看来，陪嫁钱就是我的脊梁骨和精气神。要是都给

龙
山

他，万一到我要用钱的时候他的钱周转不出来咋办？我就瞪他一眼，说："你做生意那么大的窟窿，我这点钱能填平？就说我给你填了这窟窿，肚子里这娃是生呀还是不生？"

王安定就说："就是个分分钱，它也是钱呀。添不了斤，也能添个两。难道你没听过人说'一分钱难倒英雄汉'？"他用手在我头发上摩挲了两下，说："我知道那钱不多，也弄不了啥。可你要是给我，那意义就不一样了呀！这样，你看坐月子需要多少，你把到时要用的先留出来，剩下的，你看能给多少就给多少。你给一万我不嫌多，给一分我也不嫌少。"

这可叫我为难了。那钱本身就不多，要是我再留一部分坐月子的费用出来，那能给他的确实没多少了，就等于他白张了个嘴。我知道他是高傲惯了，平日里把面子看得比命还重，但凡有三分奈何，是绝不愿意向别人张口的。我就说："算了，那我也不留坐月子的花销了。一共八千八，给你八千。反正离预产期还有两个多月，到时我挺个大肚子往产床上一睡，看他谁作难呀！"

王安定见我这样说，手就在我的脸蛋上捏了两下，从枕头上抬起头，把个臭烘烘的嘴往我脸上凑。我一伸手推开了他的脸，又怕他说我嫌弃他，就说："你娃踢我哩！"

话音刚落，肚里的胎儿就像能听懂我的话，重重地动了一下、再一下。王安定兴奋起来，把脸贴近我的肚子，手跟着胎动转着圈抚着隆起的肚皮说："儿子，我是爸爸！来，让爸爸摸摸这是小手还是小脚丫？"他这一开口，肚子却不动了，他就失落起来，抽了手，起身边穿衣服边说："核桃大个娃，就开始晃荡你爸我了！"

王安定他爸他妈也是第二天才知道王安定把面粉厂的活辞了。王安定他爸把烟锅在炕沿上磕得"咣咣咣"的，嘴里不住地叨咕说："这娃，这么大的事，你最起码和我们商量一下再做决定呀！你一声不吭地就辞了，再想补救都没有方子了！"

王安定他妈腰里系着围裙，不住地变换着把手心手背在围裙上抹着，无措地在地上转着圈子，说："你都这么大的人了，做事咋还这么欠考虑呢？就说你辞了准备做啥去呀嘛！"

王安定靠在炕沿上，抬头看看他爸，又看看他妈，说："再有两个多月我就成当爸的人了，你俩还把我当三岁娃娃哩！"

王安定他妈就用指头戳一下王安定的额头，说："你还知道你是马上要当爸的人？水儿再过两个月就生呀，正要花钱，你却把挣钱的活辞了，你叫水儿和娃到时喝西北风呀嘛！"

王安定他爸妈并不知道我已经答应把陪嫁钱给王安定，我本来想说，但王安定不住地给我使眼色，我就没吭声。王安定就给他爸妈表决心说："你们放心，我肯定不叫你们受难，也不叫水儿和肚子里的娃受难！"

王安定他妈斜一眼王安定，不屑地说："大话谁都会说，饥肚难忍！"

王安定他爸把烟锅架在脖子上，伸手摸了摸自己的光头，对着王安定他妈说："你去做你的饭去！"

王安定他妈转身去了灶房。王安定他爸看着王安定问："那你准备弄啥呀？"

王安定见他爸这样问，赶紧从裤兜里摸出烟和打火机，抽出一支给他爸点上，给自己嘴角也塞了一支。烟雾升腾起来，我就抱了柜盖上的热水壶，也去了灶房。

吃过午饭，王安定和他爸就一人一辆车子出发了。他爸骑自行车，王安定骑摩托车。我趁王安定给他爸自行车打气的时候问他干

116

啥去，他故意扯长了声说："'打虎亲兄弟，创业父子兵。'咱要创业，绝对离不开咱爸的支持！"说完又把声调低了说："爸去给咱凑钱，我去给咱找库房！"

我说："活是你要辞的，业是你要创的，遇到借钱这种低三下四的事你却把爸支出去了！"

王安定听我这样说，把气管子从气门上拔下来，伸直了腰说："你哪个耳朵听见我说借钱？我说凑钱好不好？"

我纳闷了，问他借钱和凑钱有啥不一样。他就说，他以前也挣了一些钱，但都叫他爸拿去给急需用钱的乡亲放了款了。他爸今天出去，就是给代办的人打个招呼，收一些回来。

无论在何家湾还是在龙山，民间借贷一直都有，只是因其高利息和高风险一直被人诟病。不过，以我对王安定他爸的了解，他爸是宁愿把钱捂在手心里叫发了霉，也绝对不敢也不愿拿出去放款的。我就问王安定："爸咋敢把钱拿出去放款？"

王安定说："那有啥不敢的？利息高呀，比存到银行里利息高多一半呢！"

我觉得心惊得跳了好几下，担忧地说："利息越高风险越大。而且我听说民间借贷是不受法律保护的，万一出个事，连个说理的地方都没有！"

王安定把气管子靠在墙根，说："我给你打个比方吧。这就好比打麻将，别人打的是五十、一百，咱爸打的就是五毛、一块。小打小闹，出不了大的岔子。就是出了岔子，中间还有代办哩！"

我说："反正小心点儿总是没错的！"

王安定说："你只负责给咱把娃养好，其他的就甭操心了！"

既然王安定叫我甭操心，我就把心款款地放进肚子里去，在他骑上摩托车要出门时，我也跟在他身后骑坐了上去。王安定虽然一头雾水，但并没问。我俩之间，不按套路出牌的情形比较多，所以已见怪不怪。他一拧手把，摩托车"突——"的一声就从大门里冲了出去，落在背后的他妈的问话被风扯得支离破碎。

王安定骑着摩托车在村道上"突突突"地转了几个来回，最后停在人事场边的水泥路上。排水沟的边沿坐着一个人。王安定把脚撑在地上，回头笑着冲我眨了眨眼睛，说："下车！"

王安定话音一落，那人就笑话说："安定，我见过遛娃遛狗的，还没见过个遛媳妇的。你把媳妇带上一会儿过来一会儿过去，是给人显摆哩吗？"

我转过头去看。那男人四十七八岁，头发很长，脸很黑很瘦，整个人看起来脏兮兮的。他的怀里软塌塌靠着一个六七岁的小女孩，留着短发，头歪着，黑葡萄般的眼睛却定定地望着我。

王安定听到这话，一下子就气笑了。他转过头冲着那人说："你没听过那句话说'好日子凭省哩，好婆娘凭宠哩'！"

那人说："现在的婆娘，一个一个费事得跟啥一样，还敢宠？再宠，眼睛就长到头顶去了！"

王安定说："管她眼睛长到哪里，还是自家的婆娘不是？"

那人说："那不一样。比如说，你看你现在在婆娘面前刚巴硬正的，等你婆娘眼睛长到头顶了，人家要是看你一眼，你腿都要哆嗦好几天！"

王安定哈哈大笑，笑得摩托车不停地打战。他笑完了，说："人都知道你王满劳的腿在婆娘面前爱哆嗦，我王安定的腿是钢筋铁骨水泥肉，连打弯一下都不会。"说完伸手拍着我的胳膊，说："你下不下？"

我回头瞅了瞅，周围除了这一大一小，再连半个人影都没有。而且这两人我以前也没见过，更没话说。我就把头凑近王安定耳朵说："你把我送到家门口！"

王安定斜我一眼，一拧手把，摩托车就跑起来。他在前边说了一句什么，我没听清，问他说啥，他提高音量喊着说："何水水，我今天才发现你竟然是个热沾皮，还分不来轻重缓急！"

十三

王安定他爸跑了好几天，收回的款并没有多少。从他随身携带的那个小账本上看，每家都是三几千不等。虽然不多，但对于农民来说并不是小数目，所以全部收回得有个过程。王安定和他爸都明白这个理，也不再催。王安定找好了库房，他爸就带了两个小工，搭了架板，粉刷墙壁，做防水防潮涂层。王安定找人在库房门口的空地上平出一块地来，联系师傅安装称重的电子地磅，还把他原来那辆小农用车换成了可以自卸的大农用车。

王安定他爸和他妈都不同意王安定换车。他们说，一开始就把摊子铺这么大，万一后边做不成，不是赔得更多？我觉得他们说得挺有道理，但王安定不听。我们说不过他，也就由着他去了。只是此后几天，每天吃饭的时候，王安定他爸和他妈都免不了要唠叨一番，说王安定"不会计划""没钱还爱大整"。

王安定家所在的龙山村和我家所在的何家湾村虽然不在一个镇，但同属县城北塬。王安定却把库房租到了几十公里外南塬一个名叫丰裕的村子，要翻山越岭不说，中间还隔着一条泾河，开车过去得走近两个小时。我们都嫌远，王安定他妈就说："你到咱塬上走上一天，连个地的边边沿沿都看不见，要多阔敞有多阔敞。你找个离家近的，地里没活了我和你爸还能给你照应上。你跑那么远，人生地不熟，单丝孤线的，我们就是想给你帮忙都有心无力。"

王安定就说："你说的都对着哩。但咱是做生意，做生意就要冲着挣钱的目的去。咱北塬阔敞不假，但家家户户除了口粮地，大都以苹果和梨等果树为主。咱不说远的，就从咱村来说，你们想想务树的有多少？种玉米高粱的又有多少？不多吧？而南塬就不一样了。南塬人务果树的少，而种玉米高粱等秋粮的人多。这说明了啥？这就说明我们的货源有了保证。而且就近收购，就近入库，一就近，油耗是不是就降了呀？油耗一降，成本是不是跟着也就低了？"王安定说到这儿，转着圈看了我们一眼，说："像你们担心的给我帮不上忙，都不是啥大事。忙的时候，装、卸货肯定是要找人的。这事我一个干不了，我爸更干不了。等水儿坐完月子，过去守个门，抽空再做个饭。所以，没你们想的那么复杂！"

王安定他妈说："你还知道水儿要坐月子呀？明明知道水儿马上要生了，你却一蹦子跑那么远。你都不伺候水儿坐月子，还好意思叫水儿给你守门做饭？"

这话音一落，我看到王安定有点责怪地看了他妈一眼。我就知道这个问题让王安定为难了。说伺候吧，他把库房都找好了，明显伺候不了；说不伺候吧，无论是从丈夫还是父亲的身份上都说不过去。可是更为难的是我。我说要他伺候吧，按目前的状况肯定不可能；说不要他伺候吧，那就得王安定他妈伺候，而听刚才他妈那语气，她应该也是不想伺候我的。但我又不能硬气地说我不要人伺候。在何家湾的时候，我家的猫生个猫娃，我妈都要给老猫喝三天

120

羊奶，何况我何水水要给他们生一个胖娃出来。

我这人爱逞强。为这，我妈没少说我。我妈虽然没念过书，但我总觉得她像个女哲学家。我妈说，一人难撑竿，一手难遮天。我妈又说，人一辈子走的路，又曲又弯又漫长，遇事多示弱，少逞强。我妈还说，爱逞强的人活得累，爱哭的娃有糖吃。

我知道现在就到了我少逞强的时候，我就装哑装傻，且看他们怎么说。

王安定看着我，伸出一只手按在我的膝盖上，还用力抓了一下，又把脸转向他妈，一开口就是一连串的反问："我咋能不伺候？我啥时候说不伺候了？我媳妇生娃，我不伺候谁伺候？"看他妈不接话，又接着说："现在玉米连穗都没抽，我上哪儿收去？我现在收拾，还不是为了把伺候水儿月子的时间腾出来？我先把摊子支起来，水儿坐月子时我就能尽心尽力伺候了。等水儿出了月子，差不多玉米就能收了。这不是刚刚好嘛！你们一天都胡想啥呢？"

王安定这样一说，我觉得我们每个人都暗暗长出了一口气。他妈说："也不是胡想。就是说你都要当爸了，以后考虑事情要周全一些。"

王安定抬头问："我啥时候又不周全了？"

王安定他爸说："这娃！你妈还不是给你操了个心，你咋连话都听不来？"

王安定一抻脖子，我知道他要说啥，就拍了一下他放在我膝盖上的手，说："出月后，娃还得去舅家挪窝窝！"

王安定要说的话一下子被噎在了喉咙里。他咽了下唾沫，把话也咽了下去，好气又好笑地说："我还当多大的事！你娃挪个窝窝能要几天？"

大门口有人喊，王安定他爸应了一声，起身走了出去。王安定透过窗玻璃看到他爸的背影，叨咕了一句："我都是要当爸的人了，还说我听不来话！"

库房墙壁粉刷完，王安定他爸撤回了龙山，王安定继续留在丰裕安顿。我想跟他去，但王安定死活不让。他说房间里现在就一张床，再连个啥都没有。再说那儿虽说在街道上，但离正街还有一段距离，他一天吃个饭都得走好长一段路，我挺着个大肚子肯定更受不了。他说："这些都不是最主要的，主要的是那个院里没有厕所。你一天能往厕所跑十来趟，到那儿去还不把你憋死？"

我不信，就问他："那咋把你没憋死？"

王安定眉毛挑了一下，嘴角泛上一抹坏笑，挑衅一般地看着我说："我能站着'吹小号'，你能吗？我'蹲大号'敢钻玉米地，你敢吗？"

我还真不能，也不敢。但我又想起他是说过等我出月子后去给他守门做饭的，就问他："那我到时去了上厕所咋办？"王安定用食指轻轻地戳了一下我的额头，说："看看，怀娃怀傻了吧你？厕所肯定要盖的呀！我又不可能一直钻人家玉米地！"

王安定说，要是我去，给他帮不上忙不说，他一天还要给我操心。本来三锤两棒子的活，可能就得七锤八棒子。

我想想也对，就收了要跟他去的心思，让他下次走的时候把我送回何家湾，等他三锤两棒子把活干完回来接我。

我一回到何家湾，就听到一个让人惊讶的消息——冯玉玲把赵铁拐抠了个满脸花！

在何家湾，和我父母同年岁的人中，有两个公认的美人，一个是三队的张桂花，另一个就是五队的晓琴她妈冯玉玲。而这两个美人无论长相、性格，还是为人处世却迥然不同。张桂花高个儿，圆脸、高鼻梁、大眼睛，性格开朗，人泼辣，爱热闹，爱说笑。而晓琴她妈，我喊玲姨的冯玉玲却是低个儿，瓜子脸、小眼睛、小鼻子，连嘴巴都是小小的，性格内向，看起来总是柔柔弱弱的。

我和晓琴关系好，总爱往她家跑。玲姨对我很好，只是我很少见她笑。我和晓琴耍的时候，有时会偷偷地打量她，大多时候她就静静地坐着，不知道在想些什么。那时我刚有了一点儿青春期的萌动，心里装了一个人，就爱一个人坐着想心事，看玲姨也静静坐着，就想：玲姨的心里，应该也是装着无穷无尽的心事吧？

张桂花性格外向，装不住事，有啥说啥，大家就觉得张桂花是个一眼能看到底的通透人。相比之下，玲姨那小眼睛却是深不见底的。人的心理就这么奇怪，玲姨越不说，人们就越想知道些什么。

玲姨是甘肃人。虽然她嫁到何家湾已二十多年，口音和何家湾的乡亲相差无几，但如果仔细听，还是能从她的话里听出那么一丁点的外地腔。每隔三五年，晓琴一家四口就要在正月里去一趟甘肃，一去就是十天半个月。他们回来的时候，总会带些嘎嘣脆的蚕豆和豌豆。何家湾的地里只会长黄豆，要卖钱，一年也炒不了几回。所以我一见那蚕豆和豌豆就馋得不行，整天变着法儿地往晓琴家里跑，去了就蹭人家的豆子吃。后来，晓琴和我哥好了，爱屋及乌，我们一家都能吃上晓琴带回来的蚕豆和豌豆。那时，我就觉得有个外地的亲戚是真好。但我爸从来不吃。我们一吃，我爸就用手捂住腮帮子，像害牙疼。

一到冬天，何家湾就进入了农闲时节。人们吃过饭，女人就拿上针线活——有时是要纳的鞋底鞋帮鞋垫，有时是要织的毛衣毛裤毛背心去找年龄相仿又说得来的女人，几个人坐在热炕上做活拉家常。而男人就找一个向阳的墙根，一大伙人靠着墙晒暖暖、抽烟、谝闲传。

在何家湾的男人们看来，冬天是给辛苦了一年的身子放假的，谝闲传就是给扎了一年的嘴放假的。何家湾活路多，种呀收呀、耕呀耧呀，一个人恨不得长出七只手八只脚来，那时的嘴就是给身子输送养分的一个进料口，根本没时间也没精力谝个闲传。如今，收管了一年的嘴终于解放了，那些七荤八素的就都给安排上了。

谝闲传的人堆里有一个老汉，叫赵铁娃。赵铁娃得过小儿麻痹，留下了一瘸一拐的后遗症。但赵铁娃是个乐天派，他并未因落了残疾而自怨自艾，还一本正经地给人说那不是后遗症。那是啥？听的人吃惊不已，以为还有啥不为人知的内幕。是那个轱辘把气没打饱，他说。一个轱辘气硬，一个轱辘气软，走起路来就一颠一颠的。大家这才反应过来他不动声色地说了个笑话，就大笑。后来有一天，赵铁娃听人讲"八仙过海"的传说，发现里边有一个叫铁拐李的神仙走起路来和他一样，也是一个轱辘气硬，一个轱辘气软，他就给自己起了个外号叫作"赵铁拐"。

赵铁拐成年后，曾娶过一个高度近视的胖媳妇。只是那胖媳妇还没有把赵铁拐的凉窑暖热，就在一个早上，借上厕所的机会跑得没影了。后来才知道，她是和娘家村里一个穷得叮当响的小伙子私奔了。赵铁拐和他爸在胖媳妇娘家门上守了几个月，总算要回了一半彩礼，才没有落个人财两空。此后，赵铁拐他爸也托媒人给他介绍过好几个，听着都没麻达，但事就是不上路。赵铁拐受了打击，就给他爸妈说死活不找了。眼看着赵铁拐迈进了四十岁的门槛，他爸妈为了儿子以后老了能有个依靠，就给他抱养了个女儿，起名叫金朵。

赵铁拐是一个粗糙的男人，不会喂奶，不会把屎把尿，不会做饭洗衣，养育金朵的任务就全落在了赵铁拐他妈身上。赵铁拐没了后顾之忧，人又像原先一样乐观起来。只是时日一长，人们就发现赵铁拐和原来不一样了。他越来越多地在人群里高喉咙大嗓门地说话，而说的内容大部分又是和性有关的，那些让人面红耳赤的话从他嘴里出来连一个磕绊都不打。而且他说话不分场合，也一点都不觉得难为情。他说张桂花那大眼睛就是个勾魂窈窈，只要那窈窈一扑闪，何家湾有半数爷们儿就丢了魂。说冯玉玲那小嘴巴就是个点火嘴嘴，只要那嘴嘴轻轻那么一撮，再瓷的汉子都能被烧得焦麻乌黑。只是可惜的是那窈窈和嘴嘴从来没打开过勾魂和点火开关。

　　张桂花在三队，和五队隔着两道沟，他这样说，即使张桂花有顺风耳也听不到。但玲姨在五队呀。虽说玲姨的男人民放叔在煤矿上班，十天半月才回来一回，可是人家有晓琴和晓辉姐弟俩呀。要是让这俩娃听见你编派他妈，不说你，听的人面子上都搁不住。所以他一提起冯玉玲的话头，听的人中，面硬的就直接起身走开，而面软的不好意思走，就一边听，一边讪讪地笑。

　　赵铁拐没意识到这个问题，或者说他从来就没觉得这是个问题。那天他明明看着冯玉玲撅着屁股推着自行车上了胡同坡，就又在人群里说开了。他背对着路，根本没看到冯玉玲又走下了胡同坡，就被逮了现行，脸也被抠烂了。

　　"看着冯玉玲不言不传的，还是个毒家子。"我妈说。

　　我爸把烟锅塞进烟袋里装旱烟，头也不抬地说："就是个兔子，逼急了都咬人一口哩！没撕烂他的嘴都算轻的，抠个脸算啥？"

　　按何家湾的论法，我应该喊赵铁拐"表叔"。等我爸出去后，我问我妈我铁拐叔那天到底说了啥。我妈说："还能说个啥？从他

125

嘴里出来的能有个好话？肯定不是窑窑就是嘴嘴，不是眼仁仁就是心尖尖。"我妈顿了一下又说："'人狂没好处，老鼠狂猫咬住。'这下看他一天再掂个大嘴胡咧咧不！"

十四

晓琴知道我回了何家湾，就提溜着个大袋子跑来看我。她把袋子一打开，我就欢喜得不得了。袋子里是一个大红的虎娃枕头，一红一黑两双虎头鞋，还有一个绣着蜈蚣蝎子等五样毒虫的小裹肚。

我性子急，又老不开窍，所以像做鞋、纳鞋垫、扎花、织毛衣这些需要飞针走线的活一概不会。我妈就老说我一点儿本事都没有，光长了一身懒膘。现在想想，我妈说得一点儿都没错。不说远的，就我怀孕这几个月，不是吃就是睡，不是逛就是耍，正经事连一件都没做下，而晓琴却不声不响地准备了这么多——她才比我大三岁，却老练得像比我大三十岁。

我就问晓琴："这是给我的？"

"不给你我提来弄啥？试火轻重哩？"晓琴斜我一眼说。

"可是你还要给你自己准备的。"我知道这些工序烦琐，做起来特别费时间。

晓琴"嗨"了一声，说："你都没想，我能叫我娃光脚跑吗？"又换了语气说："放心啦，我做了双份。"

我就喊我妈过来看。我妈一看，更是爱不释手。就拉着晓琴的手把晓琴扶到炕边坐下，双手握住晓琴的手说："好娃哩，你自己身子不方便，还给水水做了这么多。姨和水水都是拙手笨爪爪，啥

126

都不会弄，也不知道能给你娃弄个啥！娃，你今儿就甭走了，你说你想吃啥，姨给你做。"

我看到晓琴眼里蒙上了一层薄薄的雾气。她使劲眨巴了几下眼睛，让雾气散去，笑着对我妈说："不用，姨，近得很！"

我妈说："这娃！原先就是水水整天往你屋里跑，你一年到头来姨屋里的次数用一只手都能数过来。现在你们一出门，一年半载也见不了几回。后边再拉个娃，就更不用说了。听姨话，你两个坐着说话，姨给你们打搅团。"

我知道我妈是觉得晓琴给我提了这么多东西，我又没有啥能给晓琴的，就想以自己力所能及的方式还晓琴一个人情，找补一下心理上的平衡。晓琴应该也能猜透我妈的心思，就不再坚持，由着我妈去打搅团。

我和我妈都爱吃搅团，但我爸不吃。我爸说搅团汤汤水水黏黏糊糊的，吃不了几口就胀了，过不了一会儿又饥了。我爸爱吃黏面。我妈就问我爸："那黏面也黏黏糊糊的，你咋吃了多半辈子还没吃够？"

我爸说："那能一样吗？吃一碗黏面能走州过县，你那搅团，吃上十碗，连胡同坡那十一个崄畔畔都走不出去。"

所以，我爸要是在，我妈就不打搅团。因为我妈除了要打搅团，还要给我爸擀面。

我妈用韭菜和西红柿炒了臊子，用盐、辣子、酱油、醋和味精调了汁子。搅团出锅后，我妈给我和晓琴舀了两碗热的，浇上臊子，淋上汁子，我和晓琴就坐在院子核桃树下的石板桌前吃。

不光我家没有饭桌，何家湾大部分的人家都没有饭桌。每家的饭盘子就放在炕上，长辈盘腿坐在炕上吃，晚辈屁股搁在炕边或者坐在门槛上吃。短腿的炕桌倒是家家都有，但那只有红白喜事摆席的时候和家里待客的时候用。也有人一到夏天就把炕桌搬到院子，开饭前摆好，吃完收起来。

我爸嫌摆炕桌收炕桌麻烦，就用架子车从河渠里拉了块石板支在院子的核桃树下，给石板周围还摆了四个树墩。我和我哥爱死了这个石板桌，因为一到夏天，它不光可以用来放饭盘子，放学后可以坐着写作业，晚上纳凉时还可以仰躺在上面数星星、看月亮。我和晓琴还在上边弹杏核、抓五子……

如今，我和晓琴又坐在了这石板桌前，只是再也找不回当初的心境了。我的搅团都吃了几口了，晓琴碗里还一筷子没动。我抬眼去看，她好看的眼睛又变成雾蒙蒙的了。我问咋了，晓琴用手抹了一下鼻子，说："没事，叫辣子呛了一下！"

我妈还在灶房洗锅，听到晓琴的话，就把头从门里伸出来，说："都怪姨把辣子放多了。吃不了就不吃了，姨给你另调一碗！"

晓琴拿起筷子，夹了一块放进嘴里，说："不用，好吃着呢！"

晓琴自嫁给元海后，在我面前就再不提说我哥。我知道她当初为了挽留我哥，也为了挽留她的爱情，哭过，闹过，也央求过。但无一例外，最后都以失败而告终。她的心就在这悲苦和悲凉的情绪里冷静下来，也冷硬下来。

那时我还没有遇见王安定，感情上还是白纸一张。我从来没见识过像爱情这样的矛盾体，它强大起来可以让一个人无所畏惧，脆弱起来却是如此不堪一击。

我一直想从我哥那儿给晓琴讨个公道回来，但平日看着老实本分的我哥在这事上却是个打太极的高手。我难过地发现，在这件事上，我和晓琴被同时困在一片找不到出路的森林里，而我爸妈、我哥，甚至我嫂子，甚至晓琴她爸民放叔和她妈玉玲姨，都是在旁边远远观望却不愿意给我们伸手指一下出路的人。每次一想到这儿，我就为晓琴错付的一腔真情而惋惜，同时为我哥的薄情寡义而切齿。但我又不能当着这些人的面大张旗鼓地讨伐我哥，我只能在我爸妈和我嫂子不在的间隙里见缝插针地给他一下。只是每次从我这里发出的万钧之力，一遇上我哥那个优秀的太极拳手就消散得踪影全无。

我爸从外边回来，一看到晓琴，脸上的表情就有点不自然。从晓琴嫁给元海后，我曾不止一次地在我爸脸上看到这种不自然：像是心疼，又像是惋惜，更像一种说不清道不明的情绪。但我爸不说，我也不好意思问。错过这么好的一个儿媳妇，不说我爸，搁谁心里应该都会惋惜的吧？

我爸招呼过晓琴，叮咛晓琴吃饱吃好。我妈见我爸回来，给锅里添好水，把灶膛的木柴搭好让火烧着，拿了个盆就要去舀面。我爸拦住我妈说："不下面了。我吃个烤馍片就行了！"

何家湾几乎家家户户的灶膛烧的都是木柴。相比煤，木柴火就软。我妈做饭的时候，爱把馍切成薄片，用炭锨送进灶膛，让它靠在灶膛的内壁上烤着，等火色上匀后翻个面。等另一面火色也上匀了，用炭锨把馍片端出来，连拍带吹，弄干净馍片上沾着的草木灰，一个一个摆在灶台上。烤好的馍片颜色金黄，咬一口，焦香酥脆。用它蘸菜碟子里上一顿吃剩的菜汁，馍的焦香和菜汁的清香就刺激得人胃口大开，一连能吃好几片。不过那菜汁一定要是剩菜的汁水，我觉得这才是烤馍片的最佳搭配，也是它之所以让人回味的精髓。怎么说呢？那香是融合了菜、盐、辣子和醋的味道的香，是你形容不出来但吃一次就心心念念忘不掉的香。

我妈见我爸这样说，就转身进门，把盆子放在面瓮盖上，把她刚放进灶膛的柴火抽出来扔出门外。柴还没着旺，落到地上，只袅袅地升起一股蓝烟。

我爸一手拿了两片馍片，一手端着菜碟子出了灶房门。菜碟子里是早上吃剩的萝卜丝。萝卜是我妈种的。我妈爱给地里种各种菜：萝卜、西红柿、洋芋、白菜……我妈说地是个宝，种啥长啥。所以，凡是地里能长的，我妈都要试火一下。只是自家地里长出来的菜都不怎么好看。萝卜疙疙瘩瘩，洋芋坑坑洼洼，白菜的叶片上不是圆眼眼就是黑点点。种个包菜吧，人家还不包心，好不容易包几个，还是松松垮垮的。不过，地里长的菜虽说不好看，吃起来味道却是极好的。萝卜有萝卜的味，黄瓜有黄瓜的香。

我和晓琴已经吃完了，收了碗坐着说话。我看我爸到了中窑门口，就喊我爸，让他吃完了看看炕上晓琴给我拿的虎头鞋。我爸说："你一天光沾人家晓琴的光，你给晓琴又能弄个啥？"

我说："我啥都不会，给晓琴连个啥都弄不了。"

我爸掰了一块馍在菜碟子里蘸了一下，说："也不是啥都不会，最起码还会吃蒸馍！"

夏收完，空荡荡的地里就留下了高高低低的小麦茬或油菜茬。乡亲们就要在伏天犁地。伏天温度高，多雨，高温可以起到杀菌消毒的作用，而多雨引起的高温高湿又可以加速小麦茬和油菜茬的腐烂，腐烂后的有机物质能给下一季作物提供养分。像我们晒东西时会把东西翻开摊薄一样，犁地就是把地用犁铧翻开，让伏天的大太阳晒，乡亲们就给起了个大胆又诗意的名字，叫"晒麦地"。

我爸已经晒完了麦地，进入了短暂的农闲。但我爸闲不住，他从窑里的黑旮旯拎出一个黑木箱，开始倒腾他那些家伙什。我们都

龙山

知道箱子里是一套木匠工具，那个箱子也是我和我哥小时候的玩具箱。时至今日，我一闭上眼睛都能想起箱内的结构和那些大大小小的工具在里边的摆法。大凿子、小凿子，大刨子、小刨子，还有蝙蝠刨子和专刨花边的窄长刨子。锯子、斧子、钉锤、墨斗、胶锅。最神奇的要数那个有着红色手柄和手把的弓摇钻了，把钻头对准木头，一手按住手柄，一手摇动手把，钻头就在木头上钻出一个圆眼儿。想钻大眼儿用大钻头，想钻小眼儿用小钻头。

我爸是个木匠。我家放衣服的老式大立柜，我妈用来锁零嘴的红木箱，我和我哥做作业的三斗桌，还有洗脸用的脸盆架子、坐的小椅子小凳子，灶房里的风箱、支瓦瓮的架板，我妈蒸馍用的笼屉架子……都是我爸做的。

我爸做木活的时候，要用蘸了墨汁的绳子在木头上画线。短一些的木料，我爸一个人就搞定了。但遇到长木料，我爸就得叫我们给他帮忙。我爸的墨斗是用牛角制成的。把牛角底下磨平，上边开一个长方形的口，里边塞上棉花，灌上墨汁，一个线轴固定在尾端，线轴上的线绳穿过牛角尖上的小孔，孔外边拴着一个小指大小曲尺形状的铁块。用的时候把曲尺的直角卡在需要下线的木料另一头，拉直绳子，我或者我哥从木料中间部分提起绳子，"啵"地一弹，木板上就现出一条端直的黑线来，这就是要下锯的线。

除过做案板，我爸做家具从不用钉子。他的半成品，不是这片凸出来，就是那根凹进去，而我爸组合安装的时候就是见证奇迹的时候。各个部件之间严丝合缝，连根针都插不进去。多年以后，我才知道那就是在建筑行业被广泛应用的卯榫结构。只是从小的耳濡目染，给了我一种先入为主的心理暗示，我总认为这种传统的方法才是正宗的，而对于后来兴起的新式做法一直抱有"投机取巧"和

"不正规"的偏见。

王安定他爸也是木匠，但他只给人盖房，人称"房木匠"。而我爸只做木器活。那些年，我爸经常走村串户给人打家具。大到柜子桌子箱子，小到板凳脸盆架子……有一段时间，我爸还和我舅搭伙给人打寿棺。只是那时，我舅还没有成为我舅，他只是我爸干活的搭档。我舅会刻花，他能给寿棺上刻一整套二十四孝图。

在农村，但凡有点手艺的人都是能被人高看一眼的。比如吹喇叭的吹手，抓厨的厨师，打铁的、定秤的、补锅的、箍瓮的，还有像我爸这样做木活的，那可都是人们眼里的手艺人。大家在称呼这些手艺人的时候，就在其姓后边加上一个"师"，我爸就是"何师"，我舅"李师"，王安定他爸"王师"。只是这个"师"也不是谁都能担当得起的，像没出师的那些学徒，即使年龄再大，也不能被称为"师"的。

我爸把他那些工具拿出来，一件一件，该擦的擦，该磨的磨，擦净了磨利了，就从板窑里翻找出来几块枣木板，又是用尺子量，又是用墨斗画。我和我妈看出来我爸是要干活了，但我们不知道我爸要做啥。而且我爸一贯都是奉我妈的命令行事，像这主动作为还是第一次。我妈就问我爸："准备做啥？"我爸说："先试火一下看能做成个啥。"我妈就不屑地说："不要啥都没做出来，还糟蹋了几页好板。"

我和我妈怎么都没想到，我爸忙活了一周，竟然给我和晓琴做了两个小推车！不过，我爸做的小推车看着更像一把会走路的小椅子。我爸把椅子坐板刨成稍微带一点弧度的凹形，在距离坐板约半尺高的地方加了一块弧形木板，椅子的靠背做成了扶手，唯一能体现出车子特征的是在四条腿下装了四个小胶轮。

只是，我爸这新设计一亮相，就让我妈笑话了老半天。我妈说："还当你能做个啥，弄了几天弄出来个这！现在人家卖的那些车车，颜色好看，还软和，谁还用你这个又笨重又难看的哩！"

我爸被我妈这一笑话，就有些沮丧。我爸说："那是钱好，哪是东西好。你试火一下，不出钱看人家给你不？"我爸说着手上一使劲，再一松，车子就骨碌碌向前跑了一大截。我爸说："是不好看，但结实呀。我敢保证，用上个十年八年都坏不了。"

我妈撇撇嘴，说："也不看看啥世道了，谁还像原来的人一样生十个八个的！"

我爸一看说不过我妈，就不想和我妈说了。我爸说："那看水水能看得上不？水水要是看不上，就劈了当柴烧。"

我赶紧接过我爸的话说："能看上呀！我保证晓琴也能看上。"

我爸听了这话，看着我妈，像在说"叫你看不上"。我妈听我这样说，就说："能看上你就用。那个就别给晓琴了，实在没啥送的送个这，不够人笑话！"

我说："好不好都是我爸的心意。你那天不是还说咱给晓琴啥都做不了。我爸做个这，既替咱们还了晓琴的人情，又不落俗套，咋就不能送？在咱村，除了我爸，其他人就是想做还未必会。"

我妈斜我一眼，说："你爸弄个啥你都说好！"

我还没说话，我爸冲着我妈说："我弄个啥你都说不好！"

我爸的话把我和我妈都逗笑了。我妈就在这笑声中嗔怪地瞪了我爸一眼。

十五

王安定说的那些三锤两棒子的活，足足做了半个月才做完。他把我接回龙山，那时离预产期只剩不到一个月时间。那段时间，我的肚子以肉眼可见的速度一天一天大了起来，整个人也像面包一样发了起来，腿脚浮肿得连鞋都穿不上，只得趿拉着。坐不住，也睡不好。而且，坐不了一会儿睡不了一会儿就要起来跑一趟厕所，而只一个起身就能让我吭哧吭哧老半天。王安定就老说看我起身像看乌龟翻盖儿。他叫我甭睡，跟他出去转。而我一走路，他就又在后边笑话我，说我摇摇摆摆的像个螃蟹。

不管那段时间多么难熬，生产的日子终于还是到了。一个月后的七月十九日凌晨四点五十分，我在镇医院妇产科顺产下一个八斤三两的女婴，王安定给娃起名叫王玥，小名叫灯灯。王安定说，希望女儿像灯一样，能发自己的光，还能照亮别人。王安定看到我生的是个女孩后，心里应该是有那么一点点失望的，他一直嚷嚷了九个多月的"儿子"在最后一刻翻了盘。但当他从他妈手里接过那一团粉嘟嘟胖乎乎的小肉球，看着那个小肉球一下一下地伸展着可爱的小胳膊小腿儿，小小的嘴一拱一拱地找奶吃，他就一下子忘了一切，把脸紧紧地贴在孩子脸上，久久不愿离开。

当妈之后我才发现，我们俩对于育儿实在是一窍不通，而育儿又是一项极其深奥又极其浩繁的工程。这样，"找妈"就成了我和王安定的新常态。娃哭了，找妈！娃饿了，找妈！娃尿了，找妈！娃不好好吃奶，找妈！娃几天没拉屎了，找妈！……在我们这两个

134

啥都不懂的"小白"看来，王安定他妈就是万能的。而他妈偶尔不在病房，他就跑去护办室找护士。刚生产过，我身子还虚着，有什么事他们也不指望我。每次躺在床上看着王安定手忙脚乱的样子，我就觉得这个社会不对新婚夫妇进行育儿培训实在是一大失误。

在医院住了三天，王安定租了一辆昌河车把我们母女接回了家，我就开始了坐月子。王安定骑着摩托车去何家湾接来了我妈，想让我妈陪我坐月子，可是我妈老放不下何家湾的活。我妈说她一走，我爸一个人给牛铡不了草，给果树也打不了药。果树打药半个月才打一回，可是给牛铡草那是隔一天就要铡的，我爸又不好天天去找人帮忙。而且我爸妈还养着十几只羊，每天两晌都要赶羊出圈。我知道何家湾那些农活就像地里的韭菜，你刚割完一茬，它又会长出一茬，一年四季都没有头尾。我爸妈就像被这些农活缠住身子的陀螺，太阳伸出滚烫的鞭梢抡一次，他们就得转上一整天。日日如此，年年如此。没人能让他们停下来，也根本停不下来。所以我妈勉强待了三天，就让王安定用摩托车送她回了何家湾。

我妈走之前对我千叮咛万嘱咐，说坐月子期间千万不要和王安定他妈闹矛盾。我妈说："你性子直，说话不会转弯子，我和你爸不生气，保不准公公婆婆不生气。以后记得多吃饭，少说话。还有，不要因为你生了个娃，就像给人家立了多大的功劳。记着，娃是给你们自己生的，以后娃出息了，跟上游山玩水、吃香的喝辣的也是你们当爸当妈的，娃他爷和他奶啥啥都沾不上。不管到啥时候，都把自己放到低处，把别人看高些。你敬人一尺，人就能敬你一丈。也不能把人的好撂过不管，而揪着人一点短处不放，要看人长处，记人好处。"我妈走之前还问："我说的都记下了吗？"我说："记下了记下了。"我妈问："真记下了？"我说："不信你考!"我妈就笑着瞪我一眼，俯下身亲了亲睡着的灯灯，就出门回去了。

我妈老说我长了个猴子屁股，尖得坐不住。其实王安定的屁股比我的屁股还尖。王安定除了一天给我端两顿饭，其余时间连人影都见不上。他在的时候，我需要个啥喊他就行了，可是他一走，我想弄个啥就得喊他妈来。但我老觉得我们娘儿俩之间像隔着点什么。我们在一起，我心里就老想着我妈给我交代的那些话，越想就越觉得这话不敢说那话也不敢说。而我明显觉着王安定他妈也是小心翼翼的——我能理解这种小心翼翼，就像手上捧了一件上好的瓷器，捧着怕摔，放下又怕人说你不珍惜。所以，我娘儿俩在一起，大多时间就会陷入一种无人开口或者无话可说的尴尬。而只有谁一提起孩子，这尴尬才能被打破：看，笑了笑了；看，这里还有个胎记；看，这胳膊胖的……要不就把包孩子的小被子一会儿解开再包上，过一会儿又解开又包上……一天能重复无数次，反正每次都能找到理由。我闲下来时就想，多亏孩子是肉长的，如果是纸糊的或者泥捏的，早都叫我们娘儿俩翻烂了。我觉得在我和他妈之间，王安定在很大程度上起着平衡器和缓冲垫的作用，他这一溜，就等于让我们娘儿俩直接接触直接碰撞。不行！甭看现在平平安安的，说不定哪天就擦枪走火了。这天晚上我就给王安定提意见，说他一跑出去，我身边连个说话的人都没有，这样过不了几天，我不憋死也会憋疯的。

王安定就说，别呀，你不让我出去，我也会被憋疯的。你就当我是你撒出去的鹰，隔三岔五还能给你逮只兔子回来。我问，兔子在哪儿呢？王安定说，听我慢慢给你说。

我才知道王安定说的"兔子"就是他在人事场上的所见所闻。

136

好吧，既然我去不了人事场，那用王安定这只"鹰"逮来的"兔子"打打牙祭也是极好的。

王安定说，满劳哥今天和他娃吵架了。我问满劳是谁？王安定说，你可能没见过，我给你也说不出来个眉和眼，你只当热闹听就是了。

王满劳是王安定一个本家哥哥，但比王安定要大十多岁。王满劳结婚后，媳妇先生了一个儿子，后来又怀了第二个孩子。怀第二个孩子时，夫妻俩眼巴巴想要个女儿，没承想生出来还是个儿子。恰好医院有同时住院的一个产妇，第三胎想生儿子，却生了个女儿，就想抱养出去。同病房的人就从中说合，把那女婴抱给了王满劳，外对宣称媳妇生了个龙凤胎。这女婴长到一岁，还不会爬，到医院一检查，确诊为脑瘫。这种病王满劳和媳妇以前连听都没听过，也不了解。查出来你就得治啊，可是经过一段时间的治疗，还是没有效果。

王满劳和媳妇本想抱个小棉袄回来，没想到却抱回来个大累赘。孩子确诊为脑瘫之后，有咨询过医生的家人就劝他们说，这病是个大麻烦，根本就不是钱多钱少的事。让他们赶紧去找那家人，把娃给还回去。他们就抱上娃去医院找当时的医生和护士，想要查出那个产妇的家庭住址来。可是一听说是这么大的事，那些医生和护士谁敢给他们说，谁又敢给他们找？折腾了几天，没有一点儿进展不说，还把去时带的几百块钱花完了，他们只好把娃带了回来。

过了几个月，家里实在腾不出人手来经管这个娃，王满劳就给媳妇出主意说，这样下去，娃治不好不说，咱这个家也就散了。省城里有钱人多，咱这次在省城找个医院，把娃放在门口，万一被有钱的人家抱去，也就把娃救了。要是没人要哩？媳妇问。王满劳说，要是没人要，咱抱回来继续养上。媳妇想了想，同意了。第二天，他两口子就抱着娃坐班车赶天黑到了省城。他们先在计划好的医院附近找了家小旅舍住下来，第二天凌晨五点，两个人就抱着娃出了门。一出旅舍门，媳妇就哭得不行。她养了一年多，已经养出感情来了，舍不得。王满劳就从媳妇怀里抱过娃，一路小跑到医院门口，四下瞅了瞅，见没人，就把娃放到大门旁边的暗影里。做完这一切，他又一路小跑回来，拉着媳妇退到了马路对面的阴影处，不住地小声劝媳妇说，赶紧把声止住，你再不止声就把人招来了！

王满劳刚这么一折腾，心里就紧张得不行。一紧张就想尿尿，在街上黑灯瞎火的又找不着厕所。他就给媳妇说，叫媳妇在这里盯着，他回旅舍尿个尿就回来。只是还没等他尿完尿，他媳妇已经抱着娃回来了——女人总是心软。你说养个猫娃狗娃，时间一长都有感情了，何况养一个娃！王满劳一走，她就想凑近再看看娃。谁知道她凑近一看，那小家伙竟然醒着。小家伙一看到她，就忽闪着眼睛，朝着她笑。她就伸手一揽，把娃揽到怀里，一路小跑着回了旅舍，生怕半路伸出一只手把娃抢了去。

一转眼，娃已经长到了十岁，可是看起来还像六七岁的样子。娃脸长得很清秀，但头总是朝一边偏着，收不住的涎水不停地从嘴角淌下。满劳媳妇一直给娃脖子上围着接涎水的围兜，一天得换好几次。娃不会自己吃饭，要人喂。而你一喂，她一张嘴就把筷子咬住了，得费好大劲才能拔出来。给满劳家干过活的人都说满劳家的筷子头都是毛毛刺刺的，一开始人们不知道啥原因，后来才知道那是叫娃给咬烂了。

这个娃把满劳媳妇死死地拴在了屋里，地里的活就靠了满劳一个。十年过去了，村里其他人家都盖了新房，只有满劳家还住着原来的塌窑烂庄子。满劳大儿子和这一对"龙凤胎"之间年龄相差十二岁。所以，到"龙凤胎"十岁时，大儿子已经二十二岁了，已经到了谈婚论嫁的年龄。大儿子模样长得好，媒人给说了好几个，一见人都没弹嫌，但一到满劳家里来，看到这个不会动弹的娃，事就黄了。

当年要不是满劳媳妇，娃说不定早叫有钱人抱走了，他们现在就不用受这熬煎了。所以，虽然这娃从一岁发病到十岁，都是满劳媳妇一个在经管着，但家里人一说起还是怪她。这几年，儿子娶媳妇那事上不了路，连儿子也开始怪起她来了。前几年，儿子从外边回来，还会抱抱妹妹，给妹妹擦擦嘴、喂喂饭。可是这几年，他回来连妹妹看都懒得看上一眼。满劳媳妇发现了这种嫌弃，可是她除了心疼，什么都做不了。儿子是自己怀胎十月生下来的，女儿虽然她没生，但也是她一口水一口饭喂大的，在她心里，和亲生的没有任何两样。所以以后再遇到媒人给儿子说媳妇，她就先给人家下保证说，这娃她管，不要儿子和未来的媳妇管。好话能说几火车皮，但儿子的事还是上不了路。后来有媒人就说，你现在还能管，不要他们管能行。可你总归要老的，等你老得管不动了，还不是得让人家管？她仔细一想，也是这个理，就为自己当年的心软后悔不迭。

王安定这一说，我忽然想起那天坐在人事场上的那个男人和他怀里的女孩。那个男人应该就是王满劳了，他和他女儿我都是见过的。我就问王安定："那他父子俩为啥吵？"

王安定说："那娃谈了仁义镇的一个媳妇，要把户口迁过去！"

"为啥？"我问。按我的理解，谈了媳妇往回娶就是了，迁什么户口？

王安定就长叹一声说，苦蔓上的瓜结着一串串，仁义镇那老两口这辈子把世上不遭的难都遭了！也不知道咋回事，他家总是长不住娃娃。生个娃娃，长不了几岁就殇了，前前后后殇了四五个。那媳妇一闲下来就跑到埋娃的崄根底哭，好好的一个人愣是哭成了病恹恹的身子。有年长的人就给那男人指点说，树挪死，人挪活，咱这里不行你就挪腾个，你再这样死守着，娃长不下，看把媳妇再搭进去了。那男人就托了亲戚，在镇上的街背后找了家旧院子，举家搬了过去。搬过去要生活，那男人就进了一些日用小百货，到三六九逢集时，和媳妇拉上架子车到街上摆起了摊子。

几年后，那媳妇生了一个儿子。他们实在叫难遭怕了，这次又害怕这娃会和以前那几个娃一样，哄他们一阵就闪得连影子都不见了。他们就给娃认了四个干爸，举行了隆重的拜干爸仪式，把娃寄养在了离他们家最近的干爸家里，一个月给付二百块钱生活费。这娃长到三岁，那媳妇又给生了一个儿子。那男人和养大儿子一样，又给认了四个干爸，只是这次没寄养。那几个干爸家都离镇上远，娃有个头疼脑热的还不如他们去医院方便。

认了干爸就是干亲，逢年过节是要走动的。比如腊月二十三要给娃戴用红布缝的项圈，项圈上还要缝铜铃和银质的长命锁，人们叫"戴锁锁"；正月十五要给娃送灯笼和牛娃馍……干亲来，主家肯定要招待。所以人们就说，这家的八个干爸要是到齐了，刚好能坐一桌。

二十年过去了，镇上的街已经比原来扩大了不止一倍，他们家也在街中心有了自己的批发部。两个娃念完初中也没有再继续念，就在批发部里帮着进货、装货、发货和算账。遇到外乡镇逢集这一天，就开着送货的农用车去赶集。

那老大娃长到二十一岁，就有媒人给介绍了个女子，大人娃娃

140

一见都没意见，就把婚给订了。只是还没来得及结婚，临近年关，那娃去省城看市场，坐的班车在返回的途中，因下雪路滑，翻到犄角沟底去了，一车死了七个，那娃就是其中之一。

虽说还没结婚，但把人家好好的一个女子就这样撂到了半路，以后再要找婆家，这都成了弹嫌。这女子是这家老二的同学，还和老二同岁。大娃出事后，那老二也十八岁了。等事情过了一段时间，这老大娃的几个干爸一合计，就给这老汉出主意说，咱老二一过年就十九了，差不多也到了说媳妇的年龄。那女子和老二是同学，两个娃还同岁，干脆叫咱老二和那女子组成一对。

这老汉一听就着急了。以他现在的财力，他觉得给老二娶一个媳妇不是难事。那女子虽说还没娶进门，但好歹是给老大找的，咋就能让老二娶了老大媳妇？何况老二才十八岁！他就不停地挥着手说："这怎么行？这怎么行？"

一个干爸就说："怎么不行？咱方圆又不是没有过！"

这老汉说："娃年龄还小哩。"

那干爸说："小啥小？咱像这么大的时候，炕上大的碎的都睡了两三个了。"这话还没说完，就想起这男人前些年遭的那些难，这个年龄并没长下娃娃，就不作声了。

这老汉考虑了一会儿说："这是大事，我得和他妈商量商量，还要问问老二的意见。"

另一个干爸就说："老二我都给你问了，娃没意见。"

这老汉和老婆商量了几天，也就同意了，就给那女子和老二扯了结婚证，吹吹打打地把媳妇娶进了门。

这家人叫娃娃缺怕了。新媳妇一进门，连店里都不让儿子去了，天天好吃好喝地伺候着，盼着媳妇赶紧怀上个娃娃。媳妇肚子也争气，不到两个月就怀上了。这可把老两口给乐坏了——他们就不信他们来到世上只为受罪的！

然而，他们到世上偏偏就为受罪来的。就在儿媳妇查出怀孕后没几天，他们那个儿子酒后骑摩托车撞上了路沿石，在医院抢救了几天都没抢救过来。这个家一下子就垮了！当时老大出事，好歹还有几万块钱的赔偿款；而老二连个肇事者都没有，在医院抢救花了两万多，到最后还是把命没拉住。

要说以前，遭了那么多难，他们都想着要活下去，而且拼命地让自己咬着牙站起来，活下去。那时他们还年轻，还有指望。可是这次，阎王爷手中的大镰一挥，就把他们仅剩的唯一的儿子割走了，也把他们活着的念想连根拔走了。

人们去看那老两口，那老汉给来人发一根烟算是招呼过，然后就把自己缩在沙发上默默地淌眼泪。他的头发全白了，腰弯得厉害。而那老婆见人来，问也不问，就那么痴痴傻傻地坐着，形容枯槁，眼神空洞。去的男的就把头凑近那老汉的头给低低地说着宽慰的话，而女的就双手抓住那老婆的手，呜呜咽咽地哭起来。女人这一哭，炕上的老婆和沙发上坐着的老汉就都哭出了声。

阎王爷是个糊涂官，总是错收了不该收的人。他们没长大的那几个娃都还是些没长全的嫩芽芽，后边这两个儿子勉强能算个嫩叶叶吧，他阎王爷收的时候眼睛连眨都不眨一下。如今，他老两口连一天都不想活了，可是阎王爷偏偏不收他们。所以，只要他们那口气不咽，就得继续受这沉痛的折磨。

人在世上活一场，总得留下些什么。这老汉觉得他们除了留下银行里的一个数字，再就是让人同情的话题了。谁一说到他们，都会把他们经受的苦难翻出来重复一遍，末了还会加上一句："那一家子把不遭的难都遭了！"他不想只留个这。此刻，儿媳妇肚里的孩子就成了他唯一的精神寄托。他就把城里的房子过户到儿媳妇名下，把压在柜底的存折给了儿媳妇，让儿媳妇招个上门女婿。儿媳妇怀着他家的娃，想想去哪儿都没有在这儿气长，就应了。可是他和老伴年纪已大，儿媳妇又挺着大肚子，不占任何条件上的优势。这老汉就放出话去，说谁愿意上他家的门，他的批发门市就给谁。这时，他们的门市经过了几次扩改，在镇上已经算很大规模了。

恰好这家娃的一个干爸是王满劳儿子同学的爸爸。这人对于王满劳家的状况也了如指掌，就想给王满劳儿子牵线搭桥。但这人觉得这情况和一般的上门女婿还不一样，如果他直接去给王满劳说，肯定是碰硬钉子，就先征求娃的意见。果然，娃没意见，而王满劳这一关却怎么都过不了。父子俩就吵起来了，互不相让。

"最后呢？"我问。

"那是个黏牙事，一两下能吼下个眉眼？"王安定说。

我不知道该说啥，就没搭话。王安定看我不说，就长叹一声，说："你就说把老大这个问题解决了，老二到时可咋办呀？这事把人都能熬煎死！"过了一会儿又说："事都出在这女子身上了。女子的事一解决，他们这一河水就开了！"

我狠狠地瞪了他一眼，说："要是个鸡娃猪娃，你说你不想要了就捉住卖了钱或者送了人去。这可是个娃呀，而且都长这么大了！人家当爸的都没说啥，你竟然说这话！"

王安定看我瞪他，也把眼一瞪，说："你把我想成啥人了？解决问题的方子那么多，谁说就一定是不好的了？"

可是我想了好久，都想不出来还能有什么解决问题的好方子。也许，这问题根本就无解，任何努力都是劳而无功。

十六

一个月时间说短也不短，说长也不长。灯灯一转眼就要满月了。从灯灯满二十天那天开始，王安定他爸和他妈就商量着给灯灯过满月了。

灯灯虽说是家里的第一个孙女，但在孙辈中却排行老二。

王安定的弟弟王安邦初中毕业后一直在广东打工，后来谈了个贵州的媳妇，如今儿子闹闹已经两岁半了。弟媳妇的娘家爸妈都在广东，所以，闹闹从一满月就一直是外公外婆在带。而王安定家里，除了王安定他妈伺候月子去过一个月，其他人只是在王安邦寄来的信里见过娃的相片。

王安定他妈当时千推万阻不愿意去广东，想让安邦媳妇回龙山坐月子，可是安邦、安邦媳妇和媳妇娘家人没有一个同意的。不是说龙山气候太干燥，就是说吃不惯面条，要不就是嫌冲不成澡、蹲不成马桶。王安定他妈一看把谁都说不通，就在电话里骂王安邦说，一叫回来就说不习惯不习惯。从贵州跑到广东都能习惯，从广东到陕西就不习惯了？那我一辈子连县城都没进过，就不怕我去了不习惯？她骂归骂，但没人理她。现在都是媳妇娃为大，谁会去管你一个婆婆是不是习惯。她骂完了，还是收拾东西去广东伺候了儿媳妇一个月。

王安邦刚去广东那几年，一年来回能跑好几趟。路上要开销，加上平时大手大脚，这样到过年回来的时候就落不了几个钱，有时走的时候还得向他妈要。他妈就说他上一年班，挣的钱都不够路上给火车加油。从广东到陕西，火车得跑好几天，王安邦给他爸妈说火车把人坐得屁股疼腿脚肿，他妈就说，给你说甭跑了甭跑了，你偏不听。钱花了不说，还把人累坏了！

王安邦有了娃后就不回来了。不但平时不回来，连过年也不回来。说是票不好抢，而且带个行李再带个娃，上车下车都不方便。我们结婚那会儿，王安邦倒是回来过，只是没待上两天就走了。人们问他为啥不把媳妇和娃带回来，王安邦就说，媳妇请不下假，娃跟着外公外婆回贵州老家了。王安定爸妈想孙子又见不上，就又骂儿子说，你又不是招的上门女婿，动不动就贵州贵州。贵州好，你干脆跟着你爸你妈一起回贵州！王安邦说，妈，妈！他妈说，我不是你妈，你妈在贵州！王安邦说，看你说的啥话嘛！他妈说，啥话？实话！

闹闹的满月是在广东过的。王安定他爸后来问王安定他妈，给闹闹过满月没有？王安定他妈说，像过了，又像没过。王安定他爸说，过了就过了，没过就没过，哪来个"像过了，又像没过"？王安定他妈就说，几个人一起吃了顿饭，就算给娃把满月过了。我知道王安定他妈那意思，她说的过是指时间，没过指的是仪式。在她看来，不像龙山那样摆个十桌八桌，不上十来个肉肉菜菜，不喝倒五六七八个人就不能算是过满月。

所以，虽然灯灯是妹妹，却是第一个在家里过满月的娃。王安定他爸妈和王安定就说要好好地给娃过一个满月。一定下来就得一项一项去落实：在哪儿摆，摆几桌？都请谁呀，上啥菜呀，烟酒都买啥牌子呀……村里大部分人家都在家里待客，但家里待客也麻烦，要买馍，要泡豆芽，要洗御面，要买菜，还得请厨师……所以，一遇到婚丧嫁娶这样的大事，提前四五天就进入了过事模式。

娃满月虽然不是大事，但大小事费的周折是一样的，也得提前两三天就着手准备。王安定他爸妈说添丁进口是好事，放在家里能好好热闹热闹。但王安定怕麻烦，也考虑到她妈一个人撑不下来，就执意要放到镇上的食堂。

在前几年，谁家有事，只须上门招呼一声，各家各户的老婆婆小媳妇就来帮忙了。剥葱的、捣蒜的、切菜的、揉面的……风箱啪嗒啪嗒，捣蒜槌叮叮咣咣，菜刀嚓嚓嚓嚓……一人顾一头，手忙而脚不乱，愣是把个厨房里的活做出了刀光剑影的即视感。

到了过事前一天上午，主家又会挨家挨户去请男主人，村里人叫请知客。到了下午，知客就一个一个背着自家的小炕桌，胳膊弯上挂着小椅子小板凳都到了。吃根烟歇会儿，就帮忙搭棚、担水、砌炉子、生火……到了正事这一天，立桌子呀，掌盘呀，上礼呀，接客呀……都是这些知客要干的。事过完了，妇女就该倒的倒，该洗的洗，把厨房给收拾出来。男人就帮忙拆棚、拆炉子，收拾完了就接过主家递来的纸烟，或点着吸着，或夹在耳朵上，背上各家的炕桌回家去。

后来，村里的年轻人都出去打工了，有些妇女因为有娃牵绊着走不远，就到镇上的劳务市场去找活干。劳务市场的工钱是日结，有专人带队，早上骑着自行车去，晚上再回来。人都出去了，再有人过事在村上叫人就难了。有脑子活泛的主家就在街上的食堂订几桌饭把客一待，这事也就过了。但对于目前的龙山来说，在食堂待客是不包括丧葬的。

在乡亲们看来，不管一个人生前多么困顿多么渺小，在他死后，都该享受最庄严最隆重的悼念。谁家拉的周期越长，谁家的喇叭吹得越响，谁家杀的猪羊越多，就证明这个人在家里受重视程度越高。那几天，人们说的也大都是这人的好。王安定说这就是乡亲们的善良所在，就是不管这个人活着时是什么样的，到死了，人们都会自动剔除他的坏和恶，给他盖上一个好人的印章。而我则更多地把这认为是人们对自己将来故去后的一种期许和预见，也是为了自己到时能安心闭眼而提前服用的一颗定心丸。

在食堂待客也简单，一桌上什么菜、多少钱都有固定的套餐，你可以选择现有的套餐，也可以在几个套餐之间选择搭配，形成你想要的套餐。只是席间用的瓜子、糖、烟酒、饮料和餐巾纸要主家自己准备。一说到烟酒和饮料，王安定他爸就说，烟酒和饮料从安静那儿买，安静那儿便宜！

王安定的妹妹王安静和我同岁。我见过几回王安静，她的人就像她的名字一样，安静不张扬，却极有主见。王安静高中毕业学了个护理，毕业后先在省城的一家私立医院工作了一段时间，后来应聘进县医院当了急诊科护士。急诊科有个救护车驾驶员叫程云龙，长得高高的、帅帅的，人很活套。程云龙的爸爸是县上有名的房地产开发商，县上几个大的小区都是他公司盖的。人一有钱，要风得风要雨得雨，人生像开了挂，所以人送外号"程开挂"。程开挂有三个女儿、一个儿子，儿子就是程云龙。有钱人家的娃，在众人眼里那十有八九都是惯坏了的公子哥，整日无所事事闲游浪转，没想到程云龙却跑来开了救护车。有人就说，其他人上班是真的为了挣那两个钱，人家程云龙上班纯粹是皇上他娘剜荠荠菜——散心哩！

管人们咋说，程云龙还是认认真真地上着他的班。出车的时候把车开得稳稳当当，不出车的时候把车擦得干干净净。只是一闲下来，他就有事没事老往护办室跑，去了就找王安静谝话。时间一长，同事们就看出他对王安静有意思，有热心的同事就给两个人撮合，没想到最后竟然撮合成了。王安静和程云龙是前年国庆节结的婚。他们结婚后，王安静依然在县医院上班，程云龙却辞了医院救护车驾驶员的工作，在县政府对面开了一家烟酒专卖店。

王安静上班忙，程云龙守店也忙。所以，虽然离家近，他们平常也很少回来。我在镇医院生灯灯时，王安静和程云龙开车来医院看我，坐了没几分钟，有人打电话要货，他俩就走了。

灯灯过满月，烟酒必须得有。反正在哪儿都要出钱，还不如让自家人把这钱挣了。王安定就给王安静打电话。只是电话接通没说两句，王安定脸上的表情就凝重起来，话也严肃起来。我们不知道怎么了，就都瞅着他。等挂了电话，他妈问："咋了？安静咋了？"

王安定说："安静她公公住院了！"

"啥病？"他爸坐在门口的小板凳上，并没在意。

"胃癌！"王安定说。

"啊？"我们几个人都惊了——从来没听说他有病啊，怎么一下子就能成癌症呢？

这个消息让王安定他爸妈一下子紧张起来。他爸从板凳上站起来，在地上来回转着圈子，难以置信地说："咋可能？他上次来咱家的时候还好好的，这才三个月不到，咋就能是胃癌了？"过了一会儿，他转眼看了王安定他妈一眼，像问王安定他妈，又像问自己说："一沾上癌，十有八九就好不了了。这下可咋办？"

王安定见他爸这样，只当是为亲家着急，就给他爸宽心说："在医院治着呢。"

他爸说："不是这，不是这！"又回过头问王安定他妈说："咋办呀？"

王安定他妈说："我当时说不敢给不敢给，你偏要给。给还给

龙山

148

那么多。现在出事了，你跑来问我咋办呀，我咋知道咋办呀！"

王安定听出来话不对，就问咋了。他爸不说话，他妈就气鼓鼓地说："咋了？你爸想吃狗肉，现在连铁绳都叫人拽走了！"

王安定他妈又说，早在安静和云龙订婚不久，云龙他爸不知从哪儿得知王安定他爸对外放款，就给王安定他爸说，放给私人的款风险太大，弄不好连本金都收不回来。说以后再有钱就投到他们工程上，反正他用谁的钱都要给付利息。只是他用钱都要十万以上的，十万以下的他根本看不上。王安定他爸知道这亲家是个挣大钱的主，也明白高投入高回报的道理，就有心把钱投给亲家。但他的钱是这家三千那家五千，都是些零敲碎打的散户，收回的时间也不一样，他就陆陆续续把收回来的钱，加上安静的彩礼和家里现有的钱凑到一起，凑了八万，还从邻村和他一样放贷的人那里贷了两万，凑了整整十万交给了亲家程开挂——因为程开挂又在县城新开了一座楼盘。在王安定他爸看来，只要亲家这新楼盘一开售，收回他的钱就是一张嘴的事。谁知道这才三个月刚过一点儿，亲家就得了这麻缠病。

从得知王安静他公公得了胃癌这个消息起，王安定他爸就得了个睡不着的病。他让王安定带他去省上的肿瘤医院看亲家。进了病房，看到以前那么风光、那么器宇轩昂的一个人，却被一根细细的输液管死死地摁在了病床上，就死活张不开要钱的那个嘴。但他又实在忧心得厉害，如果这钱收不回来，他一辈子的积蓄没了不说，还倒背了两万块钱的外债。他就不停地在女儿安静面前唠叨，让安静给他想办法。

要说这事，最为难的就数王安静了。程云龙的烟酒专卖店生意刚好起来，他们那幸福的小日子还没过上两天，她公公就查出来这不好的病。本来家里有个病人就够人受的了，这边又冒出来个她爸。她爸还老让她想办法，她一个小护士能有什么办法？她知道她公公凭借私人关系周转的资金不少，但那都跟她无关，她管不上，也不用管。可是一牵扯到她爸，她就不能不管了。但她又想不出到底该咋管。一边是她爸，一边是她公公，她向谁不向谁都不好说。可是现在她公公在救着命呢，她也绝不可能在这个时候去给人家说把她爸的钱给还上。再说了，即使还钱，也得等人家出院了再说呀。她就让她爸先等等，看看治疗情况再说。她说，癌症也分早中晚期，这个刚发现，说不定住上一段时间就能出院了。要是你现在跟人家要钱，人家出院后，你咋再好意思跟人见面呢？就是你不和人家见面，我还要回人家家里去的呀！王安定他爸一听这话也对，就暂时收了找亲家要钱的想法。但他心里又实在放不下，就吃不好睡不好，还天天唉声叹气的。

十七

因为有了王安静公公生病这档子事，灯灯的满月过得并不热闹。在灯灯满月当天早上，王安静和程云龙开着车，把要用的烟酒送到了镇上王安定订好的食堂。只是他俩没有回家里来，在食堂吃过早上的汤泡馍就走了，说是还要赶去医院。王安静走之前给王安定塞了一个红包，说是给灯灯的。王安定回来一说，他爸就问她姑给娃包了多少钱。王安定数了数说，五百。王安定他爸就发牢骚说："拿了我十万，才给我娃五百！"

王安定他妈就瞪一眼老汉，说："你十万给谁了跟谁要去！这五百是我女子熬夜打瞌睡挣来的，没有你一分一文！"

王安定他爸"嘿嘿"笑了两声，说："我就这么顺嘴一说。你看你，都开不起个玩笑！"

王安定他妈说："给娃当爸哩！也不看看现在是啥时候，啥玩笑敢开啥玩笑不敢开。没看娃现在都熬煎成啥了，你给一点儿忙不帮不说，还老给娃压砣！"

王安定他爸瞅了一眼老伴，说："我咋帮？我要帮就说咱那十万块钱不要了，你愿意不？"

王安定他妈气呼呼地说："钱！钱！钱！你一天就知道个钱！"

王安定他爸说："那你说，现在弄啥不要钱？你说！"

王安定一看两个人又要吵起来，就赶紧拦住他妈，说："我爸心里乱，你甭理就是了。"

王安定他妈说："他心里乱，其他人心里就展脱得很？"

王安定抓住他妈的胳膊说："妈，妈！少说几句。"转过头又劝他爸说："你是十万块钱，人家可是一条命呢！命总比钱重要是不？现在就盼我程叔好吧。我程叔一好，咱那点钱放我程叔手里就不算个啥。万一我程叔好不了，不是还有安静和云龙哩？安静都给你说了有她和云龙，叫你放心，可是你偏不听。而且，投钱给我程叔的又不是你一个，人家几十万上百万的都没愁，你十万就愁得不行了？"

王安定他爸说："人家都是有钱人，灯旺捻子粗，不在乎那几个钱。我跟人家能比吗？"

王安定说："看你说的。人家再有钱，都是一分一厘挣来的。我给你说，不说十万，就是再有十个十万，在我程叔眼里那都是小钱。只不过我程叔现在病着，等人家出院了，那还不是人家一句话的事？再说句不好听的，就是我程叔治不好殁了，只要事在，就总会有个解决的办法。你说你要是为了十万块钱再把自己愁出个三长两短来，划得来不？"

王安定他爸当着我们的面再不提说要钱的事。他给家里装了一部座机。接下来一段日子，他一有时间就给安静拨电话，一天能拨好几个。王安静和程云龙一人身上带着一部手机，上翻盖，可以直接接打电话，很洋活。王安静知道她爸害怕什么，就一直给宽心说治疗有效果，比前一阵子强多了。

又过了一个月，还不见医院那边说出院。王安定他爸就在电话里问王安静："你一直说强多了强多了，强多了咋一直出不了院？"

王安静说："医院没下出院通知！"

他爸就说："这娃！你要问哩。你不问，你让医生咋说？医生巴不得你天天住，见一个日头几百块哩！"

王安静就不住地应着说她去问，还说她问了就打电话过来。

王安定他爸等了好几天都没等到王安静电话，等不来他就往过打，打过去却死活没人接。给女婿程云龙打过去还是没人接。他就在这边骂女子和女婿说："龟儿子，我看你们还能躲到哪一天去！"

再过了十几天，王安静打电话了。电话一接通，王安静就哭着告诉她爸她公公殁了。王安定他爸一听这话就愣怔了，觉得自己轻飘飘的像浮在了泾河上面，又觉得像把河水灌了一嘴，堵得出不来气。过了好一会儿，才像突然想起似的问女儿："啥时的事？"

王安静说："昨天晚上。连夜就从医院拉回来了！"

王安定他爸叮咛了几句，说："那你赶紧安顿去。挂了吧！"挂了电话，他却不住地在地上转着圈子，不停地说："咋摊上个这事？咋摊上个这事？……"

152

王安定他爸妈心里再难受，在这个节骨眼上也不能再提说钱的事。他让王安定用摩托车载着他去了程开挂在塬上的老家，给亲家上了香烧了纸。不管什么时候，人情礼数都得有，不能叫人笑话。

按塬上的规矩，过正事那一天，本家要一户出一名代表去祭奠亡者。我们把过正事叫"奠"。到了程开挂奠这一天，王安定雇了村里二蛋的昌河车，在人事场的十字路口等着人们上车。

王安定他爸洗了头，刮了胡子，换上了王安静给他买的新衣服新鞋，戴了一顶新的鸭舌帽，还给帽檐上缠了一条白纱布裁的孝圈。他一手提着去了要烧的香纸，一手端着烟锅"啵哧啵哧"地抽着烟往车前走。走到车门前就要上车，一抬脚，一个趔趄，手里的香纸掉进了车里，身子却软塌塌地朝地上瘫了下去。身子倒下去那一瞬，喉咙里像装了一个高压泵，把前一天晚上吃进去的东西一股脑儿全吐了出来。车里坐的人们赶紧下车，手忙脚乱地给他脱衣服，给他擦沾在脸上、身上的呕吐物，收拾干净了把他抬上车让平躺着，二蛋急忙把他送到镇上的医院。可是镇医院不收，就又拉到县医院。做脑部 CT 一检查，说是脑出血，出血量七十一毫升。

王安定他爸在医院一直发着高烧，昏迷着。他半边身子动不了，头老往一边侧着，嘴合不上，舌头也缩不回去，总是不停地喘粗气。不到三天，他的嘴唇和舌头就干裂开来，医生就让王安定不停地用棉签蘸了水给抹嘴唇和舌头。医生还给胳肢窝放了冰袋，给额头敷了冰袋，给手里拿上冰袋让退烧。住了五天，药没少用，钱没少花，人却不见一点起色，医生就给王安定说："办出院吧。拖一天，你多花一天钱不说，病人还要多受一天罪！"

一听家里出了事，安葬了程开挂，王安静和程云龙顾不上安顿家里，就一起跑来医院守着。程云龙联系了医院的救护车把人送了回来。一到家，安顿着他爸躺上了炕，他二爸就找阴阳先生在地里勾了坟地，拉了砖，叫了匠人开始箍墓。王安定就赶紧给王安邦打电话，让王安邦赶回来见爸最后一面。又叫了几个本家兄弟、安静，还有他，一起坐着程云龙的车去街上给他爸买了寿衣和寿棺。

王安定他爸在床上躺了九天，胡子一下子就长得密匝匝的。这天一早，王安定用刮胡刀给他爸刮胡子，他手里的刮胡刀刚往他爸下巴上一搭，他爸就怕疼似的躲了一下。王安定吓了一大跳，以为刮胡刀把他爸弄疼了，凑近了去看，却看到他爸眼角滑下两串清泪，不会动的那半边脸抽了一抽，松弛下来，人就不再喘气了。

人们就赶紧给张罗着找人剃头、刮胡子、擦洗身子、穿寿衣，找人支床板，找阴阳先生看时辰……就在一家人乱成一锅粥的时候，王安邦一家三口回来了。安邦媳妇和娃并没往跟前去。安邦媳妇说她害怕不敢去，安定他妈说闹闹太小不准去。只有安邦扶着临时支起的床板沿，拉着他爸还温热着的手哭得涕泗横流。

王安定他爸封棺的这天晚上，王安定他三爸说王安定他爸的右眼没闭实。他三爸伸出手给往下捋，捋了几次还是闭不上，就让王安定跪在棺材前烧黄纸，边烧边劝他爸安心走。王安定在地上烧，他三爸就用手指头往下捋他爸的右眼皮。王安定烧了好几张，说了许多话，他爸眼皮还是闭不实。王安静见状，就俯在她爸的头顶哭着说："爸，你放心地走，我一定给你把钱要回来！"王安定他三爸再捋了两下，伸手把哭着的王安静往后一拉，转过头对其他人说："上纸盖！"

埋葬了王安定他爸，王安静班也没上，就和程云龙去找程开挂新开发楼盘的合伙人。

南塬的那个房东看王安定一直不过来，就给王安定打电话说，

154

他准备在院子收落果，想用王安定装的地磅。房东怕王安定不同意，就给他说，你放心，你一来我就赶紧给你腾地方。你要不来，房费我也不给你算。王安定准备在秋后大干一场的雄心，被他爸的死一下子给浇灭了，心里乱糟糟的理不出个头绪。此刻听房东这样说，想想除了房费，就那个地磅能值几个钱。但那地磅也是他从别人的场地里拆过来的，并不是很贵，而且闲着也是闲着，就顺水推舟给应了。

王安定他爸过"百日"这天，已经到了年后的正月初五。回来烧纸的王安静带给王安定一个好消息。程开挂的合伙人给出了两种解决方案：第一，享受最低成本价格的购房优惠；第二，回收本金。"最低成本价格购房"随时可以办理，但"回收本金"得等资金回笼了才行。

王安定本来并没有买房的打算，但又一想，回收本金，按这说的又得等到猴年马月去，和他妈一商量，就说那就去看套房子，把这事一了结。到了正月十六这天，王安定就叫上妹妹王安静、妹夫程云龙一块儿去了售楼部。

去了后一算，才发现王安定他爸投的那十万块钱，按最小面积的一室一厅扣过后还能结余三万一千多，但再要个面积更大的却又不够。本来用这三万一千多把他爸贷人家那两万连本带利一还，到时家里房子有了，贷款也还清了，这事就算圆满解决了。但王安定是个不安分的人。他在面粉厂上了几年班，相比村里的同龄人，心就比较野。他说房子肯定是会升值的，如果现在我们定两套，到时他和弟弟王安邦就一人一套了。要是安邦不回来住，转手一卖，闭上眼睛都能赚他个一两万。但他拿不出那么多钱，就在电话上和王安邦商量，王安邦就说他来想办法。没过几天，王安邦就给汇过来三万块钱。王安定去办手续，没想到售楼部又出了新状况。

售楼部接待王安定的是个姑娘，一听说王安定要定两套房，那姑娘就说，按你们这情况，按最低成本价结算的优惠仅限一套，一套之外必须按售楼部对外统一的定价算。王安定说，听你这样说，还有其他情况？那姑娘说，有啊。我们按当时的投资额度划分了标准，投得多，享受的优惠力度就大。王安定问："可以通融吗？"那姑娘说："通融不了！"

这个意料之外的状况让王安定左右为难。定吧，还得补两万。不定吧，那三万多到时能不能拿得回来还不好说。而且他已经和安邦通了气，安邦把钱都汇过来了，如果不定，安邦过后回来，他咋解释？

王安定做不了主，也一下子凑不齐要补的两万块钱差价，只好从县城回了家。他一进门就不停地嘟囔，说那些龟儿子都是属算盘珠子的，成天就知道算计人。

我说："本来就是卖家市场，你买家总没有人家卖家精。"

王安定说："精个屁！纯粹是流氓弄法。我要有钱，县上新开了那么多楼盘，我为啥非得在你这儿买？你这地段、户型、价位，哪一点占优势了？"嘟囔完了，问题还得解决，他就又去给弟弟王安邦打电话。王安邦就说，他这些年花销大，抠掐来抠掐去就攒了那三万，要是还得两万他也拿不出来。

王安定说："你能凑多少凑多少，剩下的我再想办法。"

王安邦就说，短时期内他们并没有回来的打算，对他来说房子并不是刚需，就是买下也是空着，还把钱占了，想干个其他成形事都干不了。再说，县城就那么大一点，你站在西街吼一声，东街的人都能听见。你就是把老鼠尾巴捶上七十二棒槌，它还是胖不到锨把粗，升值的空间不是很大。不买了！王安定问，那要是不买，那三万多到猴年马月才能收回来。王安邦说，怕啥？他能迟了咱时间，还能迟了咱东西？

王安邦已经确定不买了，王安定就说把他那三万块钱给退回去。但王安邦说不急，叫用那个先把他爸贷的那两万块钱还了，毕竟那个是按日算利息的。

十八

给王安定他爸贷款的是两个知根知底的老伙计，一人一万。人事场的人经常说人一老就会得三种病：怕死、爱钱、没瞌睡。王安定他爸在的时候，这俩老伙计就把心妥妥地放在腔子里，但王安定他爸一下世，他们就慌了。尤其在知道要了王安定他爸命的真实原因后，他们就和当初的王安定他爸一样，茶不思，饭也不想。

王安定他爸死了，但他有儿子，"父债子还"天经地义。王安邦在外地，几年都见不上一面，这两人就找上了王安定。一坐定，先对王安定他爸的去世表示惋惜和怀念，接着说自己家境多么多么艰难，最后就拐弯抹角却立场坚定地让王安定想办法把钱一还。

对于以前的王安定来说，两万块钱真的不算多。但最近家里事太多，他爸生病住院、丧葬，每一样都是要花钱的。还有他准备做生意买农用车和地磅的钱，交房费、装修的钱。不说其他的，单他搭在收购门市上的钱少说也有三四万。虽然王安定以前是挣了些钱，但人常说"死水怕勺舀"，你再多的钱也架不住像筛子眼儿一样地漏呀！而他又把能挣钱的面粉厂的活给辞了。南塬的门市是装好了，但安葬他爸错过了收购的黄金时节，现在也成了中看不中用的一个样子货。也就是说，我们这个家现在一分钱不进，但该花处一分钱都不能省。一分钱都能难倒英雄汉，何况两万块钱。所以在这两人催的时候，王安定就不住地给说好话，说目前确实有些困难，等过了这阵子他一定连本带利一分不少地还上。虽然他这样说，但这两人觉得"隔手的金子到手的铜"，你说得再好，钱没逮到手里终归不放心，就说："也不说'一分不少'了，把本金还了，利息给多少算多少。"

王安定他爸活着的时候，王安定属于那种吃粮不管事的。这下可好！他爸一殁，事来了，他想推脱连借口都没有。其他事能缓，可是这两万块钱连缓的余地都没有，他就一筹莫展。我说，要不行就找人借吧，先把眼目下这一关过了再说。但王安定试火了几次，却死活张不开借钱的那个嘴。他跟我说："我爸一直说'求人如吞三尺剑'，我以前还不信，现在我才信了。太难了！"

我说："那有啥？谁能保证自己一辈子不借不贷？谁又能保证自己一辈子没借过没贷过？过日子就是松一阵紧一阵。今天你松了你帮我，明天我松了我帮你，这有啥可丢人的？又能丢谁的人？"

王安定就嘟囔说："哪是'松一阵紧一阵'？根本就是'松一阵子，紧一辈子'好不？"

此刻，我并不想和他在这个问题上纠缠，看他实在作难，就说要不先从我爸妈那儿拿两万。但王安定叫我甭着急，容他再想想。我最见不得的就是他这种死要面子活受罪的样儿，就不愿再和他废话，心里说：那就慢慢想，想得多了，钱有了心电感应，说不定就长腿跑你手里来了！

王安定正愁着怎么填那两万块钱的大窟窿，王安邦就主动提出用他那三万块钱先还账。王安定说，他想办法还。王安邦说，现成的钱在手里，还用想什么办法？王安定说，那短时期内可能给你还不上。王安邦就说，一家人还说啥还不还？咋这生分呢？王安定就不再推辞，签了购房合同，收了开发商写的三万一千六百块钱的欠条，用王安邦那三万块钱还了他爸欠的那两万块钱的贷款加利息。这事就算暂告一段落。

虽然那两人放出话说利息给多少算多少，但王安定还是根据他爸立的字据一分不少地给算上了。他说，他爸在世的时候跟人家红口白牙说好的，现在不能因为他爸殁了，就把说过的话一阵风给吹了。这样一来，他给那两个人有了交代，给他爸有了交代，给他自己也有了交代。

虽然这事过去了，但在那段时间，村里人一说起这，总是会说王老盖心太小，搁不住事，为了十万块钱把自己的命都搭进去了，太划不来！

有人说："会水的鱼儿浪打死。你只知道'高投入高回报'，你咋不知道还有个'高风险'哩？"

"是啊。"有人接话说，"不过，听说最后给安定折了一套房，算下来比市场价便宜几万块钱哩！"

这话刚落，就有人不屑地说："你就是便宜一百万，世上没你王老盖了，顶啥哩！"

王安定去楼盘工地看过，施工的工人给他说到第二年十月就能交房，他就整天沉浸在对新房的向往中，就连带灯灯的时候，张嘴闭嘴都是"等咱新房成了"。

灯灯这时刚学会坐，一坐下来就一个圆乎乎的小肉球。白胖的胳膊腿儿活像一截截刚从水里捞出来的莲藕，让人总忍不住想咬上一口。她很爱笑，你一逗，她就张开小嘴笑，一笑就露出才冒出尖的四颗乳牙。你不逗她她也不哭，对着炕上的随便什么东西"咿咿呀呀"地说个不停，有时是一只弹簧青蛙，有时又是一个拨浪鼓。

我听王安定那样说，就笑话他说："成了能咋？装修还得好几万。两万块钱都差点把人逼上树了，我倒要看看你又从哪儿去弄这几万块钱！"

王安定用指头在我额头戳了一下，说："你这人！'过五关斩六将'绝口不提，却把个'喝米汤尿一炕'焊在嘴上了。"又和缓了语气说："离明年十月还有八十亩远哩，这都是远话，远话就留到远处再说！"

王安定他爸殁后第三天，元海来送香纸。他烧了香纸，就过我屋里来看灯灯。我问晓琴好着没，他说好着哩。我问快生了吧，他说就是，就这几天。我翻出灯灯满月时我姨给买的一个粉红色的睡袋让他给晓琴带过去，还给他写了我家的座机号码，叮咛他等晓琴生了一定要告诉我。元海一走，我一忙，就把这事给忘了。

安葬了王安定他爸，王安定他姨说王安定他妈心情不好，就叫她儿子来把王安定他妈接去了她家。他爸殁了，他妈走了，偌大的一个院子就只剩下我们一家三口。灯灯醒着的时候，她哭的声音、她笑的声音、她吵闹的声音和咿咿呀呀学语的声音还能给院子添一点生机；而灯灯一睡着，整个院子连同我，连同王安定就一起陷入了沉寂。

越是沉寂越爱胡思乱想。脑海里闪现的全是王安定他爸的样子：吃饭的样子、走路的样子、搔头的样子、穿鞋的样子、抱着灯灯教灯灯学喊"爷爷"的样子……我走到哪儿，各种各样的样子就跟到哪儿，跟得我心里发毛。我就害怕了这种沉寂，想方设法要在院子弄出些声响来。王安定再要出门，我就找各种理由不准他去，要么就抱上灯灯跟他一起出去。若是遇到王安定非出门不可，家里只剩了我和灯灯的时候，我就把屋门死死地关上，娘儿俩就在这十几平方米的屋子里活动，连去院外上个厕所都不敢。

王安定看我害怕，就求阴阳先生给我传了道平安符放进贴身的衣兜里，还骑着摩托车去何家湾接来了我妈给我做伴。何家湾的人们刚结束了一年中最忙的秋收，进入了难得的冬闲。我妈来一说，我才知道晓琴生了一个大胖儿子。我问，啥时候的事？我妈说，再有几天就过满月了。我按着我妈说的日子一算，刚好是王安定他爸出事那几天，还是在元海送香纸之前。我妈就问我，元海是骑着摩托来的还是坐车来的？我说是坐昌河车来的。我妈就说，那就是了。那时晓琴已经生了，但还没出院，元海在医院陪护，可能听说你公公殁了就来了。我就生气晓琴生了竟然不给我说。我妈说，那会儿你屋里都乱成啥了，灯灯又没人带，晓琴就是给你说了，你是能跑去看还是能咋的？这下你也安顿下了，娃满月那天叫安定把你带上去，我看灯灯。我说，灯灯不噙奶嘴。我妈说，不噙还是肚子不饥，等肚子饥了就噙了。再说，你们去就一晌，就是不吃也饿不下个啥。

晓琴给儿子起了个名字叫兜兜。元海是厨师，所以兜兜的满月酒是在家里摆的。但元海并没有当大厨，不但没当大厨，连大厨的衣服都没有穿。他师傅带着好几个师兄弟来了。本来一个满月宴，要一个主厨都绰绰有余，但元海师傅把这天不用去外边跟事的几个徒弟都招呼来了，师傅说要的就是这个势。元海师傅是个好体面的人。他说，别的他不说，只要是给他磕过三个响头，给他拿过烟锅端过茶水的徒弟，谁家有事，大家都要合成一条心，把排面给足。

吃过早上的汤泡馍，师傅坐着抽烟、喝茶，几个师兄弟炒的炒、炸的炸、蒸的蒸、煮的煮……没多大工夫，晌午席要上的七碟子八老碗就层层叠叠摞了一案板。这些人长年累月给人抓厨，多大的排面没见过？元海娃满月这事对他们来说，是牛角上挂草——捎带着就办了。师傅见都安顿得差不多了，而开席的时间还早，就叫几个徒弟坐下歇会儿，喊元海过来给大家发烟。元海就端着一个印着"喜鹊登梅"图案的搪瓷盘过来给师傅和师兄弟发烟。师傅接过元海的烟，把点火的那一头在眼前的小凳上轻轻磕了几下，用打火机点着，美美地吸了一口，仰脸吐出一串烟圈，说："好歹也是咱自己的娃自己的事，你说你这一行也干了有八九年小十年了吧，能没交下几个人？还自己掌勺？我给你说，你元海今天要是把这勺掌了，那叫何家湾人用屁股把你都笑了，你信不信？"

元海笑着说："信，我信！"

师徒们坐的地方是元海家梢门旁边的一孔小窑洞门口，这窑里平时堆着柴草，几天前才腾出来，用作兜兜过满月的厨窑。师傅回头看了看厨窑，又转眼打量了一下院子，问元海："元海，你这些年攒了多钱？"

元海还没说话，旁边坐着的一个高个儿师兄接过师傅的话说："元海一天抠搜的，吃个蝇子腿都得分三顿，肯定把大钱攒下了。"

这师兄话一落，大家就都笑。元海跟着这笑声说："花销大，也没攒下多少！"

师傅说："我看你周围人家都把房子盖了，你这房子也得盖。你原来一个还好说，现在有媳妇和娃了，你总不能叫媳妇和娃一直钻这黑窟窿。"

元海说："是，是得盖。"

师傅看元海一眼，说："钱不够了就想办法，咱没有，总有人有。先借上些把房盖起来，欠的账后边再慢慢还！"顿了一下又说："钱一流通起来就成了活钱，活钱才能钱生钱。你一直压在柜底不叫它动，那就是死钱。死钱就像死人一样，除了占地方，再没有一点用处。"

　　元海第一次听师傅说这些话，一想，好像还真是这个理，就鸡啄米似的不住地点头，连声应着"对对对"。有师兄弟就在旁边起哄说："那还不给师傅看两盅？"

　　元海就赶紧应着，跑到院子摆好的炕桌前提了一瓶酒，拿了一个小白瓷酒盅过来，给师傅和师兄弟每人敬了三杯酒。这时，有管事的过来给几个人一人发根烟，说："可以上菜了。"师傅看最后一个徒弟喝下第三杯酒，大手一挥，说："开席！"

　　宴席就摆在元海家门口的空地上。民放叔和本家的叔伯兄弟作为贵客被安排在了前席。我爸也来了，和村里几个有名望的老人被安排在和民放叔相邻的席里坐了。王安定以前常来收玉米，所以和何家湾大部分人都认得。他想喝酒，就和我几个本家兄弟坐了一桌。我和玲姨，晓琴她二娘、三娘都在晓琴窑里坐着，元海就给窑里摆了一张炕桌，让我们几个就在窑里吃。

　　菜还没上桌，几个人就没下炕，围着兜兜坐着说话。何家湾的孩子满月，来的长辈都要给娃脖子上挂"锁锁"。"锁锁"一般用几根红毛线拴着钱，还有一个烙的花馍。钱没规定，一百二百不嫌多，三十五十不嫌少。花馍是圆形的，中间有圆孔，还用顶针压了花纹，而外边却剪成锯齿状，像个艺术品。在所有挂"锁锁"的长辈里，外公外婆的"锁锁"是最值钱、最讲究，也是最能引起关注的。婴儿车、银牌牌、银铃铃，要不就买一对银手镯。玲姨给兜兜手腕上戴了一对银手镯，又给脖子上挂了一个银项圈。项圈上挂着一个银牌牌，牌牌下还吊着三个银铃铃。兜兜一伸胳膊一蹬腿儿，银铃铃就"丁零丁零"响起来。晓琴她二娘就发感叹说，兜兜娃是一脚踏进福窝里了，才一个月，把她这个外婆半辈子没享的福都享了。几个人一听这话就笑。

我看见兜兜胸前挂着的"锁锁"里还有一个木牌，就凑近去看。牌子像桃核那么大，上小下大。一搭眼是黑色，但仔细去看，却能看到一条条毛细血管一样的纹理。牌子背面正中是一个雕刻的正方形图案，图案不大，左边三根弯曲的线条像蜿蜒的河流，右边部分有点像竖着的山，又有点像一个运动着的人。牌子正面是一幅画，也是用刀刻的。最上面是翻卷着的祥云，云下是一棵松树，如伞的树冠下站着一个头很大、前额突出、胡子很长的老人。老人拄着一根弯弯曲曲的拐杖，上边吊着一个大桃子。老人脚旁左边是一只单腿直立着的仙鹤，右边稍远些的地方是一只扭头回望的乌龟。

这幅图我并不陌生。我清楚地记得，我小时候晚上经常被我爸抱到我奶奶窑里去睡，而奶奶的窑墙上就贴着这么一幅画。不过那画要比这牌牌大得多，也要好看得多。我爸还曾不止一次地指着画旁边的字教我念"松、鹤、延、年"。我当时还小，不知道这老人叫啥，就自己给起了个名字叫"白胡子老汉"。后来念了书，班上有个姓柴的同学，因为肚子里装着好多故事，一下课就给同学们讲故事，同学就给起了个外号叫"故事大王"。"故事大王"说，这白胡子老汉可不是普通的老汉，是中国神话中的长寿之神，叫南极仙翁。而他拐杖上的桃子也不是普通的桃子，是王母娘娘蟠桃会上特供的三千年一开花、三千年一结果的寿桃。

在木头上刻花并不是啥难事，但要在这么小的一块木头上表现这么丰富的内容，还把每一处细节刻画得如此栩栩如生，这就让人不是一般地惊叹了！

晓琴看我一直盯着这牌子看个没完，就开玩笑说："狗看羞羞，不知稀稠。你能看出来个啥？"何家湾人把星星不叫星星，叫"羞羞"。晓琴说我是"狗看羞羞"，我当然不服气，就说："你当我长这眼睛是出气的？"说着就指着牌子，一本正经地开始描述："这是一个长胡子老汉，你看，拐杖上挂着的是他的心，他想把心送给一个叫晓琴的女子，但这女子死活不闪面，他就愁啊愁，愁到最后就把头愁大了，也把胡子愁长了！"

晓琴、晓琴她二娘、她三娘都叫我这话给逗笑了。但玲姨没笑，她俯下身去捏兜兜的脚，但兜兜一蹬，玲姨就捏了个空。

菜上来了。我们几个都下炕入了席，但玲姨不下炕。玲姨让晓琴入席吃饭，说她看兜兜。大家就说，这么大点娃，既不会翻也不会爬，哪用得着看？玲姨就最后一个下炕入了席。

而到了下午，我回龙山前去和晓琴告别的时候，却发现兜兜胸前那个木牌子不见了。我仔细瞅了瞅，确实不见了。当着晓琴和玲姨的面，我也不好意思再问，但回去的路上却纳闷了一路。

十九

何家湾的姑娘出嫁后在每年的正月初二都要带着女婿回娘家，结婚第一年的新女婿还要挨家挨户给本家的长辈磕头拜年，也算认门。但我结婚第一年就有了灯灯，我爸妈就说天又冷，娃又小，而且王安定他爸又不在了，一过年，王安定他妈心情就更不好，让我

165

们都甭胡跑，就在家里守着，等下一年过年再来。

过完年，房子的事又忙了将近一个月。等忙完，日历已经翻到了二月。阳坡地里的苜蓿已经探出了嫩绿的芽尖儿，山桃树也顶上了一堆堆粉白的小花苞，春天来了。"一年之计在于春"，人们都开始谋划一年的活计，王安定当然也不能闲着，但"干什么""怎么干"却成了他最头痛的事。他爸在的时候，老说他就是那没戴笼缰的野马，想去哪儿，四蹄一抬、尾巴一扬就跑了，无牵无挂，四海为家。可是他爸一倒，家里的春种秋收、大事小情就没有任何悬念地落在了他的头上，他这个没经过任何调教的"野马"就被死死按进了生活的车辕里。但他觉得和马相比，自己更像一头被套上了磨盘的驴，一辈子都得围着日子这个大磨盘转。他适应不了从马到驴的角色转换，他怀念以前当马的岁月。但怀念归怀念，他还得面对现实。所以，他不得不好好思考接下来要走的路。

以前家里人反对他把收购门市租在那么远的地方，他非不听，现在他终于承认当初是自己草率了。他有些后悔，也有些委屈。毕竟他当初做那个决定也是经过深思熟虑的。更重要的一点是那时他爸还活着，他也没想到他爸会撂挑子。他本来想利用第一个收购旺季实现"开门红"，谁能知道没红起来却黄了！现在是农历二月，距离下一个收购旺季还有多半年时间，村里有句老话叫"有钱不置半年闲"。所以无论他后边干啥，目前的当务之急就是把这房子给退了。他就给房东打电话说要退房子。房东知道他爷儿俩折腾了那么长时间，力没少出，钱没少花，但一分钱都没挣着，就说，房子好说，不租就不租了，但处理地面、墙面的那些装修不给退，也退不了。王安定说他知道，他也根本没打算让退装修费。他是想让房东帮忙留意有没有人要地磅。房东一口应允。过了几天，房东打来电

166

话，说地磅是个冷门货，一下子卖不了，让王安定开个价，他把钱先一垫，后边有合适的机会他再卖。王安定想想这主意不赖，报价的时候，他本想把当初运输和安装的费用算进去，但又一想，觉得人家是在给他帮忙，他再加价不厚道，就按原价给报了过去。房东也没讲价，两人三日后在县城西桥十字见面，王安定收了房东付的地磅钱，拿回了房东捎来的他留在房子的零碎生活用品。至此，他曾梦想的财富神话还没开始就宣告结束了，连个笑话都算不上。

王安定装修的时候和周围几个人混成了哥们儿，有事没事就爱在电话上谝个闲传。到了清明节前后，一哥们儿给他打电话，一接通就扯了个大嗓门说："你个熊！爬高下低地折腾了十来天，最后给三扁弄了个好事。你说你一天都弄的这啥事嘛！"

王安定知道那个房东外号叫"三扁"，但他不知道他咋就给三扁弄了个好事，就问咋了。这哥们儿说："咋了？三扁把院子租给了一个外地人，开了家面粉厂。"

王安定并不觉得有什么不妥，说："开了就开了。要是我是三扁，我也不想让房子闲着。"

这哥们儿问："你脑袋是花岗岩做的吗？"

王安定说："又咋了？"

这哥们儿就说，三扁在买王安定地磅之前就用彩钢瓦把院子圈起来了。圈院子的时候，人们看到经管的人是外地人，还以为是三扁找的施工队，后来才知道那人就是面粉厂的老板。这哥们儿说："我进去看过，库房就是你当时弄的原样，他连一个钉子都没钉。连地磅都是现成的。这下，你用脚都能想来是怎么回事了吧？"

王安定不知道该说啥。跟着骂三扁？但毕竟是他自己提出退房子在先，他王安定要不说退的话，三扁也不敢把房子再租给别人。

所以，这事不能赖人家三扁。但要说三扁做得没错，他也做不到。在地磅的问题上，三扁明显摆了他一道。他就打着哈哈把话题岔开了。挂了电话，却长长地叹了一声。

我妈在何家湾的阳坡地里掐了苜蓿芽，叫我哥用摩托车载着她和毛豆来给我送苜蓿、看灯灯。我给我妈说王安定这几个月事多得很，又像啥事都不顺。我妈就给王安定叮咛说，人都说爹妈是儿女的守护神，离了守护神三年不顺。不管你干啥事，一定要小心再小心。我妈还给补充说，你现在不是一个人，老老小小一家子哩！

我妈回去后，找二队的阴阳先生用黄纸给王安定画了道符，让王安定随身携带。王安定先前并不信这些神神鬼鬼，可是这次我哥把符递给他时，他却不声不响地接了过来，还仔细去看那上边的字。我问他画的什么，他说是平安无事。

因为门市没开成，王安定买的那辆农用车就一直闲置着。正好有个外地老板在离我哥修理门市不远的空地上要盖一座果蔬气调库，想租辆农用车。我哥就介绍王安定去，连人带车一月一千五，油费、修理费和保养费另计。王安定就把农用车开到了工地上，晚上搭同在工地当小工的邻村人的摩托车回来。第二天早上骑了摩托车去，往后每天都是骑摩托车来回。

到了五一长假的时候，王安邦带着媳妇和儿子从广东回来了。王安定他妈见了孙子，高兴得跟什么似的，变着花样给做好吃的。但闹闹并不是在家里长大的，对于她做的好吃的根本就没兴趣。媳妇就更不用说，吃啥都只一两口，用王安定他妈的话说是"用牙尖挂一下"。所以，每次都只有王安邦吃得津津有味。但王安邦回来一次不容易，要办的事也多，每天一吃过早饭，就失急慌忙地往出跑，到天色黑尽才回来。

王安邦白天不在家的时候，他媳妇吴秋萍就带着闹闹上我屋里说话、逗灯灯。她不上我屋的时候，就带着娃沿着村里的土路漫无目的地走。秋萍人聪明，能说会道，特别擅长夸人，所以是个走哪儿都比较受欢迎的人。但不是每个人都吃她这一套，喜欢的人对于她的夸比较受用，不喜欢的人就觉得她比较假。我就属于后者。我嘴笨言秃，是个不善于逢迎的人。在她夸的时候，我绞尽脑汁连一句回应的话也想不出来。有时好不容易想出几个字，又觉得虚假得让人浑身起鸡皮疙瘩而说不出口。而且她的优秀还远不止于此，她要是想夸你，每次都能给自己找到不同的切入点并采取不同的方式。所以，除了和两个孩子的互动，我和秋萍之间的相处并不是很愉快。听说她在广东的工厂当着什么"长"，我想她应该是把在厂里为人处世的方式挪用到这儿来了。我希望她在家里能真实一点、真诚一点。而秋萍感觉她说了一大堆话，我连一个回应的字眼都没有，就觉得跟我讲话等于鸡同鸭讲，也不屑于和我说了。

　　收假前一天下午，王安邦把秋萍娘儿俩送到了西安咸阳国际机场，秋萍和闹闹坐飞机回了广东。王安邦在王安定上班的工地路边下了车，等王安定晚上下班后，用摩托车带着他一块儿回了家。王安邦回来洗漱过，就把王安定叫进了他的屋子。我猜想他弟兄俩有事要商量，也就没等王安定，哄睡灯灯后也睡了。

　　我半夜醒来给灯灯喂奶时，王安定还是没回来，王安邦房子的灯亮着。我站在门口朝那屋喊了一声王安定，王安定开了门，把身子从门里伸出来说："咋了？"

　　我说："赶紧睡，不早了！"

　　王安定说："你先睡！"

　　我们的说话声把王安定他妈吵醒了。她开了灯，把窗帘拉开了个缝，隔着窗喊王安邦说：“有啥话明晚上再说，叫你哥先歇去，你哥白天要开车哩！”

王安邦也隔窗应着说：“知道了，就睡！”

他弟兄俩一夜没睡。

王安定回屋时天已大亮，他用脸盆架上挂着的毛巾胡乱擦了把脸，牙都没刷就骑着摩托车出了门。他一走，王安邦却美美实实地睡了一早上。他妈把饭做好，叫了几次都没叫起来。

王安定擦脸的时候，我问他：“有啥事能说一晚上？”王安定说：“晚上回来再说！”

这天下午王安定就回来了，比平时下班要早很多。他妈问：“咋回来这么早？”他说：“今天工地上事少。”又转过头给我说：“你一会儿把娃抱到妈炕上。”我就知道真有事，还是大事！

果不其然，王安邦这次回来是要跟他哥算账的！起因就是那套房子。不对，归根到底的原因还是钱。

王安定他爸借给亲家程开挂那十万块钱，有自家八万和找伙计借的两万。事就出在自家这八万块钱上。王安邦说，这八万块钱是从他爸手里出的，那就是这个家的共同财产。如果那房子在他妈名下，他无异议。如果在王安定名下，这里边就有他四万块钱。王安定现在用能行，但话得说开。

王安邦话一说出来，王安定脸上没有任何表情，他妈和我却同时一愣。他妈冷着脸问王安邦：“是你要的还是秋萍要的？”

王安邦说：“就事论事，跟谁要的没关系。”

他妈就指着王安邦的鼻子骂起来，说：“这话亏你张得开口！你说你从十八岁出门到现在，管过收还是管过种？给这个屋里拿过一分二分？你这时有啥脸跑回来要钱？就说把那钱给你你能花安稳

170

吗？现在是你爸攒了一点儿钱，要是你爸欠了一屁股烂账，你现在能主动站出来说有你一半吗？"

王安邦低声说："走哪儿说哪儿话。那不是没欠下嘛！"

他妈就哭起来，说："你爸死了，用不着了。可我还没死呀！我就没有个头疼脑热吗？我都不花钱吗？"

王安邦说："妈，咱茄子一行，豇豆一行。这账是我跟我哥算，跟你没关系，你甭掺和。"

他妈说："跟你哥算啥？这屋里紧七慢八的，哪件事不是你哥经管着？不说远的，就说前阵子，在那卖楼的门口，光要账的人能拉一汽车，你去问问要到手的有几个？你哥把工夫搭赔上，没黑没白地跑，现在却成罪过了？拉牛的还叫车轧了？你有这话你老早弄啥去了？"

王安邦说："老早？我老早哪知道你和我哥合起来晃荡我？"

一直没说话的王安定一听这话急了，他从椅子上站起来，把头凑近王安邦说："你把话说清楚，我们咋晃荡你了？"

王安邦说："说就说。那你说，你为啥要在我回来之前把合同签了？你为啥不能等我回来再签？"

王安定说："安邦，我给你说，在咱家的事上，我是一点私心都没有！咱爸为这钱已经把命搭进去了。我觉得我作为长子，有必要给爸一个交代。我只想尽快把事解决了，并不是像你想的那样故意在你回来之前签合同。我要知道你今天说这话，那合同就是谁把刀架我脖子上我都不签，哪怕那十万块钱被风吹了我都不要，哪怕被人戳脊梁骨说咱爸养了个窝囊废我都不会去惹那麻烦！"他顿了一下又说："我一直以为我给咱家做了件好事，没想到在你这却成了我晃荡你！'话不说不明，灯不挑不亮'，既然今天说到这儿了，咱就把话敲明叫响。你说，你到底想要房子还是想要钱？你要想要房子，咱天一亮就去售楼部办手续。要是想要钱，你算，算几万我给你出几万。"

王安邦抬头瞅了王安定一眼，说："我啥时说要房子了？"

王安定问："那就是想要钱？"

王安邦说："我就说把话说开，又没说要！"

王安定把身子往王安邦跟前凑了凑，说："你甭给我玩你那点弯弯绕，你就直来直去说你到底要怎么样？"

王安邦说："把话说开，我回去给秋萍好交差。"

王安定他妈插话说："你折腾了这半天就是为了给婆娘交个差？秋萍嫁过来几年，你问问她，知道咱屋的谷咋种、米咋碾不？她是知道盐罐子在哪儿还是知道醋坛子在哪儿？你要就你要，甭往人家秋萍身上推！"

王安邦说："我咋推了？你要不信你打电话问。"

王安定他妈看着王安邦问："我没事了给自己寻个事？"

王安邦再不接话。王安定对王安邦说："你说有你四万，那就四万吧。但现在你也明白，现钱我是一分没有。只有那张欠条，三万一千六。明面上看你能吃近一万块钱的亏，你看能行了就按这走，要是不行，再按不行的想法子。至于还账用你的那三万，赶你走之前我给你。"见王安邦不接话，王安定转过头，对他妈说："妈，你把那欠条给安邦。"又对着我说："把娃抱上回！"

王安定他妈就又哭起来，说："你们是不是都嫌我活得多了？你一人四万，那我呢？我一天不吃不喝吗？我今天把话撂在这儿，那是你爸抠抠掐掐一辈子攒的，我没死之前谁都甭想分！谁要眼红谁就先把我拾掇了！安邦，你不是要算账吗？要算咱就彻彻底底地

172

算清楚！"她转过身，从墙角的炕席底下拿出一本书，取出夹在书中的一沓票据往二人眼前一放，说："这是你爸看病的。"再取一沓一放，说："这是抬埋你爸花的。"完了把书往一边一扔，说："算，一样一样算！"

弟兄俩没人说话，也没人动，就这样僵着。过了好大一会儿，他妈发话了，他妈说："都不算是吧？"把脸朝着王安邦说："你说，你爸住院你出了多少？"

王安邦用手搔了搔头说："我回来得晚，我爸都出院了。"

他妈接着问："抬埋你爸你出了多少？"

王安邦说："事毕后走得急，一直没算账。"

王安定他妈把票据抓起来就往王安邦手里塞，说："都在这儿。现在算！"

王安邦一躲，票据就花花绿绿地飘落了一地。

他妈说："你不是要算账吗？为啥不算了？有利时头破血流都往前挤，没利时躲得比谁都快！我给你说，你哥前前后后给这个家没少添。屋里平时收种的花销，你爸住院时医院的各种花销，抬埋你爸过事的所有花销都是他凑的，你没有给过一分，我也没有管过一分。你把手搭在心口好好想想，这些事搁你身上你能行不？不要整天光用镜子照别人，闲了把自己那猪模样也照个！那三万一千六的条子在我这儿，你再要的话就找我来要！"她抓起窗边的扫炕笤帚在眼前扫了两下，像要把这些烦事扫远，说："都睡去！"

跟着他妈的话音，王安邦起身出了门。灯灯睡着了，我起身下炕抱起她，王安定用小被子把她捂得严严实实的，扶着我出了门，并反手给他妈带上了门。

我们进门开了灯，王安定他妈屋里的灯就灭了。这一夜，王安定肚里像装了个鼓风机，一直在呼哧呼哧地长喘气。

接下来几天，王安邦再没有提说钱的事。但王安定却借了三万块钱，把先前王安邦给汇的那三万块钱给还了。这事我也是一百个不乐意。都是儿子，凭啥王安定焦头烂额，而他王安邦就能置身事外？但王安定心里烦着，我也不敢再发牢骚引火上身。我问他："上哪儿借的钱？"他说："活人还能叫尿憋死？"

再过了几天，王安邦却悄冥冥地走了。"我就想不通了，他这次回来钱没要到，还惹得一家子人不高兴，你说他图啥呢？"我问王安定。王安定把手一挥，说："爱图啥图啥！以后少跟我提他！"

我又去问王安定他妈，王安定他妈说："到哪儿他都不占理，他咋好意思再张那嘴？"她又长叹一声，说："人家有本事的人把外边的东西往自家屋里刨，这货把自家屋里的东西从这个兜兜往那个兜兜倒。亏了先人了！"说完又骂王安定说："就是不算利息，按两万本金算他也得承担一万，凭啥把三万全给他？你屁股后绑扫把——装的什么大尾巴狼？"

二十

王安定装大尾巴狼没几天，初夏的暖风就把大片大片的油菜吹黄了，龙山迎来了一年一度的夏收季。

气调库建设一进入后期，需要采买的就是一些小材料，用工地的昌河车就能拉回来，王安定和他的农用车就闲了下来。闲下来的王安定就去找老板结了账，回来专心忙夏收。

在做农活这方面，我自认比王安定强了不是一点点。我的娘家

174

何家湾一年四季都有活计。所以，手提肩挑、耕种耙耧，没有一样是能难倒我的。但我一结婚，面前有了遮风挡雨的人，一下子就退化成了肩不能挑手不能提的废物。除了日常的打扫卫生、洗衣服、做饭，地里的农活我一概不染指。有了灯灯后，我甚至连干好这些日常事务的兴趣都没有了。而王安定也不介意，或者说他根本分不出心去介意。

他太忙了！

在龙山，收麦有收割机，但收油菜籽还得用镰。一把一把割下来，一车一车拉回去。要碾，要扬，要晒，晒干了才能入仓。遇上出力的还好说，但一牵涉到技术性的，王安定就搞不定了。他不会磨镰，不会装车，不会扬场。他妈虽然给他说这个要这样做那个要那样做，但也只是说说而已。因为他爸在的时候，这些活都是他爸来干，他妈从来没有在行动上落实过一次。所以，在他爸离开后这第一个收获季，王安定没有一个环节是顺顺当当的，都是磕磕绊绊勉勉强强才完成的。所以说，他不但忙，而且乱。又忙又乱！

还好，经过一段时间的忙乱，收油菜籽总算进入了"晒"的尾声，人们紧绷的神经总算松弛了下来。

在路上晒菜籽时，胡香草戴着一顶白得发亮的草帽，推着一个大号的婴儿车在路边转悠。她看我推着灯灯，就把车子推过来和灯灯的小车子并排放在一起。我凑过去一看，两个白胖白胖的娃娃在车里并排躺着，把小拳头塞进嘴里咂得吱吱响，还不住地伸一伸胳膊蹬一蹬腿儿，要多可爱有多可爱。

大家都知道胡香草得了对双胞胎孙子，就嚷着要吃胡香草的炸油饼。胡香草一口应允，说："这有啥？等把菜籽晒干了就去榨，榨回来第一顿就炸油饼。"

有人就说："你说话就要算话哩，说话不算话还不如不说。"

胡香草就把眼睛一瞪，问这人说："看你把我说的！我啥时说话不算话了？"

那人说："就怕你现在说话不算话。"

胡香草说："是不是还得要个人证？"

旁边有晒菜籽的人就插话说："就几个油饼还得个人证！那是不是还得立个字据？"

这人的话把大家都逗笑了。大家一笑，婴儿车里的一个孩子却"哇哇哇"地哭起来。这一个一哭，把另一个也吓哭了。胡香草就手忙脚乱地去哄，哄来哄去哄不好，就自己抱了一个直起身，嘴里"噢噢噢"地哄着，喊王起子说："我哄不下了，你快搭把手！"

王起子过完年就再没出去。此刻，他正光着脚，沿着摊开的菜籽从外到内一圈一圈绕着。听见胡香草喊，就加快了速度。圈子从大到小，最后在中间成了一条线。王起子出了菜籽堆，活动了几下脚指头，甩去了脚指头缝里夹着的菜籽粒，拿起路边的黑绒布鞋翻过来搕了几下，倒出了里边的菜籽，穿上。他走到婴儿车前，把双手在衣襟上来回抹了两下，俯身从婴儿车里抱出了另一个胖娃，也"噢噢噢"地哄着。

他两个这么一哄，两个娃就不哭了，扑闪着黑葡萄般的眼睛好奇地这儿看看那儿瞅瞅。大家看娃不哭了，就又顺着原先的话题说开了。一个小伙子说："香草姨，不给人吃油饼就明说，还打娃叫哭哩！"

胡香草怀里抱的娃娃还没有放进婴儿车，听见小伙子说这话，就笑着说："把我说得跟你爸一样抠！你放心，山珍海味姨请不起，油饼，那是一点麻达都没有！一升面一壶油就把你吃得这儿那

176

儿的，看你那肚子能装几个！"

这小伙说："你说能成还不顶事，看我起子叔把我们再轰出来。起子叔，表个态！"

王起子用胡子拉碴的嘴在怀里胖娃白嫩的脸蛋上响亮地亲了一下，说："轰你弄啥？吃油饼呀又不吃我！"低头又亲了娃一口，说："我臭屁和臭蛋就是我的打心锤锤！"

小伙还没接话，胡香草就腾出一只手在王起子胳膊上打了一下，说："给你说甭亲娃甭亲娃，你就是不听！娃那嫩脸招得住你胡子那硬碴？"

王起子"嘿嘿"笑了两声，像对胡香草，又像在自言自语地说："你亲就能行，我亲就不行！"

不远处的三改儿子卷毛正躺在门口桐树下铺开的塑料纸上听收音机，脸上盖着草帽，听到王起子这话，就把草帽拿开，把头偏过来朝着王起子放大声说："起子爷，你那话不对！"

王起子转过头问："哪儿不对了？"

卷毛说："是'亲你就能行，亲娃就不行'，你给我香草奶说。"又扭头问胡香草说，"香草奶，你说是不是这样的？"

王起子瓷了老半天才反应过来。反应过来的王起子冲着卷毛说："我把你个碎崽娃子！"

路上晒菜籽的人就都笑起来。

从此以后，人事场上就多了两个胖娃，一个叫臭屁，一个叫臭蛋。不是奶奶胡香草用婴儿车推着，就是爷爷王起子用拉苹果的小车拉着。虽然胡香草不准王起子亲娃的脸蛋，但背过胡香草，王起子还是隔一会儿就在这个娃脸上"啵儿"一下，过一会儿在那个娃脸上又"啵儿"一下。只是这两个娃的娘——那个叫莎莎的女子再也没出现。不但她没出现，连骑摩托车的飘飘也不见了。有人说两个一起去浙江打工了，也有人说两个人刀割水洗一拍两散了。

二十一

到了忙罢，王安定说他一个同学在广西开服装店挣了大钱，叫他过去。王安定一说这个同学的名字，他妈就说她见过，很腼腆的一个娃。她质疑说："那么腼腆的一个娃，逢迎的话都说不上几句，还开店？凭啥招徕客人？又凭啥挣大钱？"

王安定就笑话他妈说："去年的日历放到今年都用不成。你见他那会儿他不过十五六岁，现在人家都快三十岁了，在社会上跑了十几年，早跟以前不一样了！"

王安定他妈说："我就不信，桃花还能变个杏花？"

王安定说："妈，看你说到哪儿去了，这根本就不是桃花和杏花的事呀！"

王安定他妈就叮咛王安定说："你甭着急做决定，多找几个人打问清楚。一步一步踩实、踏稳。"

王安定把他妈对他的不放心根本就没当回事。他相信自己的判断，所以他希望他妈和我也尊重他的判断，从而相信并支持他的判断。在他看来，他妈明面上在质疑他同学的实力，实质上却是在质疑他的能力。他就不想和我们继续这个话题了，虽然到现在我连米粒大的意见都没发表。我想，他心里应该是在笑话我和他妈头发长见识短的吧。

虽然我们都不同意王安定去广西，但王安定去意已决。和我们

178

说过之后，他就开始为去广西开店做准备。开店要租店面，要装修，要铺货，要周转……都是要钱的。他同学给造了个预算，说得一万八九，叫准备两万五左右。我们都纳闷，一万八九能开个店？他同学就说，主要费用在店面租金，装修要不了多少。他同学还说，到时衣服一挂，上上下下墙面都遮得严严实实的，你在装修上花得再多也显不出来效果。王安定问："货款咋开？"他同学说："货从我这里拿，卖多少结多少。"他同学说完怕王安定不放心，又说："你放心，我给你的价只会比外边低，绝对不会高一分钱！"

有了他同学隔空投喂的这颗定心丸，王安定去广西开店的事就进入了快车道。王安定用三天时间凑齐了启动资金，又买了三天后的火车票。接下来，就等着时间到了出发。

我们都纳闷王安定怎么能在这么短的时间内凑够这么多钱。背过他，他妈也问过他几个要好的哥们儿，都说王安定并没向他们开口。那钱哪儿来的？他妈去问王安定，王安定就说："你甭管！"

他妈说："咋能甭管？万一这钱来路不正了，我不管能行吗？"

王安定就气笑了，他说："好妈哩！你儿不偷不抢，咋能来路不正？我要是能从歪门邪道弄来钱那才真的叫本事，还不用还！"

他妈见王安定这样说，就说："反正我给你说，就是穷死难死，也甭动歪脑筋，走歪门邪道！"

王安定就高声说："放心啦，我又不是三岁小孩，啥事敢做啥事不敢做我还是能分清的！"

出发前一天，王安定用摩托车载着我回了一趟何家湾，但他提前告知我，不准我给我爸妈说他去广西的事，就当是一次普通的回娘家。虽然我没说，但我妈还是从我俩截然不同的表现中看出了端倪。我妈后来说，一个像挨了十鞭子，一个像吃了喜娃他妈的奶，一看就知道有事。但我妈偷偷问我的时候，我只能给我妈宽心说没事。我妈看我不说，也没再坚持，但我妈以为肯定是王安定给我气受了。在饭桌上，我妈就旁敲侧击地试探王安定。我妈说我从小就脾气臭，又仗着在家是老小，就嚣张跋扈胡搅蛮缠。但现在结婚了，和以前不一样了。说我要是再嚣张再胡搅，要王安定一次就把我这毛病给治了。我妈这话说得王安定一头雾水，他不知到底是该答应我妈治我还是应该表明我并没有犯我妈说的那些臭毛病。他先按我妈的思路应了声"嗯"，应完觉得不对，又赶紧说："好着哩，水儿好着哩！"我爸看到王安定的窘态，就瞪我妈一眼，说："吃饭哩又说这弄啥？快甭说了，叫娃吃饭！"

从何家湾返回的时候，我们在镇上给王安定买了牙具、毛巾、洗发水等日用品。

到了晚上，王安定他妈说王安定带那么多钱坐火车不安全，她给王安定秋裤里面缝了个口袋，让王安定把钱放进去她再给把口缝起来。王安定就从这钱里数出了五千，给他妈数了三千，剩下的两千给我和灯灯。我们都说在家用不了多少钱，让他带着。王安定就说，过日子保不齐有个紧七慢八的，到时又找谁借去呀？留着，踏实。我还没说话，王安定他妈就掉下泪来。王安定看他妈哭了，就把剩下的钱往秋裤兜里一塞，把兜往他妈眼前一擎说："赶紧缝，看跑出来了！"他妈一下子就被逗笑了。

这一晚，王安定显得又紧张又兴奋。他说接下来几天都要坐车，得赶紧睡觉。可是灯灯因为下午睡了一大觉，到了晚上就迟迟不睡。王安定一关灯，她就"呜呜哇哇"地哭，而把灯一打开，她就又"咯咯咯"地笑，边笑边晃着粉嘟嘟的胖胳膊胖腿儿在床上爬来爬去。王安定看灯灯短时间内睡不着，就把我揽进怀里，说：

"咱先睡，她要瞌睡了就睡了。"但灯灯看我们都不理她，就爬过来揪我的头发，要不就手伸过去抠王安定的脸。王安定就气恼不已，说："哪来你这么个娃？你不睡还不让别人睡了？"

好不容易哄睡了灯灯，王安定把我紧紧地箍进怀里，坚实的臂膀让我觉得踏实又安心。他用舌尖沿着我的唇线若有若无地画着圈圈，又在我的脖颈、耳轮上来回游走，嘴里不住地呢喃着"宝贝儿"……他就像一团烈火，而我就像一根风干了几十年的木柴，一下子就被点燃了……

王安定去了广西。他和同学会合后，用同学的手机给家里打了个报平安的电话。在电话上，王安定说他同学给他摆了欢迎宴，还叫了一大桌子人作陪。王安定他妈一听这话就忧心起来，她听出王安定那边人多，就让王安定往出走，找个方便说话的地方。但王安定没往出走，或者是他走了但没走出去，电话里就变成了他那个同学的声音。那个同学说："姨，你把心妥妥地放在腔子里，安定在这儿好得很！"

王安定他妈还想和儿子说话，但那边说了没两句就把电话挂了。王安定他妈就心神不宁地在地上转着圈子说："不会是进了传销了吧？这咋跟听说的传销套路一样？你给你自己挣钱哩，人家凭啥欢迎你，还请你吃饭？"过一会儿还是不放心，又按着那个号码给打过去，是他同学接的电话，说王安定喝多了，去卫生间吐了。王安定他妈此刻也顾不得是不是进了传销，她想起王安定随身还带着两万多块钱，要是有人扶他去卫生间，他一解裤子不是叫人看到了？他一个人在外地，人生地不熟的。越想越害怕，她就不住地叮咛那同学说："娃，安定一会儿出来了，你叫无论如何都给我回个电话，姨在这边候着！"

那边应得很干脆。只是直到第二天天亮，王安定都没给他妈打电话过来。而我们打过去，不是"无人接听"就是"正在通话中"。

联系不上王安定，王安定他妈就坐立不宁。我觉得现在王安定就像升到半空的风筝，单凭一根线是控制不了的。这次要是正经做生意，那就再好不过；要是真的像他妈担心的那样进了传销，也是他命中该有此一劫，他应该为他的轻信、草率和盲目乐观买单。我就说："他就是进了传销，你在电话上肯定是指挥不动的。他就是想听你的，别人也不让啊！"

王安定他妈盯着我问："那咋办？"

我说："咱现在按最坏的结果打算，就是豁出去那两万多块钱不要了。而且，现在是咱娘儿俩在猜度。万一人家不像咱以为的，是正经生意呢？欢迎宴也是正常同学交情呢？如果真是，你说，咱是不是自己给自己找了个不自在？"

王安定他妈就又拨电话，响了半天还是无人接听，她生气地把话筒使劲一扣，骂王安定说："一见'猫尿'就没命了。酒比你爸你妈都亲！"

接下来几天，王安定他妈一有时间就给王安定那个同学打电话。电话倒是接通了，可是那个同学说他这几天在外边出差，并没和王安定在一起。问王安定干吗去了，他说王安定在考察市场，有他公司的人陪着，不用操心。话虽然这样说，但没有和儿子说上话，他妈总归不放心。可是王安定并没有手机可以联系，他妈就责怪自己不该收儿子那三千块钱，应该给儿子买一个手机。所以，每次在扣上话筒后都要嘟囔一句，不知道是嘟囔儿子不体谅当妈的担忧，还是嘟囔自己考虑不周没给儿子买手机。

过了一周，王安定的电话才回过来。他妈生气他前阵子联系不上，让人提心吊胆，接通电话就一顿猛批。王安定就说，第一周是封闭培训。忙！接下来他就要去看门面、装修，还有一阵子要忙的，这阵子他就不给家里打电话了，家里也不用给他打，等他安顿下来第一时间给家里打。还说让我们都放心，他们把市场都跑了，生意确实不错，他同学的生意也是真米实曲的。他这样一说，我们就都放心了。他妈说给他打两千块钱，叫他买个手机好联系。他说不用打钱，等忙过这阵子他就去看手机。他妈就又给叮咛了好多注意事项，让他放手去干，我们在家等他的好消息。

农历六月二十八这一天，元海在百吉镇开了一家叫"醉美楼"的饭店。醉美楼一共有三层，每层四间房子。在街中心，但并没在正街，要从正街的巷子进去一点儿。一楼有个后门，从后门进去就是房东家的院子，院子有四间老式平房。但房东一家并不在这里住，男房东早些年去了深圳，在深圳淘得了第一桶金，也是在深圳完成了资本积累，后来就举家迁去了深圳，是整个百吉镇乃至彬泾县的名人。

元海并不是这房子的第一任租客。第一任租客是一个开超市的南方老板。一楼百货副食，二楼服饰，三楼家具。员工都是从附近的村子招来的。超市刚开业那阵子着实红火，开业那天县上来了好几个领导，县电视台也做了新闻报道。但镇上毕竟人少，消费水平有限，三天才逢一回集。逢集这天，旮旮旯旯都摆满了小摊位。你想买啥，沿街一路走下去就买得齐齐儿的。集上能货比三家，还能搞价；而超市的定价都是一口价，你想搞一分钱都不成。服饰生意也一般。服饰的消费群体主要是年轻人，而这几年正流行"孔雀东南飞"，年轻人又最爱追赶潮流，就一个个扑棱着翅膀飞去了南方的工厂。村里留守的大多是妇女、儿童和老人，购买力实在太弱。

家具更不好卖。人们对于家具消费统一的认知就是可买可不买。一年下来，因为新房落成买家具的客户屈指可数，只有过年或者五一、国庆这些结婚高峰期生意能好一些。但门面小，能摆的样品少，客户没有选择的余地。而县城的家具店都有送货上门安装服务，这么一比，他们就没有一点优势。所以，一年时间刚过，超市就挂出了"跳楼价清仓处理"的牌子。

超市倒闭后，这房子就闲置下来。想租的人不少，但这些人都是小打小闹的小商贩，对于整体出租的高租金心里还是怵得不行，也不敢去冒这个险。谁都没想到，元海那个二杆子一张嘴就吃了这么大一个馍。虽然人们觉得不可思议，但并不能改变元海当了老板的事实。

醉美楼一楼进门迎面的角上是吧台。大厅里摆了清一色的大圆桌。大厅另一边，一双紧紧牵着的手、一对闪闪发光的钻戒、写着"真爱永恒"的彩色背景画占了整个墙面。靠近墙的地面是一个长方形平台，铺了红地毯。二楼的房间打了隔墙，三间隔了六个小包间，剩余的一间装了一个大包间。小包间摆的是小圆桌，大包间摆的是能转的大圆桌。三楼他们一家住。操作间和库房就在后院房东的平房里，占了两间。元海在操作间和后门之间搭了一条通道，盖上了彩钢瓦，风吹不到，雨也淋不着。

元海是老板兼大厨，晓琴是收银员、服务员兼打杂。元海他妈去世早，兜兜就由玲姨来带。好在民放叔在矿上，不常回来，晓辉也在外地打工，玲姨没有后顾之忧。唯一不方便的就是，他们住在三楼，而白天的主要活动都集中在一楼。兜兜玩的时候还好说，可要是兜兜困了想睡觉，玲姨就得抱上三楼去睡。人年龄一大，腿脚就不好。要是再抱个娃，上下楼就不是一般地吃力。元海怕摔着玲姨，也怕伤了兜兜，就给吧台里边支了一张九十厘米的钢丝床。兜兜玩的时候，玲姨就坐在大厅的椅子上看着，还能兼顾着给吃饭的人倒个面汤、拿个蒜什么的。兜兜要是玩累了，玲姨就把兜兜放在床上让睡着，她就在吧台里收个款，给客人递个酒呀、饮料呀、打火机、餐巾纸呀啥的。玲姨在吧台一帮忙，晓琴就能腾出身子去操作间给元海帮忙洗菜、配菜、上菜。

王安定再打电话来，已经是醉美楼开业半个月后。他说他把店铺装好了，货也上齐了，但他把这一切都弄好后才发现他一个人根本忙不过来。他说，他就是去上个厕所都没人看店，更不用说去看货、进货了。他说要不就得在当地雇个人，要不就叫我过去。他说这话的时候，我怀里的灯灯正使劲扯着话筒线，嘴里"咿咿呀呀"不知在说着什么。我下意识地搂紧了灯灯——她才刚满周岁，连奶都没断，我咋走？抱着她去？不现实。留下让她奶看？更不现实！

每次王安定打电话过来，我娘儿俩不管谁接，都会打开免提。此刻王安定他妈听见王安定叫我过去，就凑到话筒跟前说："你这娃做事总是欠考虑，想一出是一出。娃这么小，又那么远，哪里是说走就能走的？"

王安定可能也觉得他这个提议站不住脚，就没再坚持，只辩解说："雇人要出钱的。"他妈就在这边说："摊子已经铺开了，就甭还老想着省钱、省钱。钱是挣来的，不是省来的。该雇人就雇，该花钱就花。你要扣个雀儿还得先撒一把瘪瘪谷呢！"顿了一下，又说："我给你说，娃三岁前，你就甭把水儿当劳力使！我们娘儿俩争取把屋里这一摊子搅转，把娃看好，不分你心。你在外边整去，整好了好，整坏了坏！"

我知道王安定他妈不让我去并不单单因为灯灯太小。都说"眼见为实，耳听为虚"，可这天遥地远的，她又没长千里眼，根本不知道儿子是不是真的开了店。她想万一儿子上当了，就豁出去那两万块钱，权当花钱买个教训。可要是把我再拉进去，就不是两万块钱能解决的事了。这话她虽没说，但我明白。虽然她一年到头进县城的次数用五个指头都数得过来，但我并不认为她是个目光短浅的人。我相信她吃的盐确实比我们吃的饭都多，过的桥比我们走的路都多。

王安定的服装店开业了，我们也暂时放下心来。结果好坏，我们谁都无法预知，只能交给时间。

醉美楼开业那一天，晓琴在菜单本上给我抄了店里的电话号码。接下来，隔三岔五，她一到晚上闲下来就会给我打电话。但我家的电话装在王安定他妈屋里，我说不了几句，王安定他妈就在旁边说"没事就挂了去"——平时人们打电话都是三言两语说清事由就挂了，她从来没见过谁用电话谝闲传——她认为接电话即使不出钱，也是很费电的。她说这就像水龙头，你不拧它它就不淌水，而你一拧开，那哗哗的可都是钱呀。所以，没有十万火急的事，她是绝不会去"拧"那"水龙头"的。她不"拧"，也不允许我"拧"。

我无法让她相信电话和水龙头是不一样的。我也不敢给她说电话只要一安上就会有电流，一有电流就会产生费用。我只能减少晚上接电话的次数。而一到白天，她总是要出去的，或者去地里，或者抱着灯灯去外边玩。她一走，我就见缝插针地给晓琴拨过去。管晓琴闲忙，电话总是有人接的，不过是闲了多说几句，忙了少说几句罢了。

醉美楼门口的那座长亭就是百吉镇的劳务市场。每天早上天不亮，各村找活的人就骑着自行车"嘎吱嘎吱"地来了，也有人骑着摩托车。在墙角的空地上支好车子，男人就"啵哧啵哧"地抽烟，女人就叽叽喳喳地说笑。七点不到，就陆续有人或骑车或坐着雇主的车离开。离开的人这一天的吃喝就有了着落。而没找到活的人就坐在长凳上，心不在焉地谝着闲传，若是瞄到有车或人出现在附近，就一窝蜂地挤到跟前去自我推销。吃饭时间都过了，没有遇到合适雇主的人就从挂在自行车头上的袋子里掏出从家里带的冷馍，进元海店里要一杯开水就着吃下去。元海心善，同情这些人讨生活的不易，就每次都给把杯子倒得满满的。吧台旁边一溜头摆着十只热水壶，是用来给大厅圆桌的小茶壶续水的。元海一闲下来，就把壶里的水灌满，他生怕那些人来了没水给。要是实在遇到店里客人多，没工夫烧水的时候，他就给端一大碗面汤，让人坐在桌前吃了离开。

劳务市场的大部分人都是长期出门务工的，你说临时胡对付一顿还好，要是长期这样胡对付就不是个事了。元海看那些人没菜吃，他就在吧台旁边摞起的啤酒箱子上放了一个透明的大塑料箱，再买菜的时候，菜单上的莲花白就多了许多。他把莲花白切成细丝，拌上尖椒、蒜末、白糖、盐、酱油、醋，用塑料箱盛着，给旁边摆上碟子和筷子，随吃随取，免费供应。

也有挣了钱的人，或者没挣到钱却自我安慰"钱是挣哩不是省哩"的人进店要一碗炒面吃。元海平时给客人盛炒面用的是那种平底圆盘，一份炒面叫"一盘炒面"。但他给劳务市场的人盛面用的却是碗——阔口、深底的大老碗。因为他下面的时候多下了几条，盘子盛不下。吃一碗面，再喝上一碗面汤，到天黑都感觉不到饿。

元海老说下苦的人不容易，不说吃好，绝对得吃饱，吃饱了才有力气干活。玲姨当着元海的面不说，背过元海，没少在晓琴面前唠叨。玲姨说："水费不要钱？烧水得用电，电费不要钱？莲花白不要钱？面不要钱？咱给人出的时候一分都不少，往回收的时候三折六扣的。咱开店就是为了赚几个钱，又不是做好人好事。本来就贫家穷舍的，这次又整这么大，把多年的家当掏空了不说，还背了一屁股烂账。就这，他还把愁当瞌睡睡，不知道俭省，还涝池泡馍大扑腾！挣了钱好说，你好我好大家好。要是贴本了，你看到时跟上受症的是谁！"

晓琴说："你甭管了，他心里有数！"

玲姨就说晓琴："你倒心大！小心有一天他连你娘儿俩都卖了。"又说："把我一天看得发熬煎。你们再这样胡折腾我就回去呀，回去悄悄坐我屋里，眼不见心不烦！"

晓琴问："那娃谁看？"

玲姨气鼓鼓地说："谁爱看谁看！"

晓琴再不接话，到了晚上就给元海说再不敢这么整了，但她不敢说这话是她妈说的。元海就说："咱店才开，做的就是人气。要想做长远生意，一两年之内你就甭想着要挣多少钱，不赔都算好的了。"又说："你放心，赔不了，赚得少就是了。大不了我多搭上些力气，多和袋面就赚回来了。"

晓琴说不通元海，就反过去劝玲姨。玲姨不认同元海的观点，但对于元海那个一根筋又没有别的办法，又碍于自己丈母娘的身份不好去挑明了说，就说晓琴跟元海一样是个"舍无"，早晚要把这个家败光。只是玲姨说归说，遇到进门讨水的人却从不吊脸子，也没有撂下兜兜回何家湾去。她舍不得兜兜，晓琴和元海更舍不得她走。因为她在的时候，一忙起来，晓琴和元海都恨不得生出七脚八手来。要是她一走，只带兜兜就得专门腾出一个人，开门营业想都甭想!

　　元海看着憨头笨脑的，脑子灵光得很呢。玲姨爱吃蜜枣甑糕，一周七天，最起码有四天，他早上买菜回来，摩托车头就会挂一个装着一次性餐盒的塑料袋。元海买菜回来并不下车，他把摩托车在门口停稳，熄了火，就喊晓琴——他买的菜样数多，大大小小的袋子在摩托车上摞起来，肚子前扛的是菜，后腰顶的也是菜，挤得他根本下不了车。兜兜还没醒，玲姨就和晓琴一同帮忙提菜，他先取下甑糕袋子递给玲姨，让玲姨趁热吃。玲姨接过甑糕袋子，一转身搁在了窗台上。边往下取菜边数落他，说他不知道过日子就知道乱花钱。说他十天半个月买一次就行了，咋能天天买？人吃零嘴都是吃着个香，谁还能吃个够？玲姨数落的时候，元海也不恼，还傻傻地笑。晓琴看元海挨了数落，就趁机看他的笑话。元海当时不说什么，等他们把菜提完，他停好摩托车进了操作间，一伸手，在晓琴的屁股上"啪"地就是一下，两个人就笑闹起来。笑闹完了，两人就开始准备。元海和面、揉面、切面，晓琴择菜、洗菜、切菜。而玲姨就坐在大厅的圆桌前，把两块钱的甑糕吃得一粒米都不剩。

二十二

　　国庆节这天，醉美楼承办了开业以来第一场结婚宴席。新郎不是别人，就是龙山村王满劳的儿子王超超。新娘是仁义镇最大的批发门市老板新寡的儿媳妇岳美娟。这老板姓胡名顺平。只是顺平这个名字好些年都没人叫了。一则他年龄大了，人们不好意思叫；二则他钱多了，没人敢叫。现在人说起他都叫他"胡老板"，也有同年岁关系不一般的老哥们儿亲切地叫他"老胡"。

　　在很长一段时间，胡老板都觉得他爸给他起这个名字简直就是个笑话。顺平，又顺又平。他爸肯定是希望他一生顺顺利利平平安安的。可他呢？和顺利平安一点儿边都没沾。不但没沾，他觉得生活好像专门和他这个名字过不去，偏让他把世上的沟沟坎坎磕磕绊绊都经了个遍。他就觉得他不管叫个啥，都不应该叫顺平。

　　王满劳虽然和儿子为这事没少吵，但最后还是没拗得过儿子，还把家里弄得鸡飞狗跳。管不住他就不管了，爱咋咋。而满劳媳妇整天除了抱着女儿哭，再没有一点儿办法。她一哭，怀里的女儿就咧嘴哭起来。女儿一哭，眼泪、鼻涕和涎水就一股脑儿全淌下来，满劳媳妇就止了哭声，手忙脚乱地找手帕给女儿擦。

　　王满劳看实在挡不住，就私下给媳妇说："人家铁了心要去就叫去算了。窝在咱屋里，这辈子基本就定型了。那家人不错，女子也是个好女子。就是还有个娃……唉，有娃就有娃吧。人都是为娃的。要是不为娃，人家能走这步？能看上咱娃？"

　　满劳媳妇这些年一直活在当初心软的自责里，此刻听男人这样说，还没开口就落下泪来。她虽自责，但并不后悔。要是时光能倒流到七八年前的省城医院门口，她还是会那样做。但她又觉得特别对不住两个儿子，对不住王满劳，对不住他们这个家。她只是自责怎么就没有个万全之策，让她的女儿好好的，让她的两个儿子好好的，让她的家庭也好好的。

　　虽然是王满劳儿子的婚礼，但王满劳并没出面，所有的事务都是胡老板带着王超超来对接。按理说，胡老板家在仁义镇，门市也在仁义镇，把婚礼放在仁义镇再合适不过，但他却把婚礼放在了三十里外的百吉镇，而百吉镇就是龙山村所在的镇。人们就说胡老板不愧是当老板的，考虑问题到底全面。

其实胡老板把婚礼放在百吉镇，除了考虑王满劳脸上好看，在他心里是还打着一把如意算盘的。他想的是，即使王超超上了他屋的门，在仁义镇也单丝孤线的，经营门市连个帮忙的都没有。而王满劳一家，人都老实，没坏心眼，而且王满劳有两个儿子。过不了几年，那老二就会长成一个大小伙，到时有个紧七慢八的，就能给他哥当个帮手。满劳两口子又都是壮劳力，虽然有那女子拖累着，干起活来会拖沓一些，但他老两口闲着呀！他们给把娃经管上，一下子就腾出几个劳力，那门市不是不用雇人就能搅转开了？虽然媳妇娘家也有两个男娃，但他那个亲家人不行。不说其他，只是让亲家同意给女子招上门女婿这一件事就让他胡顺平出了几身水，一次交道打得他就够够的，他现在一见那人的影子都恨不得追上去踩几脚。他后来给那人下了个定义：你把身上的棉袄给他，他还想要你裤子；你把心掏给他，他还想要你命。要搁平时，他早翻脸了。但目前不行，他胡家的骨血还指望人家女儿抓养哩，他硬气不起来。

人们在祝贺某个人的时候经常爱说"人财两旺"，但纵观古今，人财两旺的例子却是少之又少，要么是"人旺财不旺"，要么就是"财旺人不旺"。他胡顺平就属于后者。在小儿子出事后，他曾跑了很远的路，找了一个比较有名望的阴阳先生算过。阴阳先生说他家财气浓厚，人气稀薄，人气被财气压着，久久没有出头之日。要把财气散出去一些，让人气有升上来的机会。阴阳先生还问他听没听过有句话叫"千金散尽还复来"。这话他听过，按字面意思也能明白个大概。但他不理解的是，千金都散尽了，要的东西再来又有什么意思呢？阴阳先生就说他还没活通透。他又问，那前些年他并没有千金，为啥也没能留住个娃娃？阴阳先生就说，"命里有时终须有，命里无时莫强求"，留不住就不是你家的娃娃呀！

　　既然阴阳先生说他活得不通透，那他就想办法往通透了活。从这以后，他就试着把钱看淡一点，试着站在别人的立场上去考虑问题。这样一试，他就发现他以前看得很重的钱财并不是那么重要，以前很多他接受不了的事物一下子也都有了合理的解释。比如以前，他老伴总说他的钱在肋骨上串着，花一分都像在要他的老命。但现在他想开了：你活着时挣得再多，死的时候也是两手一摊，一分一文也带不走；你占得再多，死了也只睡那么个窄匣匣。所以，他会隔三岔五和老伴下馆子吃一回羊肉泡馍，遇到自己心情好了还会抿二两小酒。有时门口来了要饭的，他还会给个一块两块的。更有一次，他一个人守店，一个人进店来跟他说自己钱包丢了，找他借五块钱坐车。他把那人上下打量了一下，并不认得。要搁平常，他早脸一黑，把人给轰出去了。但那天，他心里忽然就冒出了一个假设：如果真的是钱包丢了呢？一个大男人，能为五块钱给人张这个嘴，想必是真遇到了难处。他就收了要轰人的心思，伸手从兜里摸出五块钱递给了那人，那人千恩万谢地走了。过了几天，就在他快把这事忘了的时候，那人竟然又来了——还了他五块钱，还给他带了两瓶好酒——这可是他做梦都没想到的。他忽然就体会到了阴阳先生说的"千金散尽还复来"的精妙之处。

　　再比如这次婚礼。要按他胡顺平以前的做派，肯定要在仁义镇摆个大场面，让人们都知道这是他胡顺平胡总的场子。但他反过来站在王满劳的立场上一想，人家把笤帚把大一个屎尿娃娃拉扯成一米七几的大小伙，一分钱的利还没吃上就成了你家的一口人，你到时这样大张旗鼓地张扬，人家心里能好受吗？他平日在街上多瞅人家陌生的小伙子几眼，人家都要用白眼翻他老半天，何况这个娃成了他的儿子，对他言听计从，还喊他"爸"，他心里乐着呢！所以，他就决定把婚礼放在百吉镇。他不但把婚礼放在了百吉镇，还提前给元海预付了款，不让王满劳出一分钱。

醉美楼开业几个月来，也承办过几次宴席，但不是给女儿添箱就是给娃过满月，主客加起来也就百十来人。有包席这一天，元海他姐就带着两个女儿来给他们帮忙。两个外甥女不是每次都来，谁闲着遇上了就来。娘儿几个干活也不惜力气，把角角落落收拾得清清爽爽利利索索。元海和晓琴商量说给每人每次开五十块钱，但他姐不但不收，还要把元海和晓琴数落上老半天。

这次胡老板订的席是"三十五备五"，就是按四十席备菜，其中有五席是备用的，上客了才算，不上就不算。这已经远远超过了平时包席的"十备五"或"十五备五"。元海和晓琴先是为接了这么个大单兴奋不已，但随着国庆节越来越近，他俩却发愁了——他们的人手严重不足。出菜不是问题，元海师兄弟多，到时可以叫几个来帮忙。问题主要出在帮厨和前厅。这么大的席面，只择菜、洗菜、切菜就是个大工程。没有三五个帮厨根本拿不下来，还得要有眼色、手脚麻利的。

元海他姐前几天刚做了胆结石手术，两个女儿轮换着在医院服侍，这会儿肯定抽不出来人，他也不好意思去张那个嘴。而有包席的日子，光打杂就够晓琴忙的。一会儿这边喊，一会儿那边喊，一会儿外边叫拿个袋子，一会儿里边叫洗个碟子，根本顾不上上菜。

街面上稍微大一些的食堂都有自己长期的服务员，吃住都归店里管。醉美楼开业时间不长，元海也想省钱，就老说生意一般，养不住服务员，一直扛着没找。"养兵千日，用兵一时"，元海没养下兵，到了如今想用兵的时候就只能干瞪眼。他是大厨，和街上好几家食堂的大厨都认得。他就给晓琴说，能不能看哪家那天没包席，临时拉几个服务员过来。但晓琴不同意。晓琴说，你找谁说？找老板？都是干一行的，老板恨不得你早一天关门大吉，他还少一个竞争对手。找服务员说？就是你把她们说转了想挣你这几十块钱，可是她们敢来吗？

晓琴就给我打电话，问我能不能在龙山给她找几个人，一人一天给五十块钱。我问，得几个？晓琴说，五个吧。要是没有五个，四个也行。我说，这要搁平常，不说四五个，你就是要四五十个我都能给你找出来。可现在正是秋忙的时候，要摘苹果，要掰玉米，要收黄豆……所以，并不是很容易。晓琴就说，你先问问。我说行，又问她说，你看我行不？晓琴说，能行成啥了！我说，给钱不？晓琴说，咱俩谈钱就俗了。我说，滚！王安定他妈在旁边站着，她看我和晓琴谝开闲传了，就说，事说完了就挂了去！

挂了电话，我和王安定他妈商量说村里谁家能消闲一点，我去给问问。王安定他妈就说，再消闲的人这几天也不消闲。要是这几天消闲了，接下来小半年都不得消闲。我说，那我去人事场上看看。王安定他妈说，这几天谁还有闲心去人事场？这个得晚上到各家屋里去找！

我虽然嫁到龙山快两年了，但平常没事并不到别人家里去。除了在人事场上常见的那几个媳妇，我连人都没认全，更不知道谁家住哪里。我就说："叫我去连门都找不到。"王安定他妈说："你肯定找不到，我去！"

前几年镇上大力提倡果树建园，给免费提供树苗。几年下来，龙山村也建了不少，所以大部分人家一年的大部分时间都熬煎在苹果树上了。平时如此，秋季更是如此。

王安定家没有苹果树。没有苹果树的秋收就要消闲得多。

务苹果是个旷日持久的重体力劳动，这些年家里只剩下王安定他爸妈两个人，干不下来，就只给地里种小麦和油菜，夏收结束又抢墒种上玉米和黄豆。本来正常种玉米和黄豆的时节在清明节前后，只是准备种玉米或黄豆的地，从前一年秋收后就不能再种小麦或油菜了，要空出来。王安定他爸舍不得叫地空着，就一茬接一茬去种。为这事，王安定他妈没少跟他爸吵。王安定他妈说，地和人一样，干乏了都是要歇的。像你这样不叫地歇，又舍不得给地上肥，你叫地拿啥给你长个好庄稼！果真，当季收的玉米和黄豆粒儿都瘪瘪的，像生着没吃饱的气。今年，王安定他爸不在了，王安定就只种了一亩玉米和三分黄豆。王安定他妈是个急性子，老担心黄豆熟过了会炸落在地里，所以没等黄豆落完叶子，就拔下来在场边摊开晾着了。玉米她并不着急。她说反正那个又不怕落，一天掰一点儿，慢慢就完了。她拉着架子车上地的时候，我抱上灯灯要跟她去，她就说："荒田野地的，把娃抱上去弄啥？去了能掰几个？"我说："掰一个就少一个。"她说："那都不够来回路上折腾。甭去了！"说完又逗灯灯说："才多大一点，你妈就想把你当劳力使唤。"说着在灯灯脸蛋上很响地亲了一口，说："我娃不去，就在屋里耍！"灯灯被奶奶这么一亲，就咧开嘴"咯咯咯"地笑，又是伸胳膊又是蹬腿儿的。

这天晚上，王安定他妈给晓琴找了两个人。一个是火蝎子，另一个是会琴。我问会琴是谁，王安定他妈说，是鹏鹏的妈。我说，我想不起。王安定他妈就说，俊强媳妇，王妖妖的妈。

每年的中秋和国庆节期间是苹果销售的旺季。这时的苹果还没熟透，甜度不够，严格意义上来说还没到采摘期。但这时的苹果身量重，收购价格高。所以，如果谁家苹果前期长势不错，就在双节前半个月撕了果袋叫上着色。客商来了在园里看货，看上了，约定好时间，直接在园里采摘、装箱。人们把这叫"采青"。

火蝎子性格泼辣、手脚麻利，早把自己的二亩苹果变成钱装进了兜里。地里还有三亩玉米，但她并不着急收，她忙着帮其他人家采青挣钱。她平时给人帮忙疏花疏果、套袋除袋和采摘，一年下来也不少挣钱。但她挣的都是起早贪黑上高下低的辛苦钱，极不容易。王安定他妈说，火蝎子本来已经给人家应了国庆节这一天开始采青，但那主家因为客商给邻家苹果出的价格高，一生气就把定金给退了，火蝎子就临时闲了下来。火蝎子想想这天是国庆节，城里肯定很热闹，就和会琴商量说，忙了一年，也给自己放一天假，进城逛一天。会琴和火蝎子住得近，会琴男人俊强在城里上着班，女子已经出嫁，儿子王妖妖养好了腿伤，去省城学美容美发去了，屋里剩下她一人。她平时在家也闲不住，和火蝎子一样老跑着挣钱。她两家住得近，又老一起搭伴走，村里人就说这两人是猴手不离笼沿沿。会琴见火蝎子一叫，就举双手赞成。她说早想吃鸭掌门的麻辣鸭爪，还想吃美食城的燕子饸饹，还想吃中山街口的脆皮蛋糕，还想买衣服。想弄这、想弄那……火蝎子就笑话她说："你男人平时给你捎着吃把瘾都惯上了。照你这样说，一天时间根本不够。干脆你把钱带够，咱逛他个五六七八天！"会琴就吐着舌头说："那不敢，那俊强早把我一脚蹬远了。"

本来她两个已经商量好这一天进城去逛，可是王安定他妈一找火蝎子，摆在眼前的钱她又舍不得不挣。火蝎子就又喊会琴，问会琴："咱到底是进城逛呀还是挣钱呀？"会琴想了想说："掉到手边的钱，傻瓜才不拾。"又说："满劳给娃结婚，咱还不得去凑个热闹！"

国庆节这天一大早，王安定他妈说她在家里看灯灯，让我和火蝎子、会琴一起去镇上给晓琴帮忙，她还给了我一百块钱，叮咛我到时记得给超超娃上个礼。她说，五十块钱上礼，剩下五十给我零花。我说："我给晓琴帮忙，晚上就回来了，不用花钱。"她就说："钱是人的胆，不花也装上。"

这天一大早，胡老板包的车队就驶进龙山，停在了王满劳的家门口。车队打头的是一辆桑塔纳小轿车，后边全是昌河车，车头上都搭着大红或桃红的绸缎被面。在王超超家里象征性地吃过早饭，举行过那些烦琐却不能省略的仪式，穿红嫁衣的岳美娟手里捧着花，在人们的笑闹声中娇羞地挽着新郎王超超出了门。蓝西装、白衬衫、红领带，明光闪闪的新皮鞋，新理的头发和俊朗的面容，这一切都让王超超看起来愈加精神帅气。此刻和岳美娟再这么一站，颇有点鲜花美酒、才子佳人的感觉。

岳美娟的预产期在农历正月十五左右。胡老板一开始是想让王超超在岳美娟生产前上门的，但岳美娟不同意。女人总是爱美的。岳美娟说，虽然人都知道她和王超超的情况，但她挺个大肚子办婚礼总归不好看。她建议放在五月一号，但胡老板老婆又不同意，说岳美娟才生产不久，身子还没恢复过来。

岳美娟在农历正月初十生了一个大胖小子，所以，到国庆节她和王超超结婚时，她的儿子已经会趴在床上，把四肢翘起来"飞飞机"了。

岳美娟原本很清秀，只是因为在哺乳期，胡老板两口子怕亏了孩子，就好吃好喝地伺候着。营养一好，脸上就有了婴儿肥，看起来肉嘟嘟的。她挽着王超超上了婚车后，王满劳家族里送亲的人就分头坐进了后边的昌河车里。车子一开动，站在门里的满劳媳妇就失声痛哭起来。满劳媳妇一哭，门口站着的妇女就进门去劝她，说今是娃的好日子你哭啥？快甭哭了，娃还要撑一天的，你把娃心哭乱了娃咋撑得下来？又说，在哪儿过日子不是过？人家镇上总比咱村里条件要好得多，一辈子守在咱这儿有啥出息？再说又离得不远，你要想见娃，自己骑个车子就去了。女人就止了哭声，被人拉到炕沿坐下。她一坐下，炕上躺着的女儿就把身子往她身边一拱，再一拱，她就俯身抱住女儿又大哭起来。

王超超的"嫁妆"是一只绾着红花的银灰色手提箱。本来王满劳说他给娃买些家具，但胡老板不要。胡老板说婚房家具他都给上齐了，买了也没地方放。王满劳就给儿子买了两身新衣服，给衣服兜里塞了六千六百块钱，又买了只新皮箱，把他买的衣服和儿子的身份证、钱包、钥匙等零碎东西装了。

胡老板把儿子当时结婚的家具都卖给了二手市场，在另一间房子里给布置了婚房，家具都是新买的。他怕王超超心里硌硬。他说，要让人家娃不起二心，就要拿出足够的诚意，不能耍花花肠子。只是后来，他发现炕头挂的那个装着儿子儿媳婚纱照的相框不见了，他就知道是老伴偷偷藏起来了。他就想，留着就留着吧，也是个念想。果然，后来有一天，他就在衣柜背后看到了那个相框，只是他再不敢去看那上边的人一眼，他怕他绷不住。实际上他就是绷不住——只看一眼这相框的花边就让他泪水涟涟。

虽然胡老板提前做了所有的工作，但这一天他和老伴却不愿意露面。到了中午，一辆昌河车从龙山接来了满劳媳妇。开席前要举行婚礼仪式，而双方父母是不能缺席的。这天的婚礼仪式比常规的多了一项内容，证婚人宣读完结婚证，还宣读了一份胡老板手写的

198

赠予协议。证婚人宣读赠予协议的时候，整个大厅就响起了雷鸣般的掌声。今天可真是王超超的好日子！他不但做了新郎，还当了仁义镇最大的批发门市的老板。

王满劳没花一分钱，就在百吉镇最大的饭店体体面面风风光光地给儿子把婚事办了。只是宴席结束，昌河车把送亲的人送回了龙山，王超超和他的手提箱，还有岳美娟就被那辆桑塔纳一起拉回了仁义镇。

"行家里手一出手，就知道有没有"，王安定他妈给晓琴找的这两个帮厨可是找对了。她俩干活泼辣，不会偷奸耍滑。火蝎子切菜，一个人能当两三个人使。她剁葱花碎和蒜末、姜末的时候更出彩，两手两把菜刀，叮叮当当、叮叮当当，不一会儿，眼前的盆子就冒了尖。会琴上菜端盘子更是有一手——别人双手端一个盘子都小心翼翼的，生怕磕了摔了。但她双手端一个大盘子，两个胳膊肘还能顶两个碟子。席里人多，坐得又不整齐，她免不了要左右腾挪，但她手里的盘子和胳膊肘上的碟子就像生了根，纹丝不动。本来给她俩说的都是帮厨，就是在操作间内给厨师帮忙。帮厨只是准备期间忙，一到上菜她俩就没事了。但她俩不闲着，又给帮忙上菜、收拾卫生。

在她俩干活的时候，玲姨就抱着兜兜，跟前跟后赞不绝口。元海和晓琴也高兴得什么似的。

把所有的杯盘碗盏撤回后厨之后，我们终于能喘一口气了。晓琴就说让大家歇好了再收拾，但火蝎子和会琴不。她俩说，不敢歇，一歇就动不了了。

我们三个忙着打扫后厨、清洗碗碟，元海收拾他的操作台和地面，晓琴就拿着抹布抹大厅的桌子。

玲姨跑了一天，晓琴就让她抱着兜兜上楼歇着去了。

晓琴的桌子还没抹完，挑起的门帘里就进来了几个人。晓琴认得是门口劳务市场还没回家的人。有几个人，每次都要等包席散场，用装白酒的纸盒装了骨头和剩肉，带回去给家里的猫狗吃。晓琴跑了一天，心里正躁着，见这几个人进来，只当还是来倒水或是拾骨头的，心里就有点怪他们没眼色，但脸上并没有表现出来，只说："今人多，没灌下水。"这些人就笑了，说："老板娘忙傻了，光知道给人喝水。"笑完了，就抓抹布的抓抹布，取笤帚的取笤帚，涮拖把的涮拖把。晓琴才反应过来这些人是进来给她帮忙的。她拦住不让他们干，他们就不乐意了，说："喝了你那么长时间的水，给你扫一次地咋了？"晓琴也不再拦，几个人说笑着干着，没多大工夫就把大厅收拾得干干净净。

结账的时候，晓琴要每人按七十块钱给火蝎子和会琴算，她俩却扭扭捏捏着不要。火蝎子说："说五十就五十，你和水水是朋友，水水和我们又一个村，没事还不帮个忙？"晓琴说："那二十是定金，再包席还得找你们。"会琴说："我们就是寻活的，还怕活寻我们？"晓琴不接话，把钱给塞到各人兜里，又转身跑进操作间，从冰柜里拿出三只烧鸡分别找袋子装了，给我们仨一人一份。

回去的路上天已擦黑，我们几个把自行车蹬得飞快。快进村的时候，火蝎子把车子慢了下来，和我的车子保持同样的速度。她喊着我的名字说："一直想给你赔个不是，一直没机会！"

"给我？为啥？"我一头雾水。

她说："你可能都忘了。就你怀你女子时，有次在街上吃饭。"

火蝎子一提我就想起来了，她给王安定他妈说我"吃过街"，害得我们一顿好闹。我只是没想起这茬，怎么会忘！我"哦"一声，等她继续说下去。

火蝎子说："我这人一贯说话掂不来轻重。那次我也是只当笑话讲，谁知道你妈认了真！"她顿了一下又接着说："后来听说给你们还把麻烦惹下了。唉……我这心里啊，实在后悔得要死。你说我说个啥话不好，为啥要说那个呢？……所以，水水，今天跟你说一声'对不起'啊！"

她这样一说，我倒不知道怎么接话了。人们都说火蝎子是个"死有理"，就是那种没理都要想方设法找出个理的人。她今天竟然给我说"对不起"，这让我挺意外。

会琴的车子在我们前边，她听见火蝎子的话，也把速度慢下来，大声说："只说个'对不起'顶啥用？把你今挣的钱掏出来，请我们下一回馆子！"

火蝎子说："跟你有啥关系？"

会琴说："两个人吃饭有啥意思？好歹也得个陪客！"

火蝎子把身子压低，脚上一使劲，车子就擦着会琴的车子超了过去，说："闪远！"

龙山村的村碑就在我们仨的笑闹声中一闪而过。

我进家时，王安定他妈正看着灯灯在炕上耍。灯灯看我进了门，就一骨碌爬起来，伸出双手要我抱。我抱起灯灯，把装着烧鸡的袋子递给王安定他妈让她吃。王安定他妈一取出烧鸡，就看到底下有一张折成小长方形的油纸，打开一看，是一百块钱。我拨通电话，晓琴接通刚说了声"喂"，我就铺天盖地地把她给骂了一通！

骂完挂了电话，却为晓琴的生分和客气难过得半夜没睡。

二十三

秋收忙完，我们才发现王安定已经快一个月没给家里打电话了。其实刚开始，十几天没有等到王安定电话，王安定他妈每晚忙完睡觉前总要对着桌上沉默的电话念叨说："不知道忙啥呢，电话都不打一个！"念叨完了就睡了，我们都想着他"马上就会打"，等来等去就等了近一个月。我们就在电话上翻找他以前打过来的号码，找到了打过去，那边却总说是公用电话，不知道我们要找的这个人是谁。

不管是我还是王安定他妈，在和王安定通话的时候，总是给叮咛说赶紧买个手机，这样联系起来就方便了。王安定每次都说，必须得买。我们联系不方便倒是其次，他想联系个业务都没办法。

王安定打电话的时间多半是晚上，在店铺关门回到租住的房子以后。我们问他开业后收益咋样，他说这个短时期内看不来，得两三个月才能比较出来。王安定每次打电话时间都不长，我们在这边还想跟他好好说会儿话，可每次他都像有十万火急的事，说不上两句就匆匆挂了。

王安定最后一次打电话，说他在当地找了一个小伙子在店里帮忙，一个月底薪六百块钱，其余按销量提成。我的第一反应是做销售，特别是服装销售，女的要比男的有优势得多。但转念一想，王安定是男的，精力旺盛，要是再找个女的，孤男寡女整天同处一室，指不定会整出个什么事来。王安定应该也是怕我多心才找了个男的吧？我心里就为王安定的周到和体贴感动不已。但我不能让王安定看出我的小心思，我就说："男的好啊，粗活细活都能干，能给你省不少事。"王安定就压低了声音坏笑着说："何水水，我能不明白你那点儿小心思？"一听这话，话筒这边的我就飘忽起来，多想来一阵风把我吹到他怀里去。

我们只知道王安定在一个叫什么州的地方的什么路开了家服装店，因为有那根若有若无的电话线牵着，我们就觉得那应该也和龙山，或者和我的何家湾一样，是看得见摸得着的一个真实的地方，是我一喊王安定，他就能应一声"哎"的地方。可是，当那根电话线一断，我们才发现，这一切都只是一个仅限于听力上的概念，没有一点儿延展的可能。王安定就像一只断线的风筝，已经消失在茫无边际的高空。我们知道我们的风筝在空中，但我们不知道它飘在哪里，又将飘向何处。我们也不知道怎样才能找到它，抓住它！

接不到王安定的电话，王安定他妈就像失了魂，白天吃不下，晚上睡不着。我的心里也乱成了一团麻，但我还得硬撑着。我说，要不，你看着孩子，我去找。可是王安定他妈知道我连省都没出过，怕我走丢，就死活不让我去。她给王安邦打电话，说王安定联系不上了，不知道是开店赔了不敢联系还是进了传销人家不让联系，让王安邦赶紧请假去找，说着说着就哭起来。王安邦就说，联系不上应该是太忙了，等忙完肯定就会给家里打电话的。又劝他妈说，你想点好的不行啊？没事都让你说出事来了。王安定他妈就骂王安邦，说胳膊肘往外拐了，家里的事一点儿都不上心。

王安静听说他哥联系不上了，就和程云龙开着车回来了。王安定他妈一见女儿，就又哭了一阵子。程云龙问我知不知道当时叫王安定去的那个同学叫啥，哪个村的。他一说，我们才反应过来，这应该是能找到王安定的最有效的线索。我们以前都慌神了，根本没仔细想。

我说，我听王安定叫他"虎子"，不知道大名叫啥。王安定他妈想了一想说，那娃叫池虎，界牌关的。

界牌关离龙山不远，和龙山同属百吉镇。程云龙就开车拉着我和王安静去了界牌关。王安定他妈也要去，但程云龙不让，让她和灯灯留在家里。程云龙说家里人都走了，电话响了都没人接。王安定他妈就和灯灯留了下来。

我们在界牌关没费多少事就找到了池虎的家，但池虎家门锁着。透过门板缝，看见院子的草长得老高，应该好久没人住了。

有路过的人，也可能是池虎的自家人，看我们在这儿探头探脑，就问我们找谁。我们说找池虎。那人迟疑了一下，说："池虎？池虎好些年都没回家了！"

"那他屋里人呢？"王安静问。

"他爸妈都殁了。屋里没人了！"那人说。

"他媳妇和娃呢？"程云龙又问。

那人看了程云龙一眼，说："他根本没结婚，哪来的媳妇娃？"

程云龙还不死心，又追问道："那你知道谁能联系上他？"

那人背了手，朝前走了两步，说："谁？公安局！"

界牌关白跑一趟。既没有找到池虎的家人，也没有找到池虎的联系方式。王安定他妈就认定池虎没走正道，也把王安定拐了进去。她就接二连三给王安邦打电话，要王安邦无论如何都去广西跑一回。但王安邦说他在地图上查了好久，都没有找到我们说的那条街。王安定给我们的也是个大概的地址，我们都没去过，所以也不知道对不对。王安定他妈说，一个市能有多大？你去了一条街一条街挨着找。王安邦说，你是不是以为市就像咱百吉镇那么大，一共就一横一竖两条街？他妈就拖了哭腔说，再大也要找哩呀！一个大活人，咋能说丢了就丢了？王安邦怕他妈再哭出来，就赶紧应了，说他先去请假，请到假了就去订票。他妈就在这边说，坐飞机过去，飞机快！

王安邦出发前，问我们王安定开的服装店叫什么名字。我们都说不知道。王安邦就说，那你们平时打电话都说啥了？关键问题一个都不知道。我们就不作声了，心里却不服气地想：谁知道他一个大活人能丢了？

王安邦那边还没反馈回来消息，家里就来了两个人。来的是父子俩：儿子个儿高，三十来岁；父亲个儿矮，五六十岁。

这两人一落座，父亲就开口了，说他们是冯家园子人。我们去县城的时候，刚一下坡，路边就立着一块用红漆写着"冯家园村"的大石头。我们这里的人习惯把"园"叫"园子"，也就把"冯家园"叫成了"冯家园子"。这人说完，转过头看着王安定他妈问，你是王安定他妈？王安定他妈应了声"是"。他又转头望着我问，你是他媳妇？我"嗯"了一声。在炕上耍的灯灯也学着我的话"嗯"了一声，那男人的嘴角就扯了一扯说，娃乖得很！

王安定他妈不知道这两人的来意，就说："你们俩今来是有啥事？"

这男人扭头看了旁边的儿子一眼，说："你到外边转会儿去。"

那儿子屁股还没在椅子上坐稳，听见父亲说，就站起来走了出去。这男人见儿子出了院门，就说："你家王安定是不是在广西开了家服装店？"

"是啊！"我和王安定他妈不约而同地点头应道。

男人说："那就没错。你家王安定说要找个卖衣服的，把我娃

205

媳妇叫走了。上了两个月班，一分钱没给不说，现在连人都联系不上了！"

　　犹如五雷轰顶！我只觉得眼前金星直冒，脸上火辣辣的，像有无数鞭子在抽——王安定不是说找了个男的吗？现在为啥变成了女的？他不是说在当地找的吗？咋成了冯家园子人？他去了满打满算也就三个月多一点，这女的怎么能上两个月班？他俩啥关系？咋认得的？……问题一个接一个从我脑子里冒出来，但我口干舌燥，一时间却张不开口。转眼去看王安定他妈，她像被人一下子抽走了骨架，看起来软塌塌的，嘴里喃喃地说："咋可能？咋可能？……"

　　男人就把脖子一梗，说："你看我这一大把年纪，像是哄你的样子吗？"

　　王安定他妈就摆了摆手说："我不是指这个，不是指这个！"顿了一下又问："媳妇娘家是哪儿的？"

　　男人说："乔家嘴的。"

　　王安定他妈像是应声又像是意外地"哦"了一声，整个人就瓷了起来。

　　我知道现在不是我难过的时候，就稳定了一下心神，问他说："他两个以前认得吗？咋认得的？这次又是咋联系上的？"

　　男人就低了头，过了好大一会儿，才像下了决心似的说："事已至此，我也不怕丢人，就跟你们直说了吧！"

　　"他叔，他叔！"王安定他妈向着男人喊。等男人转过头来，她却把脸转向我说："到灶房把壶提来给你叔倒杯水！"又转过头对男人说："喝口水，歇会儿再说。"

　　我明白这男人说的"丢人"意味着什么。我也明白这话的背后隐藏着更大的"丢人"。今天他们是冲着王安定来的，那更丢人的

龙
山

206

肯定是王安定无疑。我急切地想听，又怕我听到的超过我能负荷的极限。王安定他妈这一打岔，我知道她不想让我听，但我又不能当着那男人的面不去给他倒水。我就去灶房提了热水壶，倒了两杯水，一杯放在了柜盖上，一杯放在男人坐的炕边。在炕上玩的灯灯看到炕边的水杯就爬了过来。我伸手把她抱起来，看着男人说："叔，你说他俩……"

王安定他妈说："水儿，你出去把你哥叫回来。"

我知道王安定他妈说的"我哥"是被男人支出去的那个儿子，我也知道王安定他妈老想把我支走。但我能走吗？他们要说的不是别人，是王安定！是我爱的男人，也是我怀里女儿的父亲！现在甫说让我走，就是用八匹马来拉我都不会走的。我就拖着哭腔说："我是安定的媳妇，我应该知道！"

王安定他妈拉着我的胳膊说："娃，这都是以前的事。"

"以前？多久以前？这么说你是知道的？"我问她。

王安定他妈就长叹了一声说："你也知道的。安定为这事坐过半年牢。"

我一下子泪奔。王安定说他坐牢是因为打架，可是他没告诉我因为什么打架。而我，因为爱他，就相信他只是单纯的打架。打架的原因有千百种，而他偏偏是因为女人！这就从性格问题上升到了作风问题的层面上，而作风问题又恰巧是感情中最不能被原谅的。我忽然觉得自己这婚结得特别荒唐，这荒唐击得我怒不可遏。我盯着王安定他妈说："把他没坐灵醒，就说明半年时间太短了。他应该在里边蹲上十几年，或者几十年！"

王安定他妈就哭起来，她抹着泪说："娃，娃，不敢这样说，不敢这样说！"又恨铁不成钢地骂王安定说："已经到沟里翻了一回了，你第二回咋还能踏进沟里去嘛！"

　　这就好比在我面前摆了一个密封的罐子，虽然罐子的盖儿已被揭开，闻到了臭味，但我还是想把里边的汤汤水水舀出来，看看到底是啥臭了。而截至目前，我问的问题都被王安定他妈搅散了，并没得到一个确定的答案。我就问那男人说："叔，他两个到底咋认得的？"

　　男人看了我一眼，说："你问问你掌柜的就知道了。"

　　我就哭着说："他也不见了！"

　　男人就意外地"哦"了一声。王安定他妈接话说："他叔，你先和娃回。我叫老二到广西寻老大去了，把人寻见，就啥都清楚了。现在联系不上人，咱说啥都是单面官司。"

　　男人就抬高了声音说："听你这话，我是跑来讹你来了？"

　　王安定他妈说："不是不是！你甭误会。我是说，等找到人，咱就能把事情弄清楚。现在，也不能你这样说我们就这样信。要万一不是你说的这样，你给我屋造成的麻烦又该咋追究？"

　　男人就溜下炕沿，边往门口走边说："还追究我？那咱就等着，看到底谁追究谁！"

　　男人走了。我和王安定他妈都没有送。两个人都保持着原来的姿势，没人开口说第一句话。过了好久，我说："妈——"

　　王安定他妈"唉"了一声，说："水儿，妈知道你想问啥。可是妈也只知道个大概。他说的那女子是乔家嘴的，原来在镇上开着一家理发店，和安定谈过几年。后来跟镇上开服装店的一个男的好上了，就和安定闹着要分手。安定气不过，打了那个男的，只是他下手没轻重，把人给打伤了，后来就被关进去了。"王安定他妈说到这儿，把手一挥，说："水儿，这都是多年以前的事了，那时你和安定还认不得。事闹成那样，他们早都不来往了，谁知道啥时又牵扯到一块儿去了！"

我也不知道王安定他妈的话是真是假。但现在，当事人王安定又不在，我只能暂且把这当作真实的答案留存心中。

虽然我和王安定他妈从没对外提说过王安定联系不上了，但消息还是不知怎么就传了出去。我再抱着灯灯去人事场的时候，有人就会有意无意地试探着问："王安定生意好不好？"我知道我要是一说"不好"，他们就会打破砂锅问到底，问"怎么不好了"。我就说："好着呢。"我想我这样一说，那人就没话说了吧？谁知道他却说："那你给安定说一声，叫我也过去挣些钱。"我明明心里疼得厉害，脸上却要笑着应他说："能行呀！"

再过了几天，王安邦打电话回来，说他在我们说的那条街附近找了好几天，每一家服装店都进去问过，没有一家店的老板叫王安定，甚至连叫这么个名的店员都没有。

王安邦一说，他妈就拖了哭腔说："那他没开店跑哪儿去了？"又叮咛儿子说："你再找找。仔细找找！"

王安邦就说："人躲人容易，人找人难。我请一天假损失一百多。在外吃饭、住店，一天下来少说也得一百。再加上来回路费，就这几天已经花了一千多块钱了。"

王安定他妈一听这话就生气了，说："都啥时候了，你还一开口就是钱、钱、钱！这钱不要你出，你下次回来我给你！"

王安邦说："妈，这根本不是钱的事！"

王安定他妈说："不是钱的事那是啥的事？"

王安邦说："要是我哥就是为了躲咱们，你就是让我找上三年六个月也未必能找到啊！"

王安定他妈说："那你的意思是不找了？"

王安邦说："再有两个月就过年了，好歹等到过年。要是到过年还没音信，咱再想办法！"

我们想不到更好的办法，只能听从王安邦的意见，等着过年！

一开始，我和王安定他妈一样，都担忧着王安定的人身安全。可冯家园子那父子俩那天一来，我的思想就发生了转变。我觉得王安定十有八九是安全的，对他的安危也就没有那么担心了。所以，同样是等，我们俩就有了不同的侧重点。他妈盼他回来，是怕他在外挨打受罪。而我盼他回来，只是为了要一个解释，求一个真相。

腊月初八这一天，刚吃过饭，家里来了一个中年男人。这人一来，我就把他和上次冯家园子那父子俩做着比对，并不是他们中的一个。王安定他妈也是一头雾水。男人看我们纳闷，就说他叫李拥军，李庄的。王安定借了他两万块钱，说好的半年一清息，半年时间已经过了，他今来把息一清。男人说完，从上衣的内兜里摸出一张纸展开给我们看。我拿过来一看，确实是王安定的签名，日期是五月十八号。

王安定他妈看看我，又转眼看着那个人说："五月人都在地里拴着，他要钱给哪儿花？"

我说："阳历五月，阴历是四月初。"

王安定他妈就"哦"一声，说："四月初不收不种的，他没给你说要钱弄啥？"

中年男人说："他只说他要用钱。我也没问。"

王安定他妈说："你就不怕他给你还不上？"

中年男人说："还上有还上的说法，还不上有还不上的说法！"又环视了一下屋子，说："他人不在？"

我和王安定他妈互相看了一眼，王安定他妈说："进城了。"
顿了一下又说："半年利息多少钱？你算一下，我先给你一结！"

等男人走后，哄睡了灯灯，王安定他妈就让我在房子找找看，
有没有东西能证明他到底把钱做了啥。

王安定他妈说："两万块钱，又不是一分二分，说没就没了。"

衣柜架板、梳妆台抽屉、炕席底下……能找的地方都找了，都
没有。我忽然想起有一次见王安定把什么东西放在了衣柜顶上，我
就搬了把椅子站上去看，衣柜顶上铺开用来隔尘的报纸下压着一个
破旧的牛皮纸信封，我拿下来，里边有两张纸。纸是从小学生的生
字本上撕下来的，背面都写着字。

一张写着：

5月16日　席家台　席兴劳　两万　半年清息

5月16日　　　　　宋会军　两万　半年清息

5月18日　李　庄　李拥军　两万　半年清息

7月24日　　　　　国栋　三万　半年清息

另一张是写在食堂菜单上的一张收条：

今收王安定人民币三万元整

　　　　　　　收款人：王安邦

　　　　　　　5月18日

王安定他妈一看到第一张字条就吓坏了。这些钱加起来对她来

说就是个天文数字，她活了大半辈子都没有见过这么多的钱。她不知道儿子好端端的为啥要借这么多钱。自从老头子出事后，她一有空就给儿子念叨，叫他千万不要再学他爸的坏样样，走他爸的老路，吃他爸吃过的亏。谁知道怕啥来啥，那货当着她面应得好好的，背过她，不但学了，甚至连走姿都学得一模一样！

可是，王安定他爸那时只是为了攒钱。有一分想攒二分，有五毛想攒一块。好不容易跟一次集，连一个油糕都舍不得买。和他爸相比，王安定花钱是大手大脚了些，但不至于大到如此啊！这么多钱，他到底弄了啥了？七月二十四日，刚好是他给服装店准备启动资金的日子。借国栋的三万应该是用在了这里，那其余那六万弄了啥了？六万块钱呢，摞起来也有一拃厚，就是叫人数也得数上老半晌，他能悄无声息地弄到哪里去？还有王安邦那张收条，他为啥要给他哥打收条？是王安定还他的那三万块钱吗？据我所知，当初他汇给王安定钱的时候并没让王安定写收条，为啥还钱的时候他要给王安定写？如果不是那三万，那又是什么钱？……我娘儿俩想了老半天都没有想出个合理的解释。王安定他妈就去给王安邦打电话，问他收他哥那三万块钱是啥钱，他为啥要那么多钱。王安邦说他交房子首付了。王安定他妈一愣，问在哪儿买的。王安邦说，贵阳。他妈就说："我把你拉扯那么大，你要去当上门女婿给我连个招呼都不打？"

王安邦就说："说得难听的！我一不住她屋，二不改姓，咋就成上门女婿了？"

王安定他妈说："住没住，我也没长千里眼，看不见。可你要是把姓改了，你就永远甭进我屋这门！"又说："你这娃！你那钱放不住当初就甭给你哥。你左手递给，人还没接稳当，右手又要。

说你给屋里没帮忙吧，你给了三万；说你帮了吧，你又没帮到底。你说叫我咋说你？"

王安邦说："由事不由人！"

王安定他妈就说："啥叫由事不由人？你当时又不住，迟个一年半载能把啥迟了？"说着又想起什么似的说："你哥一共给了你几万？"

王安邦说："六万！咋啦？"

王安定他妈就"啊"一声说："你买个房能要多少钱？从屋里就掏走六万！咱屋里得是装着印钱的机子，你想要几万就能印几万？你说你把你那三万要走就行了，咋还能叫你哥给你去贷？现在你哥账欠得沟里洼里的，你叫他还到哪一年去呀？不说你哥和我，还有你嫂子和娃，你叫人家这气淘到哪天去呀？"

他妈一骂，王安邦就不出声了。他妈骂了半天，听不见话筒里有声音，就问："你听着吗？"

王安邦说："听着哩！"

他妈说："我就想抽你几下！"

果不其然，没过几天，席家台的席兴劳来了，说他等不到王安定来清息，就自己跑来了。因为已经提前知道了，王安定他妈就没说二话，用王安定留的那钱给人家清了利息。

腊月二十三这天，王安定在面粉厂的同事兼哥们儿宋会军来了。相比前边来的那两个，宋会军要客气得多，也委婉得多。但即使在他面前，王安定他妈也不敢说王安定联系不上，只说去镇上办年货了。宋会军见王安定不在，说了一会儿话就站起来要走，说他也去镇上打肉，看能不能见到王安定，他两个也好几个月没见了，想说会儿话。王安定他妈心里是怨恨这些人把钱借给王安定的，但

213

当着人的面她又不好意思直说，她还得落人家的好。她就说："娃，姨知道你给安定把忙帮了。姨也知道你今儿弄啥来了。去年你叔看病、抬埋花了一河滩。一家人要花销，安定又没上班，屋里实在有些紧。你叫姨缓个，把这穷年过了，到时给你清息能行不？"

王安定他妈这样一说，宋会军倒不好意思起来。他说："姨，看你说的，不要钱我还不能来看看你了？这不马上要过年了，我就说来看看你，再和安定谝会儿话。"又说："安定找我的时候我没有，就找朋友给借了两万。要是我自己的钱，咋可能给他算利息？"

按王安定他妈的做法，就是你关起门来说的话，一打开门就不能再提了。但宋会军不是她肚里的蛔虫，不明白她的心思。他说他要走，我们送他出了门，他却站在门口絮絮叨叨地给我们叮咛说"没事没事"，要我们"好好过年"，还说"年前年后也差不了几天"。王安定他妈见宋会军只说不走，心里就认定宋会军是故意张扬着要让村里人听到，就从我怀里抱过灯灯，身子一拧回去了。剩下我尴尬地杵着，走也不是，留也不是。

眼看着马上就到了年三十，我们娘儿俩心里却矛盾起来。我们盼着过年，又怕过年。盼过年，是想着说不定会有王安定的好消息。可是现在，我们又希望日子永远定格在这一天。因为一过年，就面临着要清宋会军的利息。国栋的利息一过年也马上到期。国栋又是村里人，他的利息要是还不上，那不出半天，村里肯定就传遍了。可是钱从哪儿来？那东西地里不长、树上不结，不是你掂个锄头铁锨就能挖出来，也不是你扛个梯子就能摘下来的。这，才是摆在我们娘儿俩面前急需解决的头号问题。相比之下，吃喝耍笑的年根本算不了什么！

二十四

年过完了，我们并没有等到王安定的好消息。

要说开始我们还有个盼望，这下，连最后一点儿盼望都没了。王安定他妈就认为儿子一定是凶多吉少，总是坐着坐着就落下泪来。她一哭，我的心就像猫抓一样难受。

去年过年，我爸妈说灯灯小，怕路上冻着，不让我们回去拜年，让我们今年去。今年灯灯长大了，不怕冻着了，王安定却不见了。他不回来，我们在大年初二就回不了何家湾。虽然年前我给我爸妈送过礼，但这和正月初二全家去性质是不一样的。初二这天，大路上来来往往的都是回娘家的小两口，我这心里就特不是滋味，也就把王安定恨得要死。

但是说实话，我恨他都是明面上的。内心里，我更想他！白天有灯灯闹着，想他的感觉还不是那么强烈。可是一到晚上，哄睡了灯灯，关了灯躺在床上，他的身影、他的声音就会像一幅布幔将我紧紧地裹缠。他向我张开的温暖的怀抱，他喷在我脖颈的温热的鼻息，他和我十指相扣时指尖的温度，他在我耳畔温柔的呢喃……这所有暧昧的细节都会从黑暗中伸出长长的触角，时而把我推向思念的高地，时而又把我扯进寂寞的万丈深渊。我就在这高地和深渊之间迷迷糊糊睡着了，眼角还挂着泪。

王安定是我的初恋，也是唯一一个要了我身子的男人。所以我爱他，爱得毫无保留，爱得奋不顾身。我觉得在很大程度上我爱他胜过爱我自己。我爸曾在喝醉后骂我"眼睛叫鸡屎糊了"，还说我挑对象的标准是"男的就行"。我爸这句话就像一颗钉子，在我心里钉出了一块难以愈合的伤疤，也把王安定死死地钉在他心里的耻辱柱上。虽然我爸看不上王安定，但我对他炽热又浓烈的爱却丝毫未减，甚至还因为我爸对他的偏见而对我爸生出一些怨愤。凡事懦弱的我，唯独在爱他这件事上表现出了非凡的执着和果敢。我不管我爸我妈怎么看怎么想，我就是爱他。以前怎么爱他，现在还怎么爱他，以后还要继续爱下去。别说现在有了灯灯牵绊着，就是没有灯灯，我该怎样还依旧怎样。哪怕他的能说会道在别人看来更接近于油嘴滑舌；哪怕他和其他女人之间模糊的边界感给我造成了归属感和安全感严重缺失；哪怕他在别人嘴里是那么自负、武断、不理智又不靠谱……这些，都不影响我爱他。我不知道这偏执的爱源自何方，又该指向哪里，我只知道我爱他。他是一块人人趋之若鹜的金子，我爱；他是一堆人人避之唯恐不及的臭狗屎，我也爱。

可是他又在哪里呢？他爱我吗？此刻，他会像我想他一样也正在想我吗？如果他也想我、也爱我，为啥不愿意给我打个电话？难道真的像他妈担心的那样，已经凶多吉少了？如果真是这样，我余生该怎么办？我们的女儿灯灯又该怎么办？……一想到这些，我就难过得无法呼吸。我后悔没有珍惜和他在一起的日子，后悔我们在一起时我使的那些小性子，后悔当初没多爱他一些，后悔没让他知道他在我心里的分量到底有多重……可现在除了后悔，我想不出任何办法。

王安静看到她妈老哭，就和程云龙商量说要不就再去找找。程云龙就说，连个详细地址都没有，要找个人无异于大海捞针。王安静说，大海捞针也得捞，这样哭下去总不是个事。程云龙想想也是，找到找不到是一回事，找不找又是另一回事了。但和谁去找却让他俩犯了难。王安静怀孕了，清早起来刷个牙都要吐老半天，更甭提出远门了。程云龙一个人去吧，路上连个照应也没有。我说，要不我去吧。王安静瞪我一眼，说，你走了灯灯谁看？再说，你去了能弄啥？王安定他妈说让我在家看灯灯，她跟上去。王安静就说，你去帮不了忙光能添乱。要是我哥找不回来，再把你丢了就事大了。正巧王安定他表弟安江伟来家里走亲戚，就自告奋勇说他和程云龙一起去。安江伟是王安定他妈的大侄子，大学毕业后，在浙江一所中学教书。他说，学校开学晚，他们提前一周出发。到时他从广西折过去上班，程云龙一个人回来。

正月初八下午五点，程云龙和安江伟挤上了去省城的班车。虽说已到下午，但正是春节返程高峰，车站等车的人还是排起了长长的队。他们买的火车票是凌晨一点的，我们就给叮咛说去了先不着急去火车站，在附近登记个招待所住着等。可他们并没有登记招待所，不到晚上十点就去了候车大厅。王安定他妈放心不下侄子和女婿，所以每隔一会儿就会打电话问问。安江伟和程云龙都有手机，联系倒也方便。

灯灯要乏了，就在奶奶怀里睡着了。王安定他妈在灯灯肉嘟嘟的脸蛋上很响地亲了几口，看着我说："给，抱上睡去。"

我走近她，弯下腰要抱灯灯，电话响了。王安定他妈说："先接电话，看江伟说啥。"

电话就在炕头桌子上一个鞋盒里放着。今天因为接打频繁，盒子的盖子并没有盖。我转身两步挪到桌前，提起话筒，喊了一声"喂"，话筒不出声。我再喊一声"江伟"，还是没声音。那就是程云龙了，我就喊"云龙"，那边还是没声音。我凑近去看来电显示，可显示屏上显示的是通话时间。王安定他妈一看这情况，就抱着灯灯从炕沿边挪过来，腾出一只手从我手里接过话筒说："喂！云龙还是江伟？咋了？"

话筒不响。她说："谁呀？说话呀！"

话筒那边还是没声音，王安定他妈就喊着说："安定？你是不是安定？娃，是你吗？"

不知道话筒那边说了句什么，王安定他妈一下子就哭出了声，她说："娃呀，我把你个没良心的！这几个月你到底跑哪儿去了？你把我心都要劳干了你知不知道？……"

王安定他妈边骂边哭，我想插一句话都插不上。王安定他妈一哭，就把灯灯给吓醒了，她一醒过来就咧嘴要哭，我赶紧从王安定他妈怀里抱过她，一边拍着哄她睡一边听他们说话。王安定他妈的声很高，但话筒里王安定的声音却一点儿都听不清楚。我知道电话是可以开免提的，但我生着他的气，就坐着没动，心里却把他恨得要命。人就是这么奇怪：他没消息的时候，我连大气都不敢喘一下，生怕把他吓跑了；他这刚一有消息，我就想起我有一本子的账要和他算。我想，如果那电话线是一根引线，我能一下子把他炸成一块黑炭。

王安定他妈骂完了、哭累了，就叫我接电话。我接过电话，强作镇定地喊了一声"喂"，话筒里传来一声"水儿"——是王安定，是他的声音，熟悉又陌生。我的眼泪一下子涌了出来，我一个字也说不出来，只是个哭。

王安定他妈本来已经止住了哭声，我一哭，就又把她惹哭了。她抹去眼泪，拍了拍我的肩膀，说："甭哭了，叫他给你说话！"

我的眼泪就像开闸的洪水，怎么都止不住。王安定见我哭个不停，就说："水儿，要不我就先挂了，明天再给你打。"

我一下子止了哭声。我已经叫他晾怕了！我怕他挂了电话，更怕他说的这个"明天"又会成了遥遥无期的一个盼望。我多么希望手中的电话线是条绳子，这样我就可以把他死死地捆住，再打一个他永远挣脱不了的结。王安定见我不哭了，就说，服装店生意是个骗局。他把带去的两万块钱赔光了。这几个月来，我们把所有可能出现的状况都预料过了，这个结果在预料之中，也不是最坏的。我问他，人没受罪吧？他说没有。我说，没把你关起来，再派个人看着吧？他说没有。我问，为啥连个电话也不给屋里打？话筒里就久久没了动静。过了好一会儿，他说，我实在没脸给你们打电话。我心里说，那现在咋有脸了？但这话我没敢说出口。我说，只要人没事，钱没了咱再慢慢往回挣。我让他把地址给我，说天一亮我就去镇上邮局给他汇款，他收到钱就能回来了。但王安定说他暂时不回来，他现在在广东东莞，在一家电子厂都上了三天班了。他一说上班，我忽然就想起冯家园子那父子俩。虽然我觉得此时说这事有些唐突，但这就像一根刺扎得我日夜难安。我就想问问他。没想到我刚一开口，就被王安定他妈给打断了。王安定他妈冲着话筒说："你这娃！你要去广东，都没说先回来在屋里转一圈。你不说怜念我们孤儿寡母为你提心吊胆，也不看看我们是活着还是死了？"说完又低声给我说："你说你是聪明还是傻？你现在问他，他就能给你说实话了？他只要没事，迟早会回来，这事迟早都会有个说法。你这么一惊动，他要是再窜得没影影了，你说，咱娘儿俩跑哪儿寻他去呀？"我想想也是，就收了要问的话。

　　王安定在电话上问灯灯乖着没，我说灯灯睡了。王安定问："会走路了吧？"我"嗯"了一声。王安定他妈在旁边说："娃成天'爸爸、爸爸'地喊，你这个当爸的却一跑八十亩远，连个影影也不见！"王安定就在那边长叹了一声。

　　我们娘儿俩都被王安定这几个月的失联吓怕了，就在电话上一再给他叮咛说无论如何先买个手机，他要是没钱我们给他汇钱过去。王安定说不用，等发了工资他就去买。他说他现在进的这是正规的厂子，稳当得很，活也轻省，就是时间有点长，一天得上十几个小时，隔一周还要倒一次夜班。王安定他妈就说，毕竟三十的人了，不像人家那些娃娃能熬夜。又叮咛说，熬不了夜就甭硬熬，把身体熬垮了，你挣再多的钱都不顶用。

　　这一通电话絮絮叨叨地说了一个多小时。万分不舍地挂了电话，一看表，零点十分！我们才反应过来程云龙和安江伟还在火车站，王安定他妈就赶紧给程云龙打电话，程云龙没接，又打给安江伟。电话响了好大一会儿才通了，没等安江伟开口，王安定他妈就冲着话筒喊："伟伟，你哥回来了！你哥回来了！"

　　安江伟问："我哥？我哪个哥？安定哥吗？"

　　王安定他妈就说："是呀是呀，他打电话回来了！"

　　安江伟受了姑姑情绪的感染，也变得兴奋起来。但兴奋之余他还有点不信，就问："真的呀？啥时候打的？"

　　王安定他妈说："真的！刚挂断电话！"

　　安江伟说："那就太好啦！"顿了一下又说："姑，那我们找个地方睡一觉，天亮了就回家。"

　　王安定他妈说："急啥？去都去了，逛上两天再回来！"

　　虽然王安定他妈叫安江伟和程云龙在省城逛两天，但他两个还是在第二天一大早就坐第一趟班车回来了。他们在县上车站下了车，程云龙给我们打了个电话，说他们到县上了，让我们放心，他们就不到家里来了，各回各家呀。

儿子没事，女婿和侄子也平安到家。王安定他妈就把悬着的心款款地放进肚子里边去了，挂了电话，又睡了个回笼觉。这一觉睡到九点才起。这应该是近几个月来她唯一睡得踏实的一觉。

王安定失联的那几个月，我们娘儿俩就像没了主心骨，心乱得像一团麻，啥事都揪揪扯扯地搅转不开。他那一通电话就像一把梳子，把我们那些乱七八糟的思绪一下子给梳顺了。王安定他妈不等国栋上门，七拼八凑主动把国栋的利息给清了。王安定那个同事宋会军并没有来，就把他那一部分单独搁着，等来了再给。

把眼目下这事安顿妥了，王安定他妈却给我说，她想出去打工。我吃了一大惊，问，你都这一把年纪了，能去哪儿？去了又能给人干啥？她就说，安定刚去那边还没扎稳，也没挣下几个钱。可是他欠的那么多账，连本带息一分都不能少。她能挣一点是一点，不说给安定还账添个一分二分，最起码把屋里开销能包住，不向安定张嘴要。

算起来我也是上过高中接受过中等教育的，但我从来没有立一个远大的志向说我将来一定要弄啥弄啥。即使后来恋爱、结婚、生女，我都从来没有一个明确的想法说我要干点儿啥。我和村里其他妇女一样，围着锅台转，围着炕头转，围着孩子转，围着男人转。只是，一个人要是懒的时间长了，就再也不想勤快，也勤快不起来了。我也一样，有时也会萌生做点儿什么的想法，但不出几分钟，肯定就会伸出无数只看不见的手把这想法给掐死。我就在这日复一日的平庸里糊里糊涂地磨到了二十三岁。但王安定他妈一说她要出去打工，我就不能再干坐着了。我说，你去了能干啥？要去也是我去。年轻人，活好寻！王安定他妈说，娃还那么小，离得了当官的爸，离不了要饭的妈。你就在家里看娃！

我以为王安定他妈说的打工是和火蝎子、会琴她们一样，给人疏个花、套个袋，早上出去，晚上回来。谁知道她是要到县城去当保姆，还是住家的那种。她去给国栋清利息，国栋他妈说他们小区一个女的要给她爸妈雇个保姆。国栋他妈说，那老两口能动弹，就是年龄大了，行动不方便，儿女都忙得顾不上管。但人家姊妹几个家境都不错，就商量说给雇个人，平时给收拾收拾卫生，做个饭，洗个衣服。又说她在村里问了一圈，都有活拖累着，走不开，问王安定他妈有没有合适的人，给介绍一个。王安定他妈就毛遂自荐说她去。国栋他妈就笑着说："我跟你说的是实话，你甭当笑话听。"王安定他妈就说："我也跟你说的是实话。"国栋他妈就认真了，说："你要是真愿意去，我现在就给打电话。"王安定他妈说："再急也不在这一时三刻，等我回去给媳妇说一声。"出门的时候又给叮咛说："我说好了给你回话！"

　　王安定他妈回来跟我商量，我一听就急了，说："这个不行！"

　　王安定他妈问："为啥不行？"

　　我说："服侍人那事不好干。"

　　王安定他妈说："就是个打扫卫生、洗衣服、做饭，我干了几十年了，有啥不好干的？"

　　我说："在自己家，不挣钱，你干好干坏没人说。但在人家家里就不行，人家觉得给你出了钱，说你就是天经地义。衣服脏了净了，饭熟了生了，脚勤了懒了，嘴刁了馋了……反正，只要你稍微有一点做得不合人家的意，人家就会理直气壮地数落你，你还不能还嘴！"

　　王安定他妈就摆出一副豁出去的神情，说："只要我把我活干好，他爱说叫说去！听蝲蝲蛄叫还不种地了？"

我想着，在村里像她这个年纪的人早已无事一身轻，而她为这个家还有操不完的心，就一下子伤感起来。我说："安定、安邦和安静他们都不在，你要是走了，我给他们咋交代？"

王安定他妈说："你给他们交代啥？他们几个谁把我交代给你了？"又换了语气说："水儿呀，按理说娃还小，我不该把你娘儿俩撂在屋里。但一想安定给咱整的这一摊子，我是真的愁呀！我都要愁死了！要是把这坑填不上，我愁死不说，你和娃跟上都没好日子过！"

我劝不住王安定他妈，就趁她出门的当儿给王安静打了个电话，让王安静赶紧劝劝她妈。等了一下午电话没等到，没想到王安静第二天一早就跑回来了。她进门一见她妈，就扑进她妈怀里，哭得鼻涕一把泪一把的。她妈吓坏了，以为程云龙给女儿气受了。及至问清楚事由就哭笑不得。她妈把怀里的女子往外一推，说："死女子，我当你两个闹气了，闹了半天是因个这！我去挣钱，又不是上沙场，你哭啥？"

王安静说："你说你都这把年纪了，划得来看人那脸色？再说能挣几个钱？"

她妈说："挣一个是一个，挣两个是两个。"说完又给女儿敲警钟说："少给你哥说！"

王安静说："我哥肯定要问的。"

她妈说："你就说给临时帮忙，三五天就回来了。"

王安静就又掉下泪来。她妈就撇撇嘴，嫌弃地说："对咧！贱眼泪就多得很！"

王安静看怎么都劝不住，就说："那咱说好，你去能行，就是第一次咱俩得一块儿去。如果能行，你就留下；如果不行，咱直接走人！"

她妈就说："不行肯定走人，不走人难道还留下吃饭呀？"

我妈听说王安定他妈要去城里当保姆，就让我哥给我打电话，叫我回去一趟。我本来打算不带灯灯，但那天天气不错，太阳暖烘烘的。灯灯见我要出门就哭着要撵，我一想我爸妈也有小半年没见娃了，就临时决定带她一起去。

王安定他妈一开始是不同意让我带娃去的，嫌路上冷。但一看我执意要带，也就不再反对了。在我给灯灯换衣服、铺坐架的时候，她跑前跑后地给我帮忙。王安定他爸的下世，带走了她生活中的阳光，也折断了她性格上的锋芒。她不再像以前那样爱计较，也不像以前那样凡事总要占个上风。她变得温和起来，也沉默起来。而随着王安定这一走，特别是发现王安定背了那么多外债之后的近两三个月，她在怨愤的同时常常生出深深的自责和愧疚。在我面前，这自责和愧疚就演变成代儿受过的小心翼翼和讨好。而对我来说，这些小心翼翼和讨好如一根根芒刺，扎得我坐立难安。

我讨厌她儿子让我的生活变得一地鸡毛兵荒马乱，我更讨厌她动不动就开启的自我检讨和责任主体上的自动牵连。

二十五

王安定给我骑的自行车后座上绑了一个竹坐架，灯灯会坐后，我每次带她出门，就会给坐架上铺上小褥子，把她放进坐架里载着她。她坐过几次后，我一推车子，不管她在奶奶怀里还是在地上，就斜着身子抬起腿要往坐架里坐。

224

出门前，怕路上冷，我给穿着棉衣棉裤的灯灯裹了一条小被子，连被子一起用围巾绑在了坐架上。给她戴上帽子、口罩，只留下两只圆溜溜的眼睛在外面。一上路，小家伙就"咿咿呀呀"地唱起来。她唱的是从电视上学来的广告词，人人都耳熟能详的那句："今年过节不收礼，收礼只收脑白金！"每次电视上这个音乐一响，她就站起来，跟着屏幕上那两个卡通老人扭腰送胯。小孩子掌握不住平衡，吐字也不清，但她软萌的表情和可爱的动作每次都会逗得我们哈哈大笑。

　　到了家，撑好自行车，从坐架上抱下灯灯一放到地上，她就满院子跑着耍开了。这个年纪的小孩子，正是好奇心爆棚的时候。见啥都想看，都想摸，都想咬。不是去撵鸡，就是去逮猫，要不就把笤帚、脸盆、香皂等东西一股脑儿给扒拉到地上去。所以，在她撵鸡、逮猫的时候，我爸就猫着腰、张开双手跟在她身后，生怕磕着碰着。而在她扔东西的时候，我爸就一一把那些东西拾起来放到她够不着的地方，甚至还要根据她的走向做出预判，在她的手到达之前把东西顺利转移。即使她摔了我爸觉得珍贵的东西，即使她不出多大一会儿就把整个院子搞得一团糟，我爸也不生气，跟在她身后依旧乐呵呵的。她跑乏了也会在我爸怀里赖一会儿，这时，我爸就会在她胖嘟嘟的脸蛋上很响地亲一下，再亲一下。我爸一亲，她就"咯咯咯"地笑起来；她一笑，我爸也跟着笑起来。

　　我爸陪着灯灯玩的时候，我妈就提出一个塑料袋放在石板桌上，袋子里是我妈收集起来的南瓜子。我爸妈从来不给我们买瓜子，但我们家从来不缺瓜子吃：西瓜子、甜瓜子、南瓜子、葫芦子，都是自己捏出来洗净晒干的。

　　何家湾家家户户都种西瓜，也从不缺西瓜吃。西瓜长到碗大的时候，人们就会给地头搭一个瓜庵。晚上一般都是男人睡瓜庵，白天大人要干活，各家的娃娃就担起了看瓜的任务。这些娃娃从小跟着大人耳濡目染，早就有了"听声音知生熟"的本事。渴了，下去挑一个抱到瓜庵前，用插在床缝的刀子切成一牙一牙吃。瓜庵里没有备刀子的，就直接在地头一摔两半抱着啃，啃得满脸都是黏糊糊的西瓜汁。还有一种神奇的西瓜，根本不用搭刀子，你只要拇指食指圈起在花蒂处一弹，西瓜就"嘣"的一声炸裂开来。但人们种西瓜是要卖钱的，这种西瓜途中不好运输，所以并不受乡亲们待见。它的种子也是混进瓜子罐里的，一块地里总会出那么两三个，是名副其实的"杂种"。

有的人吃西瓜，把瓜子吐出来，摊在窗台或者木板上晾着。有人吃西瓜，瓜子连同瓜肉一块儿吃进肚里去，到了来年四五月份，家里的粪堆上就会长出一棵一棵瓜苗，有时也会扯蔓、开花，还会结一个一个圆圆的花皮西瓜。人们都知道这瓜苗是从哪儿来的。虽然介意着它的出身，但要是西瓜长大了，还是会摘下来一劈两半，三下五除二下了肚。

南瓜子和葫芦子好收，用手捏出来，在水里搓洗干净，摊在木板上放太阳底下晒或者直接摊在锅里烘就可以。甜瓜子小而多，又有一层湿滑的膜，捏不出来，我妈就倒半碗麦麸，揉搓一会儿，再捏就容易多了。西瓜子就有点埋汰了——那是我们吃西瓜时吐出来的。但我妈在水里淘过几次，人们常说"以水为净"，所以也没人觉得不干净。

我妈用她收集来的这些瓜子，给我们的童年提供了一份独特的零食记忆。甚至在很多年后，那些瓜子的味道，仍是大街小巷随处可见的炒货店里的各种瓜子不可比拟的。

我们长大一点儿后，我妈就不收西瓜子了，每个人吃西瓜吐的瓜子也会随手丢弃。甜瓜子也因难收、难嗑被我妈淘汰掉，能收的就剩下葫芦子和南瓜子。葫芦子要等到葫芦老的时候才收，葫芦不扯蔓，一窝葫芦秧最多能长三四个葫芦，而它们刚一长大就被我妈摘下来做了葫芦烩面片，要不就包了葫芦包子，根本等不到老的那一天。这样，我妈能收的就只剩下南瓜子。

　　我妈开春在崾畔种上一行南瓜子，到了夏天，南瓜蔓就蓬蓬勃勃地从崾畔扯下来，活像给崾崂吊上了一层绿色的幕帘。到了秋天，南瓜的叶和蔓一天天干瘦下去，金黄的、深绿的南瓜就一个个疙疙瘩瘩着胖硕起来。

　　等到我妈安顿完地里其他农活，才拉着架子车，把这些黄得发红、绿得发黑的南瓜收回来放在屋里，随吃随取。我妈吃完南瓜，南瓜子就收起来，这时已是冬天，太阳已经没有多少威力了，我妈就把收起来的瓜子放在锅里烘干，积少成多，一冬下来也能攒不少。我们都不在，我妈惦记我们吃不上，就把南瓜子一分为二，捎给我和我哥。虽然街上的摊子上有各种口味的瓜子，我也不像小时候那样嘴馋了，但我妈还是坚持每年都分。也许在我妈看来，她分的已经不是瓜子，而是对过去岁月的一种感慨和缅怀。

　　我妈在石板桌前的一个树墩上坐下，我也在我妈对面坐下来。我妈解开袋口，对着我擎着袋口，示意我吃南瓜子，我伸手抓了一把嗑起来。灯灯看见石板桌上的塑料袋，就跑过来伸手要抓，我妈把袋子挪开了，灯灯抓了个空，就伸手从我手里捏了几个南瓜子塞进嘴里去，但她不会嗑，乱咬一阵，连皮带肉一同吐了出来，又跑开耍去了。

　　我妈见灯灯跑开了，把袋子往桌子上一放，说："你这个娃费事得很，旮旮旯旯都能翻到！"

我爸听我妈这样说，接过话说："跟她妈小时候一样，恨不得有个蝎子逮上！"

我爸这样一说，我们都笑了。我妈嗑开一个瓜子，吐去外皮，问我，王安定他妈是不是已经决定了要进城当保姆。我说，是。我妈又问我为啥不出去，我说得有个人看娃呀。我妈就说，王安定他妈能进城当保姆，为啥不能在家看娃？我说，我婆婆嫌娃太小，她看不来。我妈说，娃奶已经断了，也会走路了，有啥看不来的？我说，也可能是人家不愿意看。我妈就说，事逼到这一步了，又是自己的孙女，不愿意看也得看。我妈这样一说我就没话说了。我妈看我不说话，就说，让人家王安定他妈出去不合适。我妈又说，知道的人知道她是为了替儿还债，不知道的还以为你这个做媳妇的不明理。人家那一把年纪了还出去出力挣钱，你一个年轻人却坐在屋里看娃、做饭，你想想合适不？我一想，确实不合适，就问，那有啥办法？我妈说，两种办法。一种，是让王安定他妈在家里看娃，我出去。另一种，如果王安定他妈实在不愿意看娃，她和我爸给我看，我和王安定他妈都出去打工。我妈这话一下子把我的心搅乱了。我已经习惯了过一天算一天，也从来没想过要去改变这种现状，甚至连一点儿心理准备都没有。所以，一时间竟然不知道到底该咋办。

我妈看我纠结，就开始数落我说："人都说'吃不穷，穿不穷，打算不到一世穷'。过日子要谋算哩，不能胡碰瞎整。你要胡碰瞎整，多大的家当都会被整没了。你安定本来就不踏实，老想着走捷径，空倒空。你不说劝，跟上也胡整。你当初说把陪嫁钱给他添上开门市挣钱呀，门市哩？挣的钱哩？门市没开成，钱也一爪子

228

打得飞完了。娃呀，钱就是人的势，没钱就没势了。你兜里揣得饱饱的，到街上看上个啥，眼睛不眨一下就买了。你兜里要是瘪着，花一毛钱都要捏揣了再捏揣。"我妈停下来，看一眼灯灯，又说："现在娃还小，还没到你最难的时候。趁你年龄还小，趁我和你爸还能给你经管娃，赶紧出去给自己挣几个，这样后边就不逼你了！"

在我爸妈面前，我已经没有底气说我还有个丈夫，灯灯还有个爸爸——多亏我爸妈当时没把我硬要和王安定好的话用录音机录下来，不然现在就是用四十五码的鞋帮子打脸——"啪啪"的。但我又觉得王安定并没什么错。错就错在他爸离世太早，肩上的担子压下来太快，把他压蒙了，一下子还没适应过来。但这话我不敢说。这时要是还不审时度势，那我这二十几年的饭就白吃了。

我觉得我现在已经够难了，可是我妈说这还不是最难的。最难能难到什么程度呢？用火烧哩？用刀剐哩？还是用鞭子抽哩？……我没经历过，也想象不来。想象不来我就不想了，等到了那一天，"兵来将挡，水来土掩"吧！

我虽然觉得我妈说得有道理，也同意听从她的建议去打工，但我又舍不得撂下灯灯。我说："那我想娃了咋办？娃没她妈也会短精神的。"

我妈就说："你没长腿？想了不会回来看？我不打不骂不掐不拧，你娃短的啥精神？"又说："娃不见她妈就是短精神？我给你说，娃吃不上好吃的，穿不上好衣服，啥时都显得低人一等，那才叫短精神！"

我支吾着，还想给自己找个借口，我爸就发话了。在我和我妈说话的时候，我爸脖子上架着灯灯就在院子转圈圈。我爸双手在脑后抓着灯灯的胳膊，缩着脖子，小心翼翼地一步一步往前走。灯灯高兴得"咯咯咯"直笑，小胖腿儿一蹬一蹬的。我爸走到我和我妈面前，停下来说："水儿现在已经成人家人了，你说你操那闲心弄啥呢？"灯灯看我爸不走了，就蹬直了腿儿咧开嘴要哭。我爸就边迈步朝前走边说："你以为谁爱哄你这娃？一分钱不给挣，一分钟还不让歇。"

我不得不严肃地看待这个问题了。我爸妈说得有道理。趁我年龄还小，趁他们年龄还不是很大，趁我嫂子还没有怀上二胎，我得抓紧时间先挪一步。可是我能干什么呢？有孩子牵挂着，我并不想走远。但近处能找到合适的活吗？

第二天回龙山的时候我就载着灯灯去了晓琴店里。这天百吉镇不逢集，店里也没包席，只有几个零散的人围着大厅的火炉吃炒面。元海在太阳底下靠着墙抽烟，见我来了，赶紧把正抽着的烟扔在地上用脚踩灭，上前从坐架里抱出灯灯。元海瘦了一些，也白净了。人一瘦，显得个儿都高了。他穿着一件深蓝色的棉外套，黑裤子，头发理成了小平头，看起来精神了不少。一时间，我竟然不能把他和记忆中那个又黑又胖的元海画上等号。他抱着灯灯转着圈举高高，逗得灯灯直笑。逗过一阵，他才把灯灯放下来，一边招呼我进来坐一边扭头向楼上喊："琴，琴！水水来了！"

元海话音刚落，晓琴的声音就从楼上传下来："来啦！来啦！"

一阵踢踢踏踏的声音响起，晓琴抱着兜兜就从吧台后边的楼梯间转了出来。晓琴一到大厅就把兜兜放在了地上，跑过去抱起灯灯，在灯灯的脸蛋上接连亲了好几下。灯灯认生，被晓琴一抱一亲就哭起来。晓琴就使劲在她脸蛋上亲了一口，把她放了下来。兜兜刚学会走路，还不稳，一走起来跌跌撞撞的。他看到眼前的灯灯，就停下来好奇地打量着。灯灯刚止了哭声，这会儿被兜兜一看，就往后退了几步，一转身扑到我怀里来了。在我怀里又转过身去看兜兜，这一看却把兜兜看羞了，转身走向元海，抓住元海的裤腿撒起娇来。这是两个娃儿的第一次见面，这一幕把我们几个都逗笑了。

元海从桌下拉出两把椅子让我和晓琴坐着说话。两个孩子没一会儿就熟了，围着大厅的桌子玩，元海就把每桌的椅子尽量往桌下塞，怕磕着碰着孩子。

说实话，在很长一段时间里我是看不上元海的。我相信不光是我，何家湾大部分乡亲也是这样的。他和晓琴还是两个独立的个体的时候，他还仅仅是厨师元海，人们说起他的时候，至多会说他黑一些、胖一些。但当他和晓琴订婚的消息一传出来，因为反差太大，人们就把他两个拿出来一一做比对，这"看不上"就一下子具体起来、直观起来。有村里和他同年岁的伙伴就说元海小时候爱流鼻涕，是学校有名的"鼻涕大王"。不管你啥时候见他，鼻子下边都吊着两条大鼻涕。大家都说元海的鼻涕有根，因为你刚擦完，不出两分钟，它们又会长出来。鼻涕出来得太频繁，元海根本擦不过来，后来也就不擦了，任它们在鼻子下边一长一短地吊着。遇到有人嫌弃，元海就鼻子一皱，使劲一吸，两条鼻涕就像两条虫子一样乖乖缩回了鼻腔里，鼻孔下只剩了两条红红的鼻涕印。课间，孩子们都吵闹着，夹杂一点儿难听的声音无关紧要。但到了上课或是上自习，满教室都是元海吸鼻涕的刺耳声音。加上元海人本身长得不好看，家里又穷，穿衣吃饭都不讲究，所以学校的老师和孩子都不喜欢他。可以说，在何家湾大部分人心目中，特别是那些嫉妒元海抢了晓琴的小伙子心目中，他不但"矮穷丑"，还"脏乱差"。但谁都没想到，这个"矮穷丑""脏乱差"日后却成了第一个在百吉镇开店的何家湾人。

不可否认，醉美楼刚开业那会儿，有一部分人是想看元海笑话的。因为在人们固有的印象里，你元海就是一个杀猪、炒大锅菜的农村厨子。农村人口粗，也不讲究，酸了酸吃，甜了甜吃，你糊弄一下还行。可是那些下馆子的，早都把嘴吃刁了，就你那两把刷子能抡得出去吗？

元海人长得不好看，但并不傻。大家没想到的他都能想到，大家能想到的他用脚指头想都想到了。在给兜兜过完满月后，他就去了县城一家饭店后厨给人打工。元海有基础，能吃苦，又肯下功夫，不出半年，就把里边的渠渠道道样样行行摸得清清楚楚。开店后，他心实，不会耍奸投机取巧。面，该二两的，他决不给一两九；肉，该一斤的，他决不给九两。他把每一个顾客当亲人，就是不是顾客，比如门口劳务市场上那些人，比如想讨口水喝的过路人……只要是进了他的门，他都像见了亲人一样一视同仁。甭看这些人都是刨土窝子的农民，自尊心却极强。在元海这儿受了优待，出去就一传十、十传百，把个元海和他的醉美楼夸得天花乱坠。

说得人多了，人们就不得不对元海刮目相看了。

村里人都知道我和晓琴关系好，时时处处就会拿我俩做比较。人们看不上元海，元海却不声不响地把事干成了。而当初人人都看好的王安定，到现在一个响屁没憋出来不说，连人都不见了。我妈一说起这个就生气，一生气就数落我，说我长的那眼睛是个样子货，看不出来他就是个驴粪蛋蛋——外面光。

我虽然已经有些后悔自己当初的选择，嘴上却不愿意承认。世间最无能为力的事就是你明知走错路了，却还要一直错走下去。我现在就是这样。我不是没想过和王安定离婚，也不是没想过像村里有些媳妇一样，过不下去了就一走了之。但我一看到灯灯，先前所有的想法顷刻间都烟消云散——我是她的娘，我把她带到这个世界上，在她没长大成人之前，我就得对她负责。她爹已经不靠谱，我这个当娘的，再不敢也不能不靠谱了。

我给晓琴说我妈让我出去打工。晓琴说："要打工就得去远处，咱这里工资低，挣不了几个钱。"我说："走远处我舍不得娃。"晓琴说："那就在县上找个，想娃了，坐个班车一个小时就回来了。"

元海听见我们的话，就走过来说："你们为啥只围着'打工'两个字转圈圈？按我的意见，你自己不管做个啥都比给人打工强！"

元海这话一落，我才反应过来是我给晓琴先画了一个"打工"的圈圈，从而限制了晓琴的发挥。但我一时间想不起自己能做啥，我就问他："我能做个啥？"

元海说："能做的多了去了！"

晓琴瞪元海一眼，说："好好说呀！在水水面前还卖啥关子！"

元海拉开晓琴旁边的一把椅子坐下来，看着晓琴说："不说远的，就从咱跟前说。每天早上，你看街上那些早点摊子：卖烤饼的、卖肉夹馍菜夹馍的、卖豆浆油条胡辣汤的……还有那些给各店送面的、送菜的、送御面的、送凉皮米线的、送蒸馍面条的……这么多的活，每一样都是要人干的呀！"元海说完，又把头转向我问："我说的这些活里，除了男人干的和那些要几个人才能干的，你想干啥？"

我想了一想，应该是我能干啥，而不是我想干啥，就说："我除了会蒸馍擀面，再啥都不会呀？"

元海说："这有啥难？不会咱学呀！"

可是我把元海说的这些能赚钱的生意在脑子里过了一遍，并没

233

捋出个特别想干的。我自己都捋不清，元海和晓琴费再大的劲也不可能帮我捋清。几个人就暂时没了话。忽然，晓琴像想起什么似的对元海说："送御面的老郭给我说过几次，说他一出去送货，店里就没人了，让他找个看店的。包吃包住，一个月五百。你说水水可以不？"

我觉得工资是低了些，但活轻松，也不用操心。我就说："我可以试试。"但元海不同意，他说："咱现在这年龄，跟人家那十七八岁的娃娃不能比了。像这活，人家娃娃坐上个两三年、四五年，出来再学啥还能来得及。但咱呢？就是现在把油加饱跑都赶不上趟，还不说再耽搁上几年！"

我本来就抱着混一天算一天的态度，并不像元海想得那么长远，但我又不好意思给元海留一个不求上进的印象，就说我回去好好想想，再和我婆婆商量商量。

这时的天，早晚都还冷着，只有中午那几个小时有着融融的暖意。我得赶紧趁暖和的时候把灯灯带回龙山去。我就给元海和晓琴道别要走，但晓琴说啥都要让我吃了饭走。元海说锅本身就开着，他这就去下面。我说："怕走得迟了孩子冷。"元海说："你放心，我手底下麻利得很，保准十分钟之内给你把面端上来。"

元海给我做了一碗烩面片，我吃完，就又裹好灯灯，依旧绑在坐架上，载着她回去了。

上路没骑多远，灯灯就睡着了。二月才开了个头，成片的小麦和油菜还在田里瑟缩着灰扑扑的暗绿的身子。我的自行车行走在路上，就像在一个又一个巨大的绿格子间穿行。我机械地蹬着自行车，大脑像被水洗了一样一片空白。我不知道自己从哪里来，要到哪里去。有那么一瞬间，甚至连龙山这个再熟悉不过的目的地都变

234

得渺茫、虚无起来。

二十六

王安定他妈并没有去县城。因为她还没来得及动身，王安定那个同事宋会军就来了。

王安定这一走，对我们来说，好些事就成了难以破解的谜题。王安定他妈知道王安定和宋会军关系好，就有意拿话去试探，看宋会军到底知不知道些什么。

果然，这一试探就有了蛛丝马迹。

宋会军说，去年五月，他和王安定、王安邦曾一起吃过饭。饭桌上，王安定给了王安邦三万块钱，王安邦还给打了收条。

王安定他妈可能觉着弟兄俩在外人面前表现得如此生分有失体面，就说："亲弟兄，为了三万块钱打收条，丢人事都叫我屋这两个货干完了！"

宋会军说："安定怕后边起纠纷。"

王安定他妈说："弟兄俩能起个啥纠纷？安邦做事再差劲，我就不信他能连他哥都坑！"

听王安定他妈这样说，宋会军就不说话了。王安定他妈坐了一会儿，又蓦然想起什么似的给宋会军说："安定给了安邦六万，安邦却给打了三万的收条，咱也想不来他弟兄俩闹的是哪出！"顿了一下又说："安定自己的日子都到了提起裤子找不见腰的地步，哪还有心思给安邦倒三万？你知道那钱是哪儿来的？"

宋会军摇摇头。

王安定他妈说："我给你说，都是贷的！"顿了一下，看着宋会军又说："你知道我安定现在身上背着多少钱贷款？"她食指勾起来比画了个"九"，话里已经有了哭腔，说："九万！"

宋会军给宽心说："不急，慢慢还！"

王安定他妈说："娃，姨这话说出来也不怕你笑话。安定和安邦都是我身上掉下来的肉，我作为长辈，本不应该偏灯向火。但安邦这几年在外边把心跑野了，没心经管屋里，更没心经管我。我想，我以后十有八九得靠安定了。可安定又背了一屁股烂账，你说，娃日子都烂包了，我这个当妈的日子咋能浑全？"

屋里有了短暂的沉默。过了一会儿，宋会军用商量的语气说："姨，我有个意见，你先听听。能成了成，不成了你也甭生气。"

王安定他妈看着宋会军说："娃，姨知道你是为姨好。你说，姨不生气。"

宋会军说："城里的房子放着也是闲着，而咱们欠人家的贷款是要算利息的。你看，咱能不能把房子卖了，把贷款先一还？不然，那利息越滚越多，一年到头你光清息都得不少钱！"

听宋会军说完，王安定他妈说："这事，姨想过不止一次。只是你不知道，弟兄两个去年为房子已经闹过一次，后来叫我给骂散了。那房子放到这儿，啥事都没有；现在咱再说要卖，我敢保证，不出两天，安邦肯定又要跳出来闹。"

宋会军就说："姨，话说到这了，我就给你实话实说吧。安定给了安邦六万，三万是还安邦的，三万是给安邦补的房子钱。"

宋会军这话让我娘儿俩一下子都愣住了。但王安定他妈还没听明白，她问宋会军说："啥意思？"

宋会军说："意思就是，安邦拿了那三万块钱，这房子现在跟

龙
山

236

他没有任何关系了！"

王安定他妈就"唉"一声，语气弱了下去，说："就说他闹到半路撅下走了，我还以为是我骂得好，谁能想到他是抓了现成的！"又生气王安定说："安定就好装这大尾巴狼！你不给他，看他能把你怎么样？我就不信他还能硬下手？还好他要三万，他要是要三十万，你是不是连命都要卖了？"

我和宋会军不知道该说啥，就没接话。王安定他妈看我们不接话，就说："安邦不搅和了，安定现在又不在，那卖不卖，就水儿说了算！"

"我？"灯灯在我怀里睡着了，我用指甲剪小心地剪着她的小指甲，听见王安定他妈说这话，惊讶地抬起头看着她。

王安定他妈见我看她，说："水儿，会军的话有道理。咱娘儿俩成了事中迷，只会发愁，不知道变通。房子一卖，把人账一还，咱这一河水不是就开了？"她说着，又换了自嘲的语气："看我！说让你定，自己却占便宜说了这么多。你定，不作难。你说卖，妈不拦你；你说不卖，妈也不怪你。"

自从知道王安定背了这么多外债，我老觉得心口像压了一块大石头。而城里这房子，到现在还只是心里的一个概念和纸上的一个户型图，没有任何实际意义。现在甭说卖房子，就是谁说挖土能卖钱，我都恨不得把脚下这黄土掏空。王安定他妈已经给了我明确的态度，我就说："那就卖了去。"

卖房得有个过程。这天吃过午饭，送走宋会军，王安定他妈就打电话让王安静回来一趟，王安静问："你还是决定要去呀？"

王安定他妈就反问女儿说："我不去你就不回来了？"

王安静急得在电话那边不住地说："回，回！马上就回！"

第二天一早，程云龙和王安静就开着车回来了。王安定他妈知道女儿怀孕了，口淡，前一晚上就给洗了御面，此刻正用擀面杖在锅里不停地搅着圈圈炼御面，根本顾不上招呼女儿和女婿。

　　王安静就来我屋里逗灯灯。灯灯刚睡醒，她知道冷，所以并不蹬被子，只把个大眼睛滴溜滴溜地转个不停。王安静爬上床，俯身在灯灯粉嘟嘟胖乎乎的脸蛋上亲了一口，说："灯灯娃，叫'姑'！"

　　灯灯不叫，却一骨碌坐了起来。我怕娃冻着，赶紧去找衣服。可她一见我拿衣服就又钻回被窝去了，王安静就笑着又去亲她的脸蛋。姑姑一亲，她就"咯咯咯"直笑。

　　吃饭的时候，王安定他妈就说，让程云龙给想个方子把那房子卖了去。王安定他妈说："叫你们回来接我是个话。县城我知道，在哪儿坐车我也知道，我要去，自己搭个班车就去了。叫你们回来就是想商量着把这房子卖了，给人把账一还。"

　　但程云龙不同意卖房子。程云龙说："房价现在一天比一天高，有钱人都囤房子等着涨，咱却要卖。咱现在卖五十多平的钱，几年后可能只能买四十平甚至更少。"

　　王安定他妈说："那是有钱人。咱跟有钱人比就比到沟里去了！就是一年涨十万，它还是在那儿放着，也补不了咱欠人家那个大豁豁呀！"又说："我现在只想着把人家的账还完，叫你哥再甭发熬煎，叫你嫂子和娃也甭跟上发熬煎！"

　　程云龙说，要不要等王安定回来再说，或者最起码也得给他打个电话说一声。王安定他妈就说，说啥说？他欠九万块钱的时候给谁说了？程云龙就不再坚持，叫王安静找了纸笔，写了个简单的"出售启事"念给我们听。念完，综合我们提出的意见改好后就折起来装进兜里，说他回去了找个打印部打印出来，给城里几个广告栏都贴上。

那九万块钱的债就像一根绳子，把王安定他妈死死地捆住，动弹不得。她就再三给程云龙叮咛说："咱心不重，能早脱手了就早脱手，这边迟一天，那边就会多算一天。"

程云龙和王安静要走的时候，王安定他妈要跟上一同去。王安静一进门就发现她妈并没有收拾行李，这会儿见她妈要去，就问："你就准备这样去？"

王安定他妈说："要不咋样去？"

王安静说："你连个牙刷、毛巾啥的都不拿？也不拿几件换洗衣服？"

王安定他妈就说："先去看看，能干了再取也不迟！"

王安静本来就不同意她妈去打工。第一，嫌她妈年龄大了，划不来看人脸色；第二，嫌村里人笑话她妈老了老了还出去卖力气。她不同意，但又拗不过她妈。此刻听她妈并没有把话说满，就稍稍放了些心。心里说：像你这年龄，手来脚不来、眼来耳不来的，要能干才怪！

果然，王安定他妈在城里只待了三天就回来了。而这三天里，有两天半时间她都在王安静家里待着。

国栋他妈当时说去了只是给做个饭、洗个衣服、打扫个卫生，但王安定他妈回来说，说是这样说，一上手才知道并不是那样。她说，那老太太身体状况还算可以，但那老头的身体状况很不好。他能动是能动，但腿脚不连贯，得一直小心磕着摔着。手还一直抖，拿不住筷子，连吃饭都要人喂。她说喂饭都不是问题，问题是那老头吃剩的饭，老太太嫌浪费不让倒，要她吃掉，还要看着她吃掉！

王安定他妈说这话的时候，我不用抬头，单从她的语气中都能听出大大的不可思议。她这几十年，都是围着自己一家人转圈圈，根本就没打过工，也没干过伺候人的活，第一次干就遇了个这，觉得不可思议再正常不过。

王安定他妈第一次打工以失败告终，就极力反对我出去打工，特别听说我准备把灯灯留给我爸妈之后。"水金木火土，各有各的命。咱都是土命，土命生下来就是刨土窝子的。你说你一个刨土窝子的，非要到人家金窝子里挖一锄头。人家就是叫你挖，你能挖出来个啥？就是挖出来个啥，你能守住吗？"她咽了一口唾沫，继续说，"所以，还是老老实实在咱土窝子里刨，刨一把吃一把！"

王安定他妈这样说的时候，我并不认为这是因为她对自己有了准确的定位。我知道，这很大程度上要归功于我们卖房子的那个决定。因为，一决定下来卖房子，就意味着压在我们娘儿俩——不，应该是压在我们全家人心头的那块大石头即将消失。没了外债的压力，我们就没了勒紧裤腰带给人还账的动力。虽然王安定现在在外地，并不知道我们做了这个决定。但如果他知道了，我想他肯定也会和我们一样，长出一口气的吧？到那时，他应该就能回来，守着我，守着我们的孩子，守着我们的家了吧？

唉，未来的事，谁又能料得到呢？走一步看一步吧！

二十七

清明节一过，龙山村的地里盖起了两座蔬菜大棚。大棚是王安定堂哥王庄娃盖的。王庄娃媳妇宋丽梅，娘家是宋家庄的。宋家庄在靠近县城的川道里，家家户户都种大棚菜。宋丽梅和王庄娃结婚后，日子过得紧巴，娘家爸妈有心帮衬，就把自家的大棚给匀了一座出来。大棚离不了人，王庄娃平时就吃住在大棚里，一年半载也回不来几次。宋丽梅平时在龙山经管家里，一到忙天就把门一锁，骑着那辆红色的弯梁摩托去棚里给男人帮忙。他们有个儿子正上小学。娃放学回来见门锁着，就背着书包到奶奶家去吃饭。宋丽梅走时并没给谁打招呼，所以，娃他奶并没给娃留饭。每次一看娃来了，就赶紧给娃热馍、炒鸡蛋。有剩的米汤就给热一热，没有的话就给化一包他们老两口喝的奶粉，要不就用开水泡麻花。一边看着娃吃，一边嘟囔儿媳妇："叫人给你管娃，给人连声招呼都不打！"

宋丽梅性格外向，爱说、爱笑、爱热闹，做事却总是马马虎虎丢三落四：蒸馍把锅烧干、炒菜忘了放盐，出门找不到袜子、进门找不到钥匙……是家常便饭。不然，我新婚期间也不会发生"穿条杆事件"。别人闹了笑话，悄悄捂着怕人知道了笑话，可她不，还离得老远就扯长了嗓子边说边比画，就像害怕人不知道一样。她夸张的表情和动作把大家逗得哈哈大笑，人群中有个小媳妇止不住笑，就用手指头上下撑着两个外眼角说："把人都笑出鱼尾纹了。你就不应该叫个宋丽梅，明儿个赶紧改名叫个'宋活宝'！"

宋丽梅的弯梁摩托后座上固定着一个塑料筐，她每次干完活回来，都会从筐里拿几把青菜，给左邻右舍这个一把、那个几根。她的大方，加上大大咧咧好打交道的性格，因而在村里人缘比较好。

菜棚里活多：翻呀、种呀、打杈呀、平顶呀、除草呀、打药呀、采呀、摘呀……全程离不了人。而你忙的时候，家家户户都在忙。所以，在宋家庄，一年四季都缺劳力。你有时想借个锄头铁锨，转上半村连一个娃娃都找不见，更别说找成年劳力了。宋丽梅就开着拉菜的三轮摩托，从龙山拉几个劳力去宋家庄干活。

241

宋丽梅的三摩厢上焊着铝合金架子，架子顶上有一层防水布。要拉人的时候，她就用装了麦秸的蛇皮袋把厢沿围实，再把厢里铺满——最开始她是给摆了小凳子的，上车时也是坐得整整齐齐的。谁知道一上路，凳子颠凳子的，屁股颠屁股的，两个谁也不管谁。凳子坐不成不说，还左磕一下右碰一下。所以，还没出村，有人就喊着说，宋老板，走慢个，像你这样颠下去，还没到地方就全叫你颠散架了！宋丽梅说，再慢个就成游山玩水了！我拉你们是干活的，又不是逛的！车里坐的大都是和宋丽梅同年岁的小媳妇，就七嘴八舌头地说，就你这觉悟还当老板哩，"逛好，才能干好"，这话你知道不知道？还有人说，你看这老板能当了当，不能当了让摊子，叫我们上！宋丽梅就把车停下，回过头朝车厢的方向说，来来来，现在就给你让，你下来给咱开上！车上就一阵大笑。笑声中有人催促宋丽梅说，赶紧走，再磨蹭天就黑了！

宋丽梅和王庄娃从龙山找人过去干活，吃饭好说，住宿却是个大问题。虽说宋丽梅在娘家有自己的屋，但她毕竟是嫁出去的女儿，而且她还有哥有嫂子。当初她爸妈匀给她菜棚的时候，她嫂子就一百个不愿意。只是她哥不开口，她嫂子有意见也不敢提，但背过她家里人，没少给她两口子吊脸子。宋丽梅做事大大咧咧，人却并不傻。要是搁以往，不说她嫂子，就是她爸妈的脸子她都不看。可她现在日子烂包着，"人穷志短，马瘦毛长"，她硬气不起来。她就在菜棚旁边给自己搭了一个小屋子，置办了锅灶、床铺，她两个人平时吃住都在这个小屋子里。两个人的日子，糊弄糊弄就过去了。但人一多，你想糊弄也糊弄不了。没有住的地方，到了晚上，宋丽梅只好用三摩再把大家拉回龙山去睡觉。这样折腾的次数多了，大家就给宋丽梅提意见说，一天总共才几个小时？咱花在路上

龙山

242

的时间比干活的时间多，人没少受累，活还没干下！又说，又不是神仙叶子神仙花，你宋家庄地里能长的，咱龙山地里肯定也能长。干脆把那大棚搬回来算了，自家门口弄啥都方便！

一个人说，宋丽梅并不当回事；但说的人一多，宋丽梅就不得不考虑这个问题了。过年的时候她和王庄娃一商量，两个人一拍即合。但要在龙山盖大棚，就要先把宋家庄大棚里的菜处理掉。所以，一四七、二五八、三六九，哪个镇逢集，他们卖菜的三摩就开到哪里。王庄娃一个人跑不过来，宋丽梅就再开一辆三摩，和王庄娃分头去跑。菠菜是年前秋季种的，一过年天气一暖和，要不了几天就会开花、结籽。结籽的菠菜基本上就不能算菜，更不能卖钱了。宋丽梅就给平常给他们干活的这几个小媳妇说，谁看上就自己去割，一捆一块。这几个小媳妇就让自家的男人开了三摩，去菜棚里割了菠菜，捆成捆，拉到镇上或者附近的村子去卖。宋丽梅把捆菜的塑料绳提前剪好，扎成一把一把挂在进门处的棚架上。

到了最后，成片的菠菜已经被割完，但地里还这儿一棵那儿一棵地留了好些，宋丽梅就把吊在门上用来保温的棉门帘揭开，让大家自己进棚去割。

等地全部腾出来，王庄娃就开着手扶拖拉机，把菜地给翻得平平整整。这一切都安顿停当，他和宋丽梅一起，请宋丽梅的娘家爸妈、哥嫂在镇上的食堂美美地吃了一顿。这一顿既是感谢宴，也是告别宴。吃完饭，他就雇了一辆农用车，拉了他在小屋子的全部家当回了龙山。

回龙山一个月不到，王庄娃和宋丽梅就在自家的地里盖起了两座蔬菜大棚——这也是目前为止龙山村仅有的两座蔬菜大棚。

棚盖起来了，王庄娃给地里种上了黄瓜、西红柿、茄子、西葫芦这些常规蔬菜。菜一出苗，活就来了。间苗呀、除草呀，黄瓜要掐顶，西红柿要打杈……都得人来干，还都急不得。"清明前后，点瓜种豆。"龙山村种瓜并没形成规模，就是种，也是在门前屋后的地上种上一两行，够自家吃就行。种豆就更不用说了。龙山村主要的活路应该算种玉米，但玉米种得再多，有个三五天也就完了。地里没活，人就闲得发熬煎。宋丽梅一说找人，火蝎子、会琴、我，还有村里两个小媳妇就提着凳子，拿着铲铲到宋丽梅的大棚里去干活。干活得有个领头的。我们都知道领头的得个厉害人，就一致推选火蝎子当了我们的队长。

宋丽梅的大棚离我家不远，所以，遇到我们干活的这一天，王安定他妈就会引着灯灯来棚里要。但她们来待不了一会儿就得出去，因为灯灯一见我就嚷着要抱。

在村里干活，主家是不管饭的。到了饭时，我们就会各回各家吃饭。火蝎子性子急，她怕我们在屋里磨蹭的时间长了，就一再叮咛说："吃了碗一撂赶紧往这儿走。给人干事，就要把事当事干！"

人就是这么奇怪。在这之前，我闲的时候，一天到晚胡思乱想。有的想，没有的也想；该想的想，不该想的也想。一想，就担心这个害怕那个。但现在，人在大棚里折腾上一天，除了每天晚上收工后揣进兜里的那五十块钱，除了一天两顿能解我饥肠的饭，除了能让我几分钟就会入睡的枕头，当然也要除过我的小棉袄灯灯，其他什么都提不起我的一丁点儿兴趣。

这是我第一次挣钱，也是我第一次明白我的价值并不只是洗衣、做饭、带孩子。这个发现就像一根棍子，一下子把我生活的那潭死水给搅活了。每天晚上无论多累，但第二天早上一睁眼，我就像被注入了超能量一样，满血复活。

我只想挣钱，只想攒钱。火蝎子和会琴都说我像没见过钱，这不，一见就钻到钱眼儿里去了。我并不觉得钻进钱眼儿里是多丢人的事，所以我就说："钻了就钻了。钻到钱眼里，总比套进情网中被揪扯得生不如死强吧！"

　　在大棚里干活的时候，每隔段时间，就有一辆农用车给棚里送来化肥和农药。送的人叫李指引，在镇上开着一家经销化肥农药的门市，还代售玉米、蔬菜等种子。他上过农校，当过农技员，宋丽梅就说让他来当自家的技术员。李指引想推销他的化肥农药，就一口应允了。他来卸了货，把车挪到路边停好，就进来这里瞅瞅那里看看。看完了就停下来看我们干活，有时也会加入我们的谈话。李指引个儿不高，微胖，人有点黑，方脸，大眼睛，头发理得很短。他老是穿一身烟灰色运动装，运动装的上衣领子竖着，看起来很精神。我们干活的有五个人，没出几天，他就和我们几个都混熟了，我们叫他老李，他叫我们几个"谁谁媳妇"。但他喊我，不说"安定媳妇"，一开口就是"何清水"。他一喊大家就笑，我就在这笑声中解释说，我不叫"何清水"，我叫"何水水"。他就说，"水水"有啥好？盐水水、醋水水、辣子水水还是眼泪水水？叫个"何清水"，"清水出芙蓉"——他把双手一摊说，你看这多好！

　　大家对他说的"清水出芙蓉"没兴趣，却把个"盐水水"和"醋水水"挂在嘴上了。一看见我就说，一说就笑。

　　这一晚上，我竟然在梦中见到了李指引！这个李指引在梦中并没说话，只是站在离我不远的前方冲我笑。但我笑着一回应他，他却一下子不见了。我不知道这对我而言意味着什么，我也没勇气在周围找一个可以帮我解梦的周公，但我仍因新奇的梦境而觉得兴奋。其实我潜意识里是希望他能跟我说点儿什么的，哪怕说一声

"嗨"，哪怕叫我"盐水水、醋水水"……但他就是没说。我就觉得他这人让人失望得有点沮丧，兴奋的情绪中就夹杂了些许遗憾。

　　我想着我们还会在梦中见第二面。没想到还没等到他入梦，王安定却打来电话了——王安定在电话上说他汇回来五千块钱，让我们注意查收。挂了电话躺在炕上，我惊讶地发现，对于王安定，我已经不像以前那样期待，也不像以前那样惊喜了。我不知道是我受了外边的诱惑心野了，还是王安定的忽冷忽热让我心冷了。反正我知道一个人活着可以有很多种活法，而不像我以前认为的那样，只能在爱情那棵歪脖子树上把自己吊死。有那么多的事等着我去做，有那么多的钱等着我去挣，还有那么多的美好等着我一一去探索、去发现——爱情已经不再是我生命的全部，王安定也不再是我的唯一了。

　　我一心想要在这崭新的日子里放飞自我，王安定他妈却从我的改变里嗅出了危险的味道。她抱着灯灯出现在大棚里的次数越来越多，特别是李指引来送货的时候。她要么让灯灯先跑进大棚，然后自己假装追灯灯跟着跑进来；要么就抱着灯灯，在大棚门口撩起门帘偷偷地往里瞄一下，缩一下头，再瞄一下，再缩一下头。

　　王安定他妈来的次数多了，大家都看出了端倪。当面不说什么，等她一走，几个人就笑话我说，明天来时叫你婆婆给你脖子上拴个缰绳，再戴个笼嘴。又警告李指引说，你这个危险分子，快再甭来了。看把人家老太太吓死了，安定回来就把你腿卸了！李指引就大笑，笑完了说，照你们这样说，我这腿不知道都叫人卸了多少回了！

　　对于王安定他妈这样的行为，我有点生气，又觉得好笑。我又不是个鸡娃狗娃，谁给我几个米颗颗一根肉骨头我就跟谁跑了。我

246

也不是个鸟呀啥的，想上天，翅膀一扇就飞得不见了。再说，我要是铁了心想跑想飞，凭她这一点力气又咋能拉住？所以在我看来，她这样做，只是给自己讨了些嫌、添了些堵。

虽然嘴上不说，但我心里是恨着她儿子的。我忽然就有了一个坏主意：既然你要找不自在，我就将计就计，给你个不自在。

等王安定他妈下次再来，我装作没看到，却故意找各种借口去和李指引搭话。李指引一开始也以为我没发现王安定他妈，就不住地给我使眼色。直至发现我是故意的之后，他就狠狠地瞪我一眼，也不理我，背着手转到远处去了。他这一走，大家就笑得前俯后仰。王安定他妈就在这铺天盖地的笑声中黑着脸走远了。确认王安定他妈走远了之后，李指引转回到我们跟前，用指头点着我们说，你说你这一伙子婆娘，看热闹不嫌事大，一个一个都想弄啥哩？又点着我说，何水水，你这名字没起错，你脑袋里边肯定是个大涝池，从上到下从里到外都是水。

叫他这样一说，我就觉得自己愚蠢得可以，也过分得可以。接下来半晌我只是闷声不响地低头干活。到了吃晌午饭的时候，我一进门，看到王安定他妈孤零零地坐在院子里，头顶的白发在阳光下闪着刺眼的光芒。她抬头见是我，就站起来，说她去给我端饭，让我去洗手。她的卑微一下子就把我刺痛了——她只是生养了个儿子，她犯了什么错？……这样一想，我就恨不得抽自己几十个大耳光！我立在原地叫了一声"妈"，眼里就掉下泪来。她吓坏了，跟跄着扑过来，一把把我搂进怀里，手掌在我背上上上下下地摩挲着，焦急地问我说，咋啦？谁欺负我娃了？还是谁说啥话了？……见我不说话，又说，甭哭了。都怪妈，都是妈不好……说着，自己也掉下泪来。

过了没几天，李指引就不给王庄娃送货了，换了一个叫王长海的。宋丽梅说李指引去县上的驾校当教练了，但门市他媳妇还经营着。只是他媳妇不会开车，所以送货都是雇的车。这个王长海就是一只行走的话匣子。他一开口，就像敲响了一面破锣，能聒噪老半天。所以，他要是一进棚，我们几个就没人敢轻易开口，即使正说着话也赶紧打住，生怕谁一不小心触动了这话匣子的开关。

五月初四这天，会琴没进棚，给火蝎子说要打粽叶包粽子。我们都惊讶她这个挣钱机器终于学会享受了。火蝎子就说，鹏鹏娃给他妈把媳妇带回来了。一听这好消息，大家兴奋得不行，都说想看看这媳妇长啥样。但棚里有活扯着，走不开，就商量好下午收工后去会琴家看看。火蝎子就给我们几个叮咛说，娃现在有女朋友了，不敢再当面叫人家娃"妖妖"了，几个人就齐声应着"嗯"。

我们一去，会琴就端了粽子让我们吃，还让儿子坤鹏去门口的杏树上给我们摘杏。杏树太高，坤鹏够不着，就扛了一根长竹竿去打，杏落下来，坤鹏的女朋友就端着脸盆在树下捡。大家就笑着说这俩娃在一起不像小情侣，倒像一对双胞胎。两个人都是一样的身材，都穿深蓝色的牛仔套装、黑色的马丁靴；发型都是从两鬓和后脑勺贴着头皮推上去，头顶那一绺长的却像鸡冠一样吹得向后翻卷起来，还染着同样的红色；手腕上的手镯、耳朵上的耳钉，就连指甲油的颜色都同样是黑色的。如果非要比较出不同的，那就是女朋友比王坤鹏个子要矮一点儿，脸也比王坤鹏要圆一点儿。王坤鹏还是像原来那样爱扭捏，爱翘兰花指，说话时的声音和语气还是那么柔。而他的女朋友，抽烟、吐烟圈儿，高喉咙大嗓地说话，搂着王坤鹏的肩膀大摇大摆地走路……举手投足间却活脱脱一副男孩子做派。大家在回去的路上就说，要是把两个娃性格能打个颠倒，那该多好!

　　七月初七这一天,王安静在县医院生了一个大胖小子。程云龙找人给起了个名字叫程震霄,小名叫元宝。元宝过完满月没几天,程云龙找到了接手我们房子的下家。但当初销售合同上的户主是王安定,售楼部的人就说,如果户主实在不能到场,就写一份委托书,委托其他人全权代理。王安定他妈就给王安定打电话,让王安定要么请假回来一趟,要么寄份委托书回来。王安定一听说要卖房,就说,房价一天天在涨,别人都在买进,咱为啥要卖出?他妈就反问他说,为啥?你说为啥?要不是你给咱胡整的这一河滩,我是叫屁憋疯了?王安定就不吭气了。他妈骂完了,问他,到底人回来还是寄份委托书回来,给个话!王安定就说,现在厂里订单太多,假不好请,等忙过这段,他请假回来。但这个买家买房子是为了年底给儿子当婚房用。王安定暂时回不来,他们又等不了,只好作罢。

　　房子没卖掉,但程云龙却找他爸生前的关系,把那三万一千六百块钱的条子变了现。王安定他妈用这钱还了欠国栋的三万,并要回了王安定手写的借条。在王安定那个借款清单上,借国栋的最迟,但数额最大。要还的时候,我主张先还其他几家,但王安定他妈不同意。她说:"其一,国栋是同村的,他万一出去传个闲话,王安定这名声肯定就臭了。其二,其他两家都是两万,只有国栋是三万。多还一万,咱就少欠一万。"

　　到了农历八月份,王庄娃让弟弟王稼娃在自己大棚旁边建了两座大棚。王庄娃务大棚翻了身,就有心提携他弟弟,但又不敢给宋丽梅明说,就旁敲侧击地给宋丽梅做思想工作,说村里目前只有他一家种菜,成不了规模,成不了规模就引不来客商,就是来个客商也是由客商说了算，卖不上去价。他说叫王稼娃再建两座棚，这样客商就多了。客商一多，有了竞争，咱的菜也就好卖了。而宋丽梅心里除了王庄娃说的这个理由，还是有自己的小心思的。她想：赚了赚的是大家的，可要是赔了就赔你个人的。如果王稼娃再盖两座棚，她要是赔了，最起码还有个和她一样的。她就同意了让王庄娃出面给王稼娃建大棚。谁知道他们一开建，没几天，村里的地上就像长蘑菇一样长出了二十几座蔬菜大棚。

棚多了，但懂技术的只有王庄娃一个。撒啥种，用啥药，该控温还是该升温，控多少、升多少……都要跑来问王庄娃。王庄娃本来就生气这些人不考虑实际情况，只会一哄而上。但人家在自家地里盖大棚，他有想法，也没办法。这时见这些人来问，一两次还给好心好意说，到后边就只打马虎眼。没有技术指导，这些人只能跟着感觉走，青菜长成黄的就黄着，黄瓜长成弯的就弯着。更有村里一个老人，认不得农药瓶上的字，愣是把除草剂当作杀虫药给喷洒在小油菜上，搞得半棚小油菜绝收。所以，虽然大棚多了，但王庄娃的生意在村里仍是挑梢子的。

村子里有了蔬菜大棚，就有了来收菜的客商小贩。这些人虽然隔三岔五来，但来了要吃饭、要喝水，有时也要买个烟呀火呀的。村里就有人在自家屋子靠路的墙上凿一扇窗，从镇上的批发门市进了瓜子、方便面、饮料、矿泉水等小百货，开起了小卖部。

有些客商小贩来得时候不对，菜没捆扎好，他们就得等上老半天。几个人百无聊赖，就嘴里叼着纸烟，坐在一起打扑克。天气暖和的时候，这些人就直接坐在水泥路边；要是天气冷或者下雨，这些人就坐在自己开来的农用车的驾驶室里。

一数九，不说拉菜的商贩，村里的人也闲下来了。猫看就给他屋里摆了一个货架和三张麻将桌，给门上挂了一个朱红色的皮棉门帘，上面分两竖行印了几个字，右边是"打牌娱乐"，左边是"日用百货"。客商再来，嫌车上又冷又挤，就到猫看家里去打牌。一开始只是客商去，到后来，人事场的村里人也去。每有人来，猫看就把火炉给烧得旺旺的，把茶水给倒得满满的。不过，猫看不是白服务的，凡是上桌的人，每人得给他交一块钱台费。有人吐槽说猫看的台费定得太高，猫看就不屑地说，水费、电费、服务费……哪个不值一块钱？看对方还不服气，就从架板上的泡泡糖瓶里掏出一个泡泡糖给对方塞进嘴里，说，这下值一块钱不？同桌的人就提意见说，一个烂泡泡糖都看人下菜碟，难道我们给你出的一块钱是假的？猫看就笑着说，不是我不给你，我是怕你把牙吹掉了说话漏气。说完却把手伸进瓶子里，掏出一把泡泡糖分给在座的每人一个，一时间，屋子里就此起彼伏地响起了"噗——啪"的声音。

猫看前些日子得了阑尾炎，在医院做了手术。猫看住院回来，村里人提着礼包去看他，他一见人就给人托说让给他介绍个婆娘。猫看原来健康的时候，不想做饭了就骑摩托去街上吃饭。但他得了病，肚子上开了一刀，下地上一趟厕所都要作难老半天，骑摩托他是想都不敢想。可是，骑不了摩托他就上不了街，上不了街就吃不了饭。村里人知道猫看身子还在恢复期，谁家做了热饭就给他端一碗。可人家又不能每顿都给他端，要是没人端这一顿，猫看就靠托人买来的麻花油饼和村里人提来的蛋糕饼干胡对付。越对付就越觉得必须找个婆娘！村里人当面应着，背过猫看就说，没想到猫看这一害病，倒把人害灵醒了。可是说归说，婆娘哪能是你想找就能找下的？这样三拖两拖就拖到了年后。

这年过年，王安定仍没回来。他在电话上说过年期间厂里加班费高，有年夜饭，还给发红包。春运期间路上又挤，等他三挤两挤折腾到家，年都过了。所以他说，过年他就不回来了，等明年开春瞅机会再回。

正月初六这一天，一个拉菜的司机给猫看介绍了个女人。女人是个哑巴，但人灵醒得很。她一进门就冲猫看"呜呜哇哇"连说带比画。到了晌午，猫看给她比画说想吃面，她就给擀了两大碗又薄又光的裤带面。她把面盛到碗里，放上葱花和辣椒面，在火炉上把油烧热，"刺啦"一声泼在面上。葱花的香、辣椒面的香、菜油的香，还有小麦的香一下子弥漫得旮旮旯旯到处都是。村里人想着女人不会说话，猫看一定不会同意。没想到猫看却让女人留下了。猫看留下了女人，却不和女人住一屋，他把隔壁的单间收拾出来，让女人住了进去。村里人都知道猫看身体可能有毛病，所以看他不和女人一起住也不觉得意外。但外面来拉菜的人不知道，就不免要问，猫看就说牌场子要熬夜，女人睡不好。问的人就和猫看开玩笑说："怕我们看见了就明说，还会找借口得不行！"

女人爱干净，她一进猫看的家，就里里外外角角落落收拾了好几天。该扫的扫，该擦的擦，该拆的拆，该洗的洗。她洗的衣服、床单和被面花花绿绿地挂满了院子。天气冷，她挂出去没多久，一个一个就冻成了硬板板。等到猫看的屋子窗明几净地出现在村人眼前时，有人就发感慨说，这女人把猫看攒了几十年的陈年老垢痂都给洗净了。还说，没想到猫看集散了还捉了个胖猪娃。

虽然猫看和女人不住一屋，也没有扯证，但在村里人看来，猫看还是有了婆娘。猫看爱吃面，有了婆娘，每天一到晌午饭时，不管屋里有没有人打牌，猫看都会端一大碗裤带面站在门口吃。面有时是油泼的，有时是凉调的。不管油泼还是凉调，猫看都离不了蒜。他吃一口面，就一口蒜。面吃完，再"呼噜呼噜"喝上一碗面汤。人事场要是立着人，就会说，多亏那碗是不能吃的，那碗要是能吃，你猫看一天能吃三个！

女人哑着，但并不聋。一听人说这话，就捂了嘴偷偷地笑。

二十八

正月十六晚上九点半，我刚把灯灯哄睡着，王安定他妈就喊我接电话。而我一接起电话，我哥火急火燎的声音就传了过来。我哥说："你嫂子跑了！"

从毛豆满周岁开始，我妈就一直念叨着要我嫂子再生一个。我妈想抱孙子，又不想落下重男轻女的名，就说："不管是儿子女子都得要两个。你要一个，娃以后连个帮手都没有！"

我妈一开始是给我哥说，但生孩子不是我哥一个人愿意就干得了的。我妈知道问题的症结在我嫂子身上，就给我嫂子又是明示又是暗示。我嫂子当着我妈的面不说什么，一背过我妈就把气都撒在我哥身上。一开始我哥还忍着，到后面也不相让了，两个人就吵起来。再后来，不光为了生孩子的事，其他七零八碎的事也吵。吵来吵去，两个人心也生分了。

虽然我哥和我嫂子平时在镇上经管修理门市，吃住都在门市上，但每到腊月二十七八，都会关了门回来过年，到来年正月十六再走，也刚好赶上毛豆开学。

因为晓琴，我对于我嫂子和我哥一直心存芥蒂，因而这几年深层次的沟通并不多。我知道他俩经常吵架，但当我发现我爸妈，甚至我周围很多家庭都会吵架，并在无数次的吵闹后仍然保持着对婚姻的忠诚时，我就认为吵架是婚姻的点缀，因而对他俩的情形并未在意。

我哥在电话上说，爸妈年龄大了，这事先甭让他们知道。他说他来接我去镇上帮忙带两天毛豆。我问，嫂子为啥走？我哥说，不知道。我问，接下来咋办？我哥说，还能咋办，找呀！我还要问，我哥说，甭问了，你赶紧安顿，等见了面说。

我哥火急火燎地把我接到了镇上，他最后却没走成——他在门口挡了一辆进城的私家车，给司机说他要进城，去火车站。司机说，进城不是问题，但去火车站就不容易了，因为县上的车站晚上并不发车。这司机还给我哥支招说："要么你包车直达火车站，要么你就明早走。"我也给我哥算账说："包车去火车站少说也得二三百。要是能确定人在火车站，不说花二三百，就是二三千都划得来；但现在人在不在咱都不知道，花这钱就冤枉了。"我哥就把焦急的心暂且压下来，和衣躺在床上。

毛豆睡着了，我和我哥却睡不着。我问我哥到底啥情况，我哥就长叹一声，说："啥情况？你嫂子心变了！"

我哥说，除夕晚上坐夜时，我妈指着电视上春晚看台上的一个萌娃让毛豆看乖不乖，还问毛豆想不想要个弟弟。我嫂子知道我妈又在给她捎话。这话要搁平常也不是多大的事，但这晚上是除夕，我嫂子正因为"每逢佳节倍思亲"心情不好，就不想再装聋作哑。她把手里拿着的筷子朝饭盘子重重一摔，转身回了自己的屋。我嫂子一走，我妈正尴尬着，我爸来了一句"你就话多得很"，我妈一下子就火了，两个人吵了起来。我哥说他见我爸和我妈吵起来了，就回屋说了我嫂子两句，没想到这两句又把我嫂子惹毛了，扯了一

龙
山

大堆陈芝麻烂谷子的事和他吵了起来。他俩一吵，我爸和我妈这边就消停了，两个人却合起伙来骂他……我哥说到这儿，长叹一声，说："到最后，春晚没看成，做了一桌子的菜也没吃成，好好的一顿团圆饭就这样不欢而散了。"

正月初四，我嫂子就收拾了大包小包说要回娘家。她要回娘家的事提前并没和我哥商量，所以我哥发现她要走的同时，也发现她只给她自己买了票。我嫂子嫁给我哥后，每次回娘家都是和我哥一起。这次要单独行动，我哥肯定不准。但我哥知道她心里的气还没消，他要是直接拦肯定又会吵起来，就在送她的途中偷藏了她的身份证。等我嫂子在县城车站发现没了身份证后，一下子就傻眼了，只得乖乖跟在我哥身后走。我哥带她在县城逛了一天，给买了一身新衣服、一大包好吃的，之后就直接坐车去了镇上，并没回家。

我哥和我嫂子去了镇上，毛豆就留在家里由我爸妈照管。正月十五下午，我哥骑摩托车回来，在家里住了一晚；正月十六吃过早饭，就载着毛豆去了镇上——这一天学校开学，要给毛豆报名的。

等我哥给毛豆报完名，领了书，回到门市上，却发现我嫂子不在。我哥以为她出去逛街了，也没在意。而直到天黑，都没等到她回来，我哥就有了一种不祥的预感。他进到货架里边，揭开床上的褥子一看——并没有身份证。我哥到邻家去问，邻家的媳妇说，今天一天就没见我嫂子的面。

我哥给他和我嫂子一人买了一部手机，我嫂子给我哥买了个可以穿在皮带上的皮套，给自己买了个带挂绳的小口袋，她的手机平时就挂在脖子上，晃晃悠悠的。我哥平时店里修车忙，手机的功能仅限于接打电话。但我嫂子除了做饭、接送毛豆，再没有多少事，她就给自己申请了 QQ 号，一闲下来就捧着手机和五湖四海的网友聊天。我哥知道我嫂子经常机不离手，就给她打电话，但电话关机——我哥的头"轰"一下就大了……

我哥仰躺在床上，头顶的白炽灯泡发出耀眼的白光，照得他的脸也白白的。我哥说，我嫂子老说自己当初鬼迷心窍上了我哥这条"贼船"，跟他跑来这么远的地方，平时没照应不说，关键时候连个说体己话的姐妹都没有。我嫂子开始说这话的时候多半是揶揄的语气，到后来就变成了挑衅的语气，再后来就是谩骂的语气了。在婚姻生活中，女人一旦被代入了谩骂的情境，那么，她在男人心目中的地位就一落千丈了。而地位落差引起的心理落差更容易触发女人心底的爆发点，也会使一切变得更糟糕、更难以收场。

我哥没办法把我嫂子那些姐妹给弄到身边来，也不想让我嫂子下他这条"贼船"，更不想让自己变成我嫂子发泄的活靶子，为了安抚我嫂子，就给我嫂子买了一部手机。手机确实起了安抚的作用，但没过多久，我哥就发现，这安抚作用实在有点用力过猛。因为我嫂子一头扎进手机里，十天半个月和他连两句话都说不上。

我哥说："按我对你嫂子的了解，她十有八九在外面有人了！"看我不信，我哥接着说："她心里一直装着一个人的。但这个人和她手机里那个是不是同一个，我不清楚。"

我哥的话让我很意外。我搞不清楚我嫂子明明心里装着人，为什么还会嫁给我哥，两个人能一起生活七年，还生了毛豆……想到这儿，我又想起晓琴。如果当初我哥和晓琴结了婚，如今会是啥样？我一直想给晓琴讨一个公道，也想给自己要一个真相，就问我哥说："你当年为啥不要晓琴？"

我哥忽然像被一道看不见的闪电击中，身子猛烈地抖了一下，眼泪一下子就涌了出来。我哥说："哪里是我不要？我是不敢要，也不能要啊！……"

我哥这一哭，一下子把我吓住了。但相比哭，我哥的话更让我疑惑又吃惊。我哥说："我知道你一直恨我，晓琴也恨我，人们都恨我，说我是狼心狗肺。可你们谁知道我心里的苦？……"我哥说到这儿停了下来，让自己的情绪稍微平复了些，又说："晓琴是个好女子。我俩没成，不怪我，也不怪她，只怪她妈是冯玉玲！"

我哥一说，我脑海中就显现出玲姨那好看的脸。但我想不明白：我哥和晓琴谈恋爱，又关玲姨什么事？我就问为啥。

我哥用手抹了一下脸上的泪，说："玲姨和民放叔结婚，是咱爸给牵的线。"

咋可能？我哥话音没落，我就把我哥的话给推翻了。在我印象中，我爸和玲姨一年到头话都说不了几句，而且何家湾和玲姨的娘家，山阻水隔，不说八竿子，八十竿子八百竿子都打不着，咋就能给他俩牵线了？

我哥说："是。不光你不信，我也不信！爸是没长飞毛腿，但爸会做木活，特别他的刻花，是一绝！"

我知道在我舅还没有成为我舅之前，总和我爸一起走村串巷给人打家具，也打寿棺。但人都知道会刻花的是我舅，而且我从没见过我爸摸过刻花刀。所以我哥这样一说，我就有点怀疑我哥叫我嫂子这一吓把脑子吓坏了，就纠正我哥说："爸不会刻花，会刻花的是舅！"

我哥看了我一眼，说："舅的刻花是爸教的！"又怕我不信，说："舅用的那一套刻花刀就是爸的！"

这都哪儿跟哪儿呀？我觉得像跌进了糨糊堆，黏黏糊糊，老半天都把自己拎不清。但我哥不管我拎不拎得清。他双手抹了把脸说："咱爸和舅第一次去玲姨娘家的村子干活，玲姨她爸叫他们去给玲姨她爷打寿棺，这样就认识了玲姨。那时咱爸还未娶，玲姨也未嫁，时间一长，两个人就互相看对眼了。可谁知道，当咱爸找人去提亲时，玲姨她爸却以距离太远为由，坚决不同意，还下了逐客令。咱爸做不通玲姨她爸的工作，又舍不下玲姨，在离开前就把脖子上挂着的一个木牌子取下来送给了玲姨，还给玲姨留了咱家的地址，让玲姨等他回来。这木牌子是咱爸和舅给一个大户人家修老家具时，用截下来的几片方桌腿刻的，据说是紫檀的。而玲姨则送了一个铁皮打火机给咱爸……对，就是咱爸一直舍不得扔的那个……时间一晃就过了两年。两年后的咱爸娶了咱妈，生了我。可就在给我过完满月不久，玲姨却按着咱爸留的地址，一路讨饭找来了——玲姨老家发大水，家伙什全淹了……咱爸给了玲姨一个念想，他一回来却娶了咱妈，还有了我。现在这情况，明摆着玲姨是不能留了，但爸又不忍玲姨继续没着没落地去要饭，就去找了民放叔。而那时，民放叔因家穷，快三十了还没讨到媳妇。他住在一孔塌得只剩半截的烂窑里，为了糊口，常年扛着石杵和胡基模子给方圆的人打胡基。爸找到他，说村里来了个逃荒的，模样很周正，说他要是同意，可以留下来当个婆娘。民放叔跟在爸身后一看，自然同意。这样，玲姨就进了民放叔的窑。再后来，就有了晓琴和晓辉……只是，从此以后，爸再没雕过花，连那套刻花刀子都送给了舅，时间一长，人们都忘了爸会雕花。"我哥像说累了，停下来，缓了好久才又幽幽地说："这是老一代人之间的恩怨，也是我当年以一个战士的忠诚给咱爸发誓要死守的秘密。只是，唉……"

我觉得我像明白了些什么，又像什么都没明白。我爸、我妈、玲姨、晓琴四个人的脸在我眼前变换着出现。我想起我爸看晓琴时眼神中流露出的那种复杂的感情，我想起玲姨经常坐着发呆的情景，我想起兜兜胸前那个刻着图案的木牌子——我忽然反应过来那背面不是一幅画，是一个字，确切地说，是一个小篆"顺"字——我爸"何来顺"的"顺"！

我脑子"轰"地一下，一时竟然分不清自己是谁、在哪儿。等我定了心神，吃惊之余又觉得很纳闷。我想不通我爸和玲姨的感情纠葛，又关我哥和晓琴什么事？如果说我妈知道，那肯定是我妈从中作梗。可是纵观我妈这二十几年的表现，我妈不像知道的人呀，那是为啥？我想了好几个理由，但都站不住脚呀。难道、难道说晓琴……天哪！我不敢说出口，更不敢想下去了——但我又实在好奇得厉害，我就问我哥，我说："你和晓琴谈恋爱，又碍着他俩啥事了？"我哥瞪我一眼说："得是好奇得很？问爸去！"

我哥在这事上打了个马虎眼。他不说明，我只好把追根究底的好奇心收起来，准备逮个合适的机会去问爸。只是，明摆着不是我哥的错，我却错怪了他整整八年！我这样想着，心里不由得生出一些歉疚。我转过头去看我哥，他闭着眼，分明是不想再说话，我们就这样陷入了长久的沉默……

第二天一早，我哥就坐车去了我嫂子娘家——他当年当兵时部队驻扎的地方。我哥说，爸从部队回家那天，他请了一天假去送爸。爸走后，他并没有及时回队，而是跑到城边的人工湖畔坐了一下午。我哥平常并不是个多愁善感的人，但我哥那天心里难受，就给人一种又冷又酷的感觉。我嫂子当时在当地一家医院当实习护士，她注意到这个有点帅气又有点忧郁的兵哥哥，心里就像有小鹿在乱撞。时间一长她才发现这个兵哥哥情绪不正常，又是在湖畔，就想着会不会想不开寻了短见，就生出一种侠女救义士的勇敢和无

259

畏——我哥在前面看着湖面，她在后面看着我哥——我哥当然没有跳河，他们两个人却就此认识了。只是部队纪律严明，加之我哥虽然知道他和晓琴已不会有结果，但心里还是放不下。所以，在接下来的一年多时间里，他们两个彼此相安无事。我哥退役时，我嫂子塞给我哥一个日记本，这日记本上一日不差地记录了她认识我哥后这一年多的心路历程。而我哥也自觉回来无颜面对晓琴，就让她当了我嫂子——她也是一个受害者。而在这之前，我一直以为是她导致了我哥和晓琴的离散。我就在心里想：如果她这次能回来，我一定要当面亲亲地喊她一声"嫂子"，并说声"对不起"。

我哥在我嫂子娘家见到了我嫂子，但我嫂子生着他的气，不愿意搭理他，也不愿意跟他回来。我嫂子她爸妈心疼女儿，又心疼毛豆成了没妈管的娃，就让我哥先回来，说我嫂子过几天再回。我哥做不通我嫂子的思想工作，又想不出更好的办法，只好自己先回了镇上。好在这段时间天还冷着，骑摩托上路的人并不多，我哥就能腾出身子接送毛豆上下学、洗衣服、做饭……我哥一回来，我就回了龙山。

我回龙山的第三天，晓琴和元海骑着摩托车来龙山找我。在我知晓那个秘密之后，我一直在纠结要是再见到晓琴，我究竟该以何种态度去面对她，但当晓琴毫无征兆地站在我面前时，我才发现，因为我和她太熟了，熟得导致自己的顾虑和纠结根本派不上用场。

晓琴和元海又拓展了一项新业务。镇上的人嫁娶大多在饭店包席，但若是丧葬，儿女都想落个孝名，就只能自己在家待客。而丧葬不但礼数烦琐，流程又长，所以，谁家要过一次丧事，主家就乏得几天缓不过劲来。房东从南方回来过年，元海说他们也不常住，就没让他们生火，元海做了饭，两家人就坐在一起吃。元海家里没老人，过年就在店里过。除夕晚上，元海和晓琴做了一大桌子菜，房东从屋里抱出一坛酒，给他和元海一人倒上一杯，两个人就坐着喝上了。房东老婆和晓琴都不喝酒，就一人舀一碗汤端着喝。饭桌上，房东就给元海传经送宝，说南方人过事都是找流动厨房，主家不受采办和制作的累，能轻松不少，建议元海也弄一个。元海没听过，更没见过，就问："流动厨房是个啥？"房东就说："就是给你的操作间底下装个轱辘，叫它跑起来。想到西坳跑西坳，想到东岭到东岭。"看元海还不懂，就说："瓜娃！就是在车上弄一个操作台。你提前和主家把菜单开好，你自己采购，到了当天，现场加工。"停了一下又说："不管弄啥，动弹早的都把钱挣了。"

元海爱折腾。这是他的优点，也是他的缺点。他要想折腾，你就是用八匹马都拉不回头。虽然和其他店相比，他店的生意算是好的了。但镇上客流量小，他们饿不着，却也吃不撑。听房东这么一说，他就和晓琴商量说，要不咱试试？晓琴问，怎么试？他说，饭店还开，该包席继续包。晓琴实在不想折腾，但转念一想，"跟上做官的当娘子，跟上杀猪的翻肠子"，她就跟了个爱折腾的，就同意了。定下来后，当务之急就是得有个车，晓琴就说王安定以前开店倒换的那辆车一直在家闲置着，虽然没有他们预计的大，但凑合着能用。所以，他俩今天来，一个目的就是看车。

自王安定走后，这车就再也没人开过。晓琴和元海来一说，王安定他妈就一口应允。她说，车就是要开的，要是长时间不开，那些螺丝呀零件呀就都不好使了。元海问要卖多少钱，王安定他妈说："你先试上几天，能用了再说买的话。"

说完车的事，晓琴说她还有个事。我问，啥事？晓琴说，她房东说南方服务队流行得很，让我也找几个人成立一个服务队。晓琴说，我要是成立了服务队，既可以和他们的流动厨房合作，也可以单独接活。我问，服务队是弄啥的？晓琴说，专门端盘子、洗碗、扫地、抹桌子……晓琴还没说完，我就把头摇得像拨浪鼓——这些活在家里就干得够够的，谁还把这当事业组团专门去干？

晓琴就说："你甭看不起这个服务队，挺挣钱的！"我问："能挣多少钱？"晓琴拇指和小指伸出来比画了个"六"说："管吃，一人一天六十块，外加一盒烟！"

我一听这话就心动了。在菜棚里，虽说一天也能挣五十块钱，但那总是有活的日子少，没活的日子多。在自家屋里，你一天就是转上二十五个小时，都没人给你六分钱，更甭说六十块钱了。

可是我并没见过服务队的运作流程，怎么揽活？怎么分工？怎么干？干的标准是什么？……这些我都不知道。晓琴就说："元海要弄的那个流动厨房，也和你一样是两眼一墨黑。"又说房东给元海联系了个开流动厨房的老板，过几天要去跟上学几天，让我到时跟他俩一起去。我问："学费得多少钱？"晓琴说："一人一天六十。"我说："那是挣的。"晓琴说："这也是挣的。"看我还是不懂，就说："就是去当服务员，边干边学。要是你直接说要学，看他不收你个千儿八百的！"

我和晓琴、元海跟着他们房东联系的流动厨房的老板学了三天。其实说是三天，满打满算只有两天。开始想的时候觉得很难，但一学，我就发现这并没有什么难的，无非是干活长点儿眼色，手脚放麻利。而流动厨房对于"自小卖蒸馍，啥事都经过"的元海来说，更是小菜一碟。

流动厨房要拉在车上走，可是元海只会开手扶拖拉机，又没有驾照。回来第二天，他就到镇上的驾校招生点报了名。每天吃过

龙
山

饭，就骑着摩托去练车场练车。他让晓琴分标准列出了几种套餐，他反复修改定稿后，一有空就做几道。每做一道，就让隔壁照相馆的师傅过来给拍张照片。等照片拍完，他就趁去考试的机会，在县上找广告门市的人做了几本菜单，还给覆了膜。

元海和晓琴的流动厨房已经动起来了，我这个服务队也不好意思老停着不动。元海给他们的流动厨房起了个名字叫"香飘万里"，我给我的服务队起名叫"好帮手"。我去找火蝎子和会琴，游说她们一起干。她俩一口应允，还说，有钱不赚，脑子有麻达！我说，听说客势大的主家一次要上七八个人，我们目前只有三个，还差得远。火蝎子说，急啥？先立旗，再招兵买马！

元海给他们的流动厨房制牌的时候，给我也捎带着制了一块。牌是铜牌，用电脑刻着两行红字，上边一行是三个大字"好帮手"，下边一行是七个小字"红白喜事服务队"。牌拿回来后，就一直摆在我屋里的桌上。火蝎子说，人家开个公厕都响串鞭炮的，咱好歹弄了个服务队！咱这本来就是个新兴事物，人们接受得个过程。你再这样藏着掖着，到猴年马月都火不起来。我一想，也是。要弄就弄好，要不弄就拉倒。我就去找邻村的阴阳先生，让他给我看个开业的日子。阴阳先生问过了我的生辰八字，又问了我要干的事，手指头掐掐算算，又用笔在一本小册子上圈圈点点了好久，把日子定在了三月初八。

土地解冻后，村上又陆陆续续建了好几座蔬菜大棚。有传言说，镇上看龙山村的大棚已经粗具规模，要聚全镇之力把龙山村打造成全县的蔬菜基地。听的人就问真的假的。说的人说，真的！都进了镇政府年度工作计划。大家都知道，一旦政府出手，就会配套出台一系列优惠扶持政策。有空地的就腾地，没空地的就把果树挖了腾地，都想趁这机会大干一场。

在王安定他妈看来，蔬菜大棚看得见摸得着，是实实在在存在的；而我要成立的那个所谓的服务队却要啥没啥，看不见，摸不着不说，甚至以前连听都没听说过。在她看来，所有看不见摸不着的东西都是靠不住的，再加上全村热火朝天建大棚的浓厚氛围，我的特立独行就让她觉得特别不靠谱。而我这只是挂个牌，不需要投资，她就没明确站出来反对。但她心里是提心吊胆着的，因为她那几天一逮个空儿就给我洗脑说，做人要实打实，千万不敢空倒空！说得我的耳朵都要起茧子了。

一转眼就到了三月初七，火蝎子和会琴安顿完家里，就来我家商量开业流程和注意事项。我觉得开业就是挂个牌，表示我们开始接活了，再不需要啥议程。但她两个都不同意。火蝎子说："干大事就要有干大事的气势。你看，一个人平时要是雄赳赳气昂昂，做事也肯定是雄赳赳气昂昂的；一个人平时要是软塌塌的，做事肯定硬挺不到哪儿去。"说完了又数落我说："你还是脸皮太薄，等你哪天脸皮磨得和我一样厚了，你就离成事不远了！"

会琴举起牌端详了老半天，问我有没有请个名人来挂牌。我说没有，就是挂个牌，咱胳膊一伸就搞定了！会琴就"唉"一声说："聪明起来比谁都聪明，瓷起来比谁都瓷！"

我刚要开口，只听得"咣咣咣"，有人敲门。往常，我们几个要是谝得迟了，火蝎子儿子就会跑我家来找他妈。可是他平常都是风风火火横冲直撞，进来连其他人看都不看一眼，扯了火蝎子的衣袖拧身就走。像今晚这样抬手敲门的，对他来说，却是"大姑娘上轿——头一回"。我们就感慨这娃咋一下子长出息了。我扯长了声说："门开着！"说了两遍没回音，我们也没再理会。过了一会

龙山

264

儿，外边又"咣咣咣、咣咣咣"敲起来，火蝎子就边说"来啦、来啦"边走了出去。只听得大门"吱呀"一声，紧接着火蝎子就"呀"了一声。这一声"呀"把我和会琴都吓了一大跳。会琴把手里的牌往桌上一放，我俩就一前一后地跑到院子。

忽然，一道闪电划破夜空，接着几声春雷在头顶"轰隆隆、轰隆隆"地炸响。

"响雷了！"我缩着脖子抱头惊呼，又跑回屋檐下。

"三月响雷麦谷堆。今年又是个丰收年！"会琴站在院中，抬头看着黑黢黢的夜空说。

又是一道闪电把夜空点亮。只见院墙外那株桃树正斜着身子把一枝繁花往院子里伸，桃花扑簌簌落了一地，像是给春天画了一只粉色的眼睛。